KiWi

1762

Das Buch

Concarneau, die »Blaue Stadt« am Meer, kurz vor den Pfingsttagen. In der berühmten Altstadt *Ville Close* feiern die Bretonen mit Musik und Tanz den Auftakt des Sommers, und alles könnte so wunderbar heiter sein. Gäbe es nicht plötzlich einen Toten – genau vor Kommissar Dupins Lieblingsrestaurant, dem *Amiral*. Doch damit nicht genug: Ausgerechnet in diesen Tagen sind Dupins Inspektoren und seine Assistentin Nolwenn im Urlaub. Gemeinsam mit zwei neuen Kolleginnen widmet sich der Kommissar der alles entscheidenden Frage: Wer hatte es auf Docteur Chaboseau abgesehen? Einen Arzt, der großes Ansehen genoss und aus einer der einflussreichsten Familien der Gegend stammte. Weder dessen Frau noch seine engsten Freunde, ein stadtbekannter Apotheker und ein Weinhändler, können sich einen Reim darauf machen. Könnte es etwas mit den Vorlieben des Arztes zu tun haben, der nicht nur Kunstsammler war, sondern auch in bretonische Brauereien und traditionelle Fischkonservenfabriken investierte? Während Dupin noch fieberhaft nach Anhaltspunkten sucht, kommt es zu einem Anschlag, der die gesamte Stadt in Aufruhr versetzt.

Der Autor

Jean-Luc Bannalec ist der Künstlername von Jörg Bong; er ist in Frankfurt am Main und im südlichen Finistère zu Hause. Die ersten acht Bände der Krimireihe mit Kommissar Dupin, »Bretonische Verhältnisse«, »Bretonische Brandung«, »Bretonisches Gold«, »Bretonischer Stolz«, »Bretonische Flut«, »Bretonisches Leuchten«, »Bretonische Geheimnisse« und »Bretonisches Vermächtnis«, wurden für das Fernsehen verfilmt und in zahlreiche Sprachen übersetzt. 2016 wurde der Autor von der Region Bretagne mit dem Titel »Mécène de Bretagne« ausgezeichnet. Seit 2018 ist er Ehrenmitglied der Académie littéraire de Bretagne.

Jean-Luc Bannalec

BRETONISCHES VERMÄCHTNIS

Kommissar Dupins achter Fall

Kiepenheuer & Witsch

Aus Verantwortung für die Umwelt hat sich der *Verlag Kiepenheuer & Witsch* zu einer nachhaltigen Buchproduktion verpflichtet. Der bewusste Umgang mit unseren Ressourcen, der Schutz unseres Klimas und der Natur gehören zu unseren obersten Unternehmenszielen.

Gemeinsam mit unseren Partnern und Lieferanten setzen wir uns für eine klimaneutrale Buchproduktion ein, die den Erwerb von Klimazertifikaten zur Kompensation des CO_2-Ausstoßes einschließt.

Weitere Informationen finden Sie unter: *www.klimaneutralerverlag.de*

FSC® www.fsc.org
MIX
Papier aus verantwortungsvollen Quellen
FSC® C083411

Verlag Kiepenheuer & Witsch, FSC® N001512

1. Auflage 2021

Umschlaggestaltung Rudolf Linn, Köln
Umschlagmotiv © L'Oeil de Paco
Kartografie Birgit Schroeter
Gesetzt aus der Aldus und der Franklin Gothic
Satz Buch-Werkstatt GmbH, Bad Aibling
Druck und Bindung CPI books GmbH, Leck
ISBN 978-3-462-00160-0

À L.

À Sandra, wie eigentlich jedes Buch

Ret eo terriñ ar graoñenn
Evit kaout ar vouedenn.
Es gibt nur einen Weg:
Man muss die Nuss knacken,
um ihren Kern zu erhalten.

BRETONISCHES SPRICHWORT

DER ERSTE TAG

Es gab Tage, da war die Welt vor allem eines: Himmel.

Dieser 24. Mai war so ein Tag. Lichtdurchflutet, strahlend, klar, hell, wie frisch gewaschen.

Das Himmelsgewölbe wirkte noch weiter, noch höher als gewöhnlich. Es machte den Eindruck, als dehnte sich der Raum, als drängte die Atmosphäre der Erde tiefer ins All vor. Ein leuchtend sphärisches Blau, das erst am Horizont allmählich blasser wurde. Ein eigentümliches, seltsam vibrierendes Blau, dem man zutraute, selbst eine Art Energie oder Materie zu sein. Die Erde schien sich unter der Weite dieses Blaus zusammenzuziehen, flacher und kleiner zu werden.

Kommissar Georges Dupin aus Concarneau lag auf dem Rücken im Gras. Er hatte sich der Länge nach ausgestreckt. Auf einem Plateau weit oberhalb des Meeres Einer grünen Kuppe, die hinter schroffen Klippen anhob, stolze zweiundsiebzig Meter über dem Meeresspiegel, so stand es auf einer Tafel am Parkplatz. Die Kuppe war bedeckt mit Heidekraut, knallgelbem Ginster, buschigen Gräsern und Moos in den unterschiedlichsten Farben: Grün, Rostrot, Gelb.

Pointe du Raz hieß die letzte Landspitze im äußersten

Westen des Finistère, deren hoch aufragende Felsen sich in Form eines grob gezackten Keils weit in den Atlantik hinauswagten. Gewaltige, unruhige Strömungen umtosten die legendäre *Pointe,* das nördliche Ende der Bucht von Biskaya, die an der westlichen Küste Spaniens ihren anderen Endpunkt besaß. Es war – gespickt von Untiefen – eines der gefährlichsten Gebiete des gesamten Atlantiks, die Wassermassen drängten um die Bretagne herum in den Ärmelkanal, wo sie zur Nordsee wurden.

Das Panorama von hier oben war berückend: der majestätische Atlantik, die bizarren Klippen – sie sahen aus wie der Schwanz eines Drachens –, mitten im Meer zwei tollkühne Leuchttürme auf unwirtlichen Felsen und in der Ferne die phantastische Île de Sein. Wenn man es tatsächlich erleben wollte, das Ende der Welt, gab es vielleicht keinen eindrucksvolleren Ort als die Pointe du Raz. Man sah es, man spürte es: Finis terrae. Die letzte Bastion, die dem ungestümen, schier endlosen Meer trotzte. Plötzlich fühlte sich das »feste Land« schwindelerregend fragil an.

Auch ein anderes Geheimnis der Bretagne nahm man an diesem Ort besonders wahr: das einzigartige Zusammenspiel aus Licht und Farben. In der Bretagne gab es – so kam es Dupin vor – mehr Licht als anderswo. Seine außerordentliche Leuchtkraft ließ auch die Farben außerordentlich werden, die nichts anderes waren als Brechungen dieses Lichts. Es kam einem vor, als wäre das für das menschliche Auge sichtbare Farbspektrum – das Spektrum zwischen Rot, Orange, Gelb, Grün, Blau, Indigo und Violett – hier ungleich breiter gefächert. Als würde das Licht in den endlosen Brechungen auf den Wasserflächen rund um die bretonische Halbinsel feiner zerlegt. Diese Intensität an Licht und Farben hatte schon ihre größten Liebhaber trunken werden lassen:

Monet, Gauguin, Picasso und viele andere Maler waren der Bretagne erlegen.

Seit Dupins erstem Besuch hier stand die Pointe du Raz – außerhalb der *haute saison!* – auf der Liste seiner Lieblingsorte. Für den heutigen Ausflug gab es gleich zwei Gründe: *Le Fumoir de la Pointe du Raz,* eine neue Fischräucherei in der Nähe, von der Inspektor Riwal in den höchsten Tönen geschwärmt hatte. Dort wurden die feinsten Fische der gefürchteten Meerespassage geräuchert, vor allem die herrlichen *Lieus jaunes,* eine besondere Dorschart. Vornehmlich mit den »unvergleichlichen Aromen des Rauches bretonischer Eichen« und unter Zugabe einer geheimen Mischung verschiedener Pfeffersorten und Gewürze. Die Räucherei gehörte dem Cousin eines Cousins von Riwal, Dupin hatte an der Stelle nicht richtig zugehört, die weitläufigen Verwandtschaftsverhältnisse Riwals – zu denen ebenso Wahlverwandtschaften gehörten – verwirrten den Kommissar stets aufs Neue. Wie auch immer, Riwals Schwärmen hatte Dupin zu einem Besuch in der Fischräucherei verleitet. Außerdem hatten Claire und er ihren ersten freien gemeinsamen Abend seit Wochen, da Claire in der Klinik mehr oder weniger durchgearbeitet hatte. *Lieu jaune* war ihr Lieblingsfisch, und Geräuchertes mochte sie prinzipiell. Dupin hatte sie überraschen wollen.

Der zweite Grund für den Ausflug war die Renovierung des Kommissariats. Vier Wochen dauerte sie nun schon an. Es war ein einziger Albtraum. Einen »gänzlich unbeeinträchtigten Betrieb des Kommissariats« hatte die beauftragte Firma versprochen, das war schon in der Theorie Unsinn gewesen. Und natürlich war es auch in der Praxis anders gekommen. Bereits am ersten Tag war das schiere Chaos ausgebrochen. *Alles* beeinträchtigte den Betrieb, ganz zu schweigen vom Lärm, Staub und Dreck. Und selbstverständlich – »völlig geruchsfrei die ganze Sache«, hatte der Malermeister versichert – hatte es umgehend unerträglich nach Farbe gestunken, selbst das Aufreißen sämtlicher Fenster und Türen hatte daran nichts geändert. Das einzig Gute war, dass der Gestank der Farben und Lösungsmittel den scheußlichen Grundgeruch des Gebäudes, der Dupin seit seinem ersten Arbeitstag in den Wahnsinn trieb – auch wenn er ihn als Einziger wahrnahm –, überdeckte. Unter Umständen, so hoffte Dupin, würde der Geruch am Ende der Renovierung sogar ganz verschwunden sein.

Sämtliche Mitarbeiter des Kommissariats hatten in den letzten Wochen das Weite gesucht, lediglich eine regelmäßig wechselnde Notbesetzung hielt vor Ort die Stellung. Alle hatten stets neue und immer fantasievollere Anlässe gefunden, das Büro zu meiden. Ungeheuerliche Vorkommnisse wie ein geplündertes Karottenbeet oder unerlaubtes Muschelsammeln am Strand mussten plötzlich vor Ort überprüft werden, manchmal waren sie zu dritt oder viert unterwegs. Sie hatten uralte »offene Fälle« wiederaufgenommen: den Diebstahl dreier Surfbretter im letzten Oktober und das Verschwinden eines rosafarbenen Beibootes im Hafen. Alle waren sie froh gewesen, als es tatsächlich zu einem Vorfall gekommen war: Beim Abriss eines alten Hauses in Pont-Aven waren sechshundert belgische Goldstücke aus dem Jahre 1870 gefunden worden. Ein echter Schatz, dessen Wert auf ein paar Hunderttausend Euro taxiert wurde – und dessen Fund Anlass zu wilden Spekulationen bot.

Anfang dieser Woche war dann aber selbst Dupins Assistentin Nolwenn der Geduldsfaden gerissen. Direkt vor ihrer Tür war ein Eimer dickflüssiger Farbe ausgelaufen, und sie war schwungvoll hineingetreten. In den Wochen zuvor hatte sie noch tapfer versucht, die Fassung zu wahren, doch nach diesem Zwischenfall hatte sie umgehend ein paar Tage freigenommen. Was schlagartig zu heftiger Nervosität bei Dupin geführt hatte, umso mehr, da sie keinerlei Angaben über den Zeitpunkt ihrer geplanten Rückkehr ins Büro gemacht hatte. Über die Jahre – durch Unmengen an Überstunden – musste Nolwenn mehrere Monate Urlaub angespart haben. Dupin hatte sich nicht getraut, nachzuschauen. Eine längere Abwesenheit Nolwenns – zudem als Protestaktion – würde, so viel stand fest, früher oder später im Desaster enden. Sie war mit ihrem Mann kurzerhand zu einer Radtour aufgebrochen, die eigentlich für den September vorgesehen gewesen war. Eine sehr spezielle Radtour, inspiriert von dem bretonischen Bestseller *Bistrot Breizh. Le tour de Bretagne des vieux cafés à vélo,* der zu den ältesten, urtümlichsten Kneipen führte, die die Bretagne zu bieten hatte. Handverlesen und mit großer Kennerschaft ausgewählt. Eine Tour buchstäblich von Dorf zu Dorf. Vom Profil her eher gemütlich als sportlich, durch wunderbare einsame Landschaften, Nolwenn hatte sich für den Weg durchs Inland entschieden. Sie hatte auch Riwal und Dupin nahegelegt, sich freizunehmen, woraufhin Riwal mit seiner Frau und den beiden Kindern prompt für ein paar Tage auf die Belle-Île exiliert war. Eine seiner Schwestern besaß dort ein Haus, das leer stand, seitdem sie in die Heimat ihres Mannes, nach Cape Cod an der amerikanischen Ostküste, ausgewandert war. Der Kommissar hatte keinerlei Interesse daran gehabt, sich freizunehmen. Zum einen konnte sich Claire zurzeit unter keinen Umständen aus der Klinik loseisen, zum anderen waren Ferien nicht Dupins Sache. Kadeg, Dupins anderer Inspektor, war fein raus. Seit zweieinhalb Monaten befand er sich in Elternzeit und würde erst im Juli wiederkommen. Seine Frau und er hatten im März Zwillinge bekommen. Anne und Conan. Der Inspektor hatte sich einen dieser Doppelkinderwagen – ein monströses Gefährt – zugelegt, mit dem er ab und an im Kommissariat auftauchte. Er war nicht selten über Tage alleine mit den Kindern, seine Frau – Kampfsportlehrerin in Lorient für *Kyokushin*-Karate, die »härteste Kontaktkampfsportart der Welt«, worauf Kadeg jedes Mal aufs Neue stolz hinwies – reiste regelmäßig zu Lehrgängen und Turnieren.

Dupin war am Mittag losgefahren, hatte den Fisch für das Abendessen gekauft und dabei länger mit dem sympathischen Besitzer der *Fumerie* geplaudert. Vom Parkplatz war er bis zum Ende der *Pointe* gelaufen. Später, nach der kleinen Pause, würde er hinter dem beeindruckenden Strand der *Baie des Trépassés* auf der wunderbaren Terrasse des *Relais de la Pointe* in der Sonne noch ein kühles Bier trinken. Auch das eines seiner Rituale, er liebte es, dort zu sitzen. Er würde ein paar *Galettes apéritives au jambon* essen, kleine Vierecke aus knusprig-buttrigem Crêpes-Teig mit saftigem Schinken. Gegen sieben, halb acht wäre er wieder zu Hause. Claire hatte versprochen, es bis halb neun zu schaffen, so hätte er genügend Zeit, alles vorzubereiten.

Er hatte Glück mit dem Wetter. Es fühlte sich an, als würde der Frühling am heutigen Tag dem Sommer weichen. Dem langen bretonischen Sommer, der sich bis Anfang Oktober ziehen würde. Vielleicht sogar noch etwas länger, im Jahr zuvor hatten Claire und Dupin am 31. Oktober ein letztes Mal gebadet. Es waren heute über zwanzig Grad, die sanfte Brise brachte eine leichte salzig-jodige Note. Einen Geschmack des Sommermeeres. Die Sonne ließ die Haut warm werden, ohne zu brennen. »Beau et chaud« hatte *Le Télégramme* für die nächsten Tage vorhergesagt. Gab es ein schöneres Versprechen?

Statt der geplanten Viertelstunde lag Dupin nun schon eine Dreiviertelstunde im weichen Gras. Es fiel ihm schwer, sich zu lösen. Was nicht bloß an der Behaglichkeit der Liegestätte und dem Bann des weiten Himmels lag, sondern vor allem am meditativen Rauschen der Wellen, die sich gleichförmig und ohne Hast an den Klippen unterhalb des Plateaus brachen. Der sonst so unruhige Kommissar war in ein wohliges Dösen verfallen.

Plötzlich vernahm er den penetranten Ton seines Mobiltelefons.

Dupin richtete sich auf und suchte nach seinem Handy. Es verstummte. Als er das Telefon endlich aus der Hosentasche gezogen hatte, klingelte es erneut.

»Ja?«, knurrte der Kommissar.

»Ich bin's, Chef.«

Inspektor Riwal.

»Was gibt es?«

»Nichts, Chef. – Ich wollte mich nur mal melden.«

Riwal hatte sich schon gestern und vorgestern gemeldet. Und schon da hatte Dupin gemeint, so etwas wie ein schlechtes Gewissen in seiner Stimme zu hören. Darüber, dass der Inspektor das sinkende Schiff so Hals über Kopf verlassen hatte.

»Hier ist alles in Ordnung, Riwal. – Wie ist es auf der Insel?«

»Schön. Aber ich komme sofort, wenn etwas ist, Sie müssen nur …«

»Genießen Sie es!«

»Gut, Chef. – Nur damit Sie Bescheid wissen: Meistens haben wir keinen Empfang im Haus, das Festnetz hat meine Schwester abgemeldet. Gerade bin ich in einer Kneipe, aber …«

»Alles okay, Riwal. Schalten Sie mal ab. – Hatten Sie es gerade schon mal bei mir versucht?«

»Nein, warum?«

»Nicht wichtig. – Schöne Pfingsttage.«

Dupin legte auf. Sein Blick wanderte über das Meer. Ein unendliches Funkeln und Schimmern.

Im letzten Sommer hatte er seinen Freund Henri – den Inhaber des *Café du Port* in Sainte-Marine – nach Le Conquet begleitet. Henri hatte dort die berühmte herzhafte Wurst, eine Spezialität der nahen Île Molène, sowie *Pétoncles* besorgt, die kleinen, nussig schmeckenden Jakobsmuscheln – für ein herrliches Ragout aus beidem. An der nahe gelegenen *Pointe de Corsen* hatten sie das Auto stehen lassen und waren ein Stück spazieren gegangen. Sie hatten das Panorama genossen: das tiefblaue Meer, in der Ferne das sagenumwobene Insellabyrinth um die Île Molène. Dupin hatte gesagt: »Fehlen nur noch ein paar Delfine.« »Da sind sie doch«, hatte Henri mit der gelassensten Selbstverständlichkeit geantwortet, die man sich vorstellen konnte, und auf das Wasser gezeigt. Zehn, fünfzehn Delfine waren es gewesen. Über Minuten hatten sie tollkühne Sprünge und rasante Schwimmmanöver vollführt. Eine echte Show. Dann waren sie mit einem Mal verschwunden gewesen. Dupin wusste, dass es lächerlich war, aber seit diesem Tag schaute er immer besonders aufmerksam hinaus aufs Meer.

Das Telefon klingelte erneut.

Im nächsten Augenblick hatte der Kommissar sich seufzend erhoben.

»Ja?«

»Georges! Wie gut, dass wir dich erreichen.«

Eine ernste Frauenstimme.

»Wir fahren doch direkt durch, haben wir gerade beschlossen, wir sind schon bei Laval. Wir erreichen Claire aber nicht.«

Jetzt hatte Dupin die Stimme erkannt. Es war Claires Mutter.

»Wir sind so gegen neun da.« Etwas raschelte. »Oder, Gustave?«

Prompt war aus dem Hintergrund ein lautes »Unbedingt! Spätestens. Wenn nicht früher« zu hören. Dupin vernahm jetzt auch Motorgeräusche.

»Das ist doch wunderbar, oder?«, sagte Claires Mutter begeistert. »So haben wir noch den ganzen Abend zusammen! Wir freuen uns, Georges. – Sagst du Claire Bescheid?«

»Ich … bin mir sicher, sie wird außer sich sein. – Vor Freude.«

»Das denke ich auch! Bis nachher also, Georges!«

Vorbei war das Gespräch.

Dupin brauchte eine Weile, um sich zu sammeln.

Das war es dann wohl mit dem ruhigen Abend zu zweit. Es würde also schon heute beginnen. Nicht, wie ursprünglich geplant, erst am morgigen Samstag. Dupin hatte es konsequent verdrängt. Claires Eltern kamen zu Besuch, seine Schwiegereltern gewissermaßen. Das gesamte lange Pfingstwochenende. Gustave und Hélène Lannoy. Aus der Nähe von Fécamp in der Normandie. Dupin hatte sie, seit Claire und er wieder zusammengekommen waren, erst wenige Male wiedergesehen. Die beiden würden bei ihnen wohnen. Drei Tage lang. Dupin war glücklich über das Haus, in das Claire und er letztes Jahr gezogen waren, aber ein geräumiges Haus brachte, wie sich jetzt zeigte, nicht nur Vorteile mit sich. Claires Eltern waren so unterschiedlich, wie man es nur sein konnte. Hélène war Yogalehrerin und Claires Vater führte eine erfolgreiche Anwaltskanzlei, die er offiziell eigentlich bereits einem Seniorpartner überlassen hatte. Allerdings war es ihm unmöglich loszulassen. Zu den wenigen

Dingen, die sie teilten, gehörte neben der Vorliebe für gutes Essen und Trinken sowie der tiefen Liebe zu Claire die Lust am Diskutieren, mit einem Redeverhältnis von neun zu eins für Claires Mutter. Stoff gab es aufgrund ihrer unterschiedlichen Ansichten stets genug, es reichte für mehrere gemeinsame Leben. Eine interessante Anlage für eine Beziehung, fand Dupin – nichtsdestotrotz würde jeder der beiden ihre Ehe, ohne zu zögern, als »überglücklich« bezeichnen. »So sind sie halt«, hatte Claire ihn ermahnt, »es wird bestimmt schön!«

»Verflucht!«, entfuhr es ihm. Er hatte sich wirklich auf heute Abend gefreut. Auf die Zeit zu zweit. »Das kann …«

Das Telefon. Ein viertes Mal.

Abermals nahm er unwirsch an.

»Ja?«

»Spreche ich mit Commissaire Georges Dupin?«

Es war die Stimme einer älteren Frau. Dupin riss sich zusammen. Die Anruferin traf keinerlei Schuld an der unglücklichen Wendung seines Abends.

»Am Apparat. Mit wem spreche ich?«

»Ich bin Madame Chaboseau. Die Gattin von Docteur Pierre Chaboseau.«

Docteur Chaboseau, der Arzt mit der modernsten Praxis Concarneaus, sie befand sich in einer Villa am Boulevard Katerine Wylie, direkt am Meer. Nicht weit von Claires und Dupins Haus entfernt. Chaboseau war als Kardiologe und Hausarzt tätig und legte größten Wert auf Status, genau wie seine Frau. Sie zählten zu den *Notables* der Stadt, den alteingesessenen, wohlhabenden Familien, die über Generationen die Geschicke Concarneaus geprägt hatten und über einflussreiche Beziehungen verfügten. Sie lebten, auch deshalb kannte Dupin sie, nicht in der Villa, in der sich die Praxis befand, sondern in dem Haus, in dem auch Dupins Stammrestaurant war, das *Amiral*. Ebenfalls eine prächtige Immobilie in bevorzugter Lage, den Chaboseaus gehörte der zweite und dritte Stock des Gebäudes sowie das aufwendig ausgebaute Dachgeschoss.

»Worum geht es, Madame?«

»Er ist tot.«

»Wie bitte?«

Hatte er sich verhört?

»Mein Mann«, ein deutlicher Vorwurf war zu vernehmen, »er ist tot. Ich habe ihn vor ein paar Minuten gefunden, unten im Hof. Er ist aus seinem Arbeitszimmer im obersten Stock gestürzt.«

Sie sprach beinahe mechanisch, bemüht, korrekte Angaben zu machen.

Dupin stand wie angewurzelt.

»Ihr Mann ist tot?«

»Ja.«

»Aus einem Fenster gestürzt?«

»Er liegt zerschmettert am Boden.«

Eine Pause.

»Ich …«, Dupin brach ab. Und setzte noch einmal an: »Haben Sie die Polizei verständigt?«

Eine seltsame Frage, musste er zugeben.

»Ich habe mir im Kommissariat Ihre Nummer geben lassen. Ich habe gesagt, es sei dringend.«

»Und Sie haben den Vorfall *dort* nicht gemeldet?«

»Ich denke, es handelt sich um eine Angelegenheit, mit der sich der leitende Kommissar persönlich befassen sollte.«

Dupin hatte sich bereits in Bewegung gesetzt. Er erreichte einen kleinen Pfad.

»Sind Sie sicher, dass Ihr Mann tot ist?«

»Es ist eine große Blutlache zu sehen. Er liegt sehr«, sie suchte nach Worten, »sehr *merkwürdig* da.«

»Verständigen Sie auf der Stelle einen Krankenwagen, Madame. Ich mache mich unverzüglich auf den Weg, aber es wird eine Dreiviertelstunde dauern, bis ich bei Ihnen bin.« Eigentlich sogar mindestens eine. Wenn er beherzt fuhr.

»Ich werde den Kollegen Bescheid geben, sodass sofort jemand zu Ihnen fährt.«

Er beschleunigte seine Schritte.

»Denken Sie denn, es war Mord?«

Madame Chaboseau zögerte.

»Madame? Sind Sie noch am Apparat?«

»Sie sollten sich so schnell wie möglich herbemühen, Commissaire.«

Es war ein grauenvoller Anblick gewesen. Ein absonderlicher noch dazu. Die beachtlich große Blutlache hatte sich um den gesamten Oberkörper herum ausgebreitet. Beinahe kreisförmig und tiefrot. Glassplitter blitzten im Sonnenlicht auf, als wären sie Dekoration. Sie waren über den kleinen Innenhof verteilt: die Überreste der großen Panoramascheibe, durch die Docteur Chaboseau gestürzt war. Er war auf der rechten vorderen Körperseite aufgeschlagen. Die Schulter stand auf unnatürliche Weise vom Körper ab. Auch die Hüfte bildete einen merkwürdigen Winkel zu den schlaffen Beinen. Dupin schätzte die Höhe, aus der der Arzt gestürzt war, auf rund fünfzehn Meter. Der Tote trug eine dunkle Cordhose, ein beigefarbenes Hemd und eine gleichfarbige Weste sowie edel aussehende schwarze Hauslederslipper, die absurderweise an den Füßen geblieben waren. Das rötliche Haar sah aus, als wäre es gerade eben erst gekämmt worden. Nur die linke Gesichtshälfte war zu sehen. Das linke Auge stand einen Spalt weit offen.

Nachdem Dupin den Toten eine Weile betrachtet hatte, hatte er sich direkt in die Wohnung der Chaboseaus begeben, mit einem dieser nachträglich eingebauten Fahrstühle, wie sie viele alte Gebäude besaßen. Der Aufzug glich einer Sardinenbüchse, die an einem Drahtseil hing.

Der Gerichtsmediziner – der alte Docteur Lafond, noch der erträglichste von allen Vertretern seiner Zunft – wie auch die Spurensicherung waren selbstverständlich längst vor Ort. Dupin war mit Abstand der Letzte am Tatort gewesen, Docteur Lafond hatte nur auf ihn gewartet, bevor er die Leiche ins Labor nach Quimper bringen ließ.

Während der rasanten Fahrt von der Pointe du Raz zurück nach Concarneau hatte Dupin mehrfach versucht, Nolwenn und Riwal zu erreichen. Vergebens. Bei jedem zweiten Anruf hatte er eine Nachricht aufs Band gesprochen. Es half nichts, er würde erst einmal ohne sie auskommen müssen. Von den vier Kollegen, die sich überhaupt im Kommissariat aufgehalten hatten, waren zwei rasch vor Ort gewesen. Rosa Le Menn und Iris Nevou. Dem Kommissariat waren Anfang des Jahres zwei neue Stellen zuerkannt worden – was sie vor allem Nolwenns energischer Beharrlichkeit zu verdanken hatten, seit geraumer Zeit schon waren sie notorisch unterbesetzt gewesen. Zwei Kolleginnen verstärkten nun das Team, Nolwenn hatte auch diese Veränderung als »bitter nötig« erachtet. Le Menn kam direkt von der Polizeischule, war Anfang zwanzig, groß, mit breiten Schultern wie eine Schwimmerin, und trug ihre dunkelblonden Haare in einem geflochtenen Zopf. Sie war selbstbewusst, voller Energie. Iris Nevou war zierlicher – in der Uniform sah sie immer etwas verloren aus –, sehr helle Haut, dunkler Pagenkopf, und mit einer bemerkenswert tiefen, durchdringenden Stimme ausgestattet. Zwei Mal war sie als beste Polizeischützin der Bretagne ausgezeichnet worden, obwohl sie nicht einmal besonders viel trainierte. Sie hatte fünfzehn Jahre in der Gendarmerie von Le Conquet gearbeitet. Ende letzten Jahres hatte sie ihren Mann und ihr bisheriges Leben verlassen und war vom äußersten Nordwesten der Bretagne in den »Süden« gezogen.

Le Menn und Nevou hatten die Leiche ein erstes Mal in Augenschein genommen. Und jetzt, da auch Dupin den Toten gesehen hatte, erschien ihm Madame Chaboseaus Annahme, dass ihr Gatte schon zum Zeitpunkt ihres Anrufes tot gewesen war, äußerst plausibel. Dennoch hätte sie natürlich einen Krankenwagen rufen müssen, was sie allerdings selbst nach Dupins nachdrücklicher Aufforderung nicht getan hatte.

Sie befanden sich mittlerweile im Dachgeschoss, Dupin hatte in die Wohnräume der zweiten und dritten Etage nur einen kurzen Blick geworfen. Das ausgebaute Dachgeschoss war »Monsieurs Reich«, wie Madame Chaboseau sich ausgedrückt hatte. Sie befanden sich im großräumigen privaten Arbeitszimmer, Dupin schätzte es auf mindestens fünfzig Quadratmeter. Richtung Hafen drei kleinere Fenster, auf der gegenüberliegenden Seite zwei großzügige Panoramafenster. Sie boten einen großartigen Blick auf die Stadt, über die Dächer der umstehenden Häuser hinweg. Das rechte Fenster war kaputt, über drei Meter breit, beinahe bis zum Holzfußboden reichend – hier war es geschehen.

Die Art und Weise, wie das Dachgeschoss ausgebaut worden war, ließ einen Umbau in den Siebzigern vermuten. Die Einrichtung bestand ausschließlich aus Antiquitäten: alte

Stehlampen, zwei schmale elegante Sekretäre, auf denen Kunstbildbände lagen, Perserteppiche auf gepflegtem dunklem Parkett, in einer Ecke eine mit rotem Samt bezogene Chaiselongue, in einer anderen ein schwarzer Ledersessel mit einem gepolsterten Fußhocker davor. An den Wänden hingen Gemälde in alten goldenen Holzrahmen, es waren sicher zwei Dutzend. Ein mächtiger Schreibtisch, ein ungemütlich aussehender Stuhl mit hoher Lehne dahinter. Alles in penibel gepflegtem Zustand, nahezu obsessiv ordentlich. Dupin erinnerte es an die Wohnung seiner Pariser Kindheit. Das Credo seiner Mutter lautete: Lässt man auch nur eine einzige Staubflocke zu, folgt zwangsläufig der allgemeine Niedergang.

»Und nur, falls Ihnen der Gedanke kommt, Monsieur le Commissaire«, sagte Madame Chaboseau in diesem Moment geradezu empört, »mein Mann war keinesfalls wackelig auf den Beinen! Auch wenn er dieses Jahr vierundsiebzig geworden ist. Seine Hüfte machte ihm ein wenig zu schaffen, aber er war weit davon entfernt, deswegen das Gleichgewicht zu verlieren und durch eine Fensterscheibe zu stürzen!«

Sie reckte das spitze Kinn in die Höhe.

»Und noch weniger – es verbietet sich eigentlich, darüber auch bloß einen Moment nachzudenken –«, sie stieß zischend die Luft aus, »noch weniger war es Selbstmord! Bereits die bloße Erwägung ist infam.«

Le Menn, Nevou und die Spurensicherung hatten bereits nach einem Brief oder Zettel gesucht, einer Nachricht von Monsieur Chaboseau, und nichts gefunden. Auch in den unteren Stockwerken nicht. Was jedoch noch nicht viel hieß, die meisten Selbstmörder hinterließen keinen Abschiedsbrief. Im Moment gab es allerdings in der Tat keinerlei Hinweise auf einen Selbstmord.

Dupin schätzte Madame Chaboseau auf Anfang siebzig. Kastanienbraun gefärbtes, kinnlanges Haar, eine voluminöse, elegante Frisur, die – so Dupins Vermutung – tägliche Friseurbesuche erforderte, zurückhaltend geschminkt, eine teuer aussehende Brille in Bordeauxrot. Sie trug eine dunkelgrüne Bluse und eine weite schwarze Stoffhose. Auch jetzt, vielleicht zwei Stunden, nachdem sie ihren Mann tot aufgefunden hatte, waren ihr keine übermäßigen Emotionen anzumerken. Dupin wusste, dass sich ein Schockzustand bei jedem Menschen unterschiedlich äußerte. Er hütete sich, von ihrem Auftreten auf ihr Inneres zu schließen. Wie er allgemein ein entschiedener Gegner voreiliger Schlussfolgerungen und Vermutungen war.

»Docteur Lafond wird die Leiche in der Gerichtsmedizin zuallererst auf Blutergüsse, Kratzer und Quetschungen untersuchen«, erklärte Rosa Le Menn klar und ruhig, aber ohne falsche Zurückhaltung, »um herauszufinden, ob Spuren eines Kampfes, einer körperlichen Auseinandersetzung zu finden sind.«

Im gesamten Arbeitszimmer gab es keinerlei Indizien, die auf einen Kampf hinwiesen. Dennoch: Mehr als einen einzigen kräftigen, geschickten Stoß hätte es nicht gebraucht, um den Arzt durch das Fenster stürzen zu lassen.

Dupin hatte in der Zwischenzeit das zweite, das intakte Panoramafenster inspiziert, das baugleich mit dem zerbrochenen war. Es gab weder Doppelverglasung noch Sicherheitsglas. Solche baulichen Vorschriften, die das, was passiert war, vermutlich verhindert hätten, hatte es zu der Zeit, als der Dachausbau erfolgt sein musste, noch nicht gegeben. Wenn ein erwachsener Mann frontal auf eine solch große, einfach verglaste Scheibe fiel, eventuell noch durch einen Stoß verstärkt oder indem er sich mutwillig in sie hineinwarf, gab sie augenblicklich nach.

»Sie werden ihn ebenfalls auf einen Herzinfarkt oder Schlaganfall untersuchen«, ergänzte Le Menn in diesem Augenblick an Madame Chaboseau gewandt. »Auch das hätte unter Umständen einen Sturz in die Scheibe auslösen können.«

Sicher, es gab solche unglücklichen Zufälle. Aber Dupin hielt es für äußerst unwahrscheinlich.

»So ist das Vorgehen, Madame Chaboseau. Wir werden schon bald mehr wissen«, schloss Le Menn. Dupin hatte es schon in den letzten Wochen beobachtet: Sie referierte penibel die schulpolizeilichen Regeln, die Art und Weise, wie sie es tat, ihre Mimik, ihre Stimme, ihre Haltung, sprachen aber bereits eine andere Sprache. Sie verrieten, dass Le Menn dem »offiziellen Vorgehen« mitunter skeptisch gegenüberstand, was sie Dupin von Beginn an sympathisch gemacht hatte.

Der Kommissar lief in dem großen Raum umher, ab und zu blieb er stehen, murmelte etwas vor sich hin.

Madame Chaboseau stand neben dem massiven Schreibtisch ihres Mannes, dunkles poliertes Holz, eine große Filzauflage, ein Computerbildschirm darauf. Dupin widmete sich den Bildern an den Wänden, die eng nebeneinanderhingen. Genau wie in den beiden anderen Stockwerken, die sie zuvor kurz in Augenschein genommen hatten. Hier oben hingen vor allem Arbeiten auf Papier. Pastell, Wasserfarben, Bleistift. Dupin entzifferte Signaturen von Gauguin, Berthe Morisot, Signac und Monet. Zwei Monet'sche Aquarelle von der Belle-Île hingen direkt über dem Schreibtisch. Fast allesamt Bretagnebilder. Dupin war kein Experte, aber er kannte sich gut genug aus, um zu wissen: Hier hing sehr viel Geld an den Wänden. In den unteren Stockwerken vermutlich noch mehr, dort waren es vor allem Ölgemälde. Der Kommissar hatte zudem die hochmoderne Klimaanlage bemerkt, die gut gesicherte Tür, die Alarmanlage. Madame Chaboseau hatte allerdings bereits bei seinem Eintreffen, noch bevor Dupin eine Frage zu den Bildern hatte stellen können, mitgeteilt, dass keine Kunstwerke fehlten, auch keine anderen Wertsachen. Um einen Diebstahl war es offenkundig nicht gegangen.

Dupin wandte sich an Madame Chaboseau: »Und Sie haben keine Idee, wer Ihren Mann – aufgesucht haben könnte? Denken Sie noch einmal nach.«

»Das habe ich eingehend getan«, Madame Chaboseau gab sich keine Mühe, den Verdruss in ihrer Stimme zu mäßigen. »In seinem Kalender ist nichts vermerkt. Für den gesamten heutigen Tag nicht. – Und es ist bereits das dritte Mal, dass Sie fragen.«

Der tadellose Zustand von Tür und Schloss zeigte, dass sich niemand mit roher Gewalt Zutritt verschafft hatte. Wenn es weder ein Unfall noch ein Selbstmord gewesen war, sprach im Moment einiges dafür, dass Chaboseau die Person, die ihm das angetan hatte, selbst hereingelassen hatte. Was hieße: Wahrscheinlich hatte er die Person gekannt, zumindest erwartet, vielleicht war er mit ihr verabredet gewesen. Aber es gab auch zahlreiche andere mögliche Szenarien: etwa, dass er das Haus verlassen hatte, ihm auf dem Rückweg jemand unbemerkt gefolgt war und sich erst in dem Moment gezeigt hatte, als der Arzt die Wohnung aufschloss. Oder jemand hatte sich überzeugend als jemand anderes ausgegeben. Wobei Docteur Chaboseau, wie Dupin ihn einschätzte, sicherlich nicht so einfach zu täuschen gewesen wäre.

Iris Nevou war bereits unterwegs, um herauszufinden, welche der Bewohner am Nachmittag zu Hause gewesen waren und ob sie etwas Auffälliges bemerkt hatten. Die Wohnräume der Chaboseaus in den oberen Stockwerken nahmen zwei Drittel des lang gezogenen alten Gebäudes ein, in dem sich auch das *Amiral* befand; im anderen Drittel, auf der vom Place Jean Jaurès abgewandten Seite, wohnten drei Parteien. Im ersten Stock befanden sich ein zusätzlicher Raum des *Amiral* – für gewöhnlich größeren Gesellschaften vorbehalten – sowie eine weitere Wohnung, die eine Familie mit zwei Kindern bewohnte.

Dupin ging erneut zu dem kaputten Fenster. Er blieb erst kurz vor dem Abgrund stehen und sah in die Tiefe. Unwillkürlich lief ihm ein Schauer über den Rücken.

»Und Sie selbst, Madame Chaboseau, Sie waren zwischen vierzehn und sechzehn Uhr in der Stadt unterwegs, sagten Sie vorhin?«

Ihr Anruf hatte Dupin um 16 Uhr 07 an der Pointe du Raz erreicht.

»Ich hatte einen Friseurtermin, um vierzehn Uhr. Bis ungefähr Viertel nach drei. Danach hatte ich noch ein paar Dinge zu erledigen.«

»Wenn Sie uns davon etwas detaillierter erzählen könnten?«

Dupin war bei den letzten Sätzen erneut durch den Raum gelaufen und blieb ein weiteres Mal vor dem kaputten Fenster stehen. Er schaute nach unten und erinnerte sich plötzlich an den Zehn-Meter-Sprungturm in einem Pariser Schwimmbad, auf den ihn als Zwölfjährigen eine Wette mit seinen Freunden getrieben hatte. Er trat einen energischen Schritt zurück und wandte sich wieder Madame Chaboseau zu.

»Ich war in der *Galerie Gloux*. Wegen eines Bildes. Dann bin ich zu Maurite.«

Ein marokkanischer Traiteur in der fabelhaften Markthalle. Dupin liebte den Stand, Maurite war großartig und bot die köstlichsten Dinge an. Und auch die *Galerie Gloux* kannte der Kommissar natürlich, über die Jahre waren Françoise und Jean-Michel Gloux Freunde geworden.

»Das Dienstmädchen hat heute frei. Ich habe ein feines *poulet noir* gekauft.«

Die Sätze hatten geklungen wie vor fünfzig Jahren. Vor hundert Jahren.

»Das war es? Nichts weiter?«

»Ich war noch kurz bei *Hops,* wegen der Black-Angus-Würste.«

Ein Laden, in dem auch Claire und Dupin gerne einkauften. Die Besitzerin, Katell Cadic, verkaufte vorzügliche Hartwürste und fantastischen Käse.

»Wir werden das überprüfen«, sagte Dupin und spürte, wie der Gedanke an die Würste ihn ablenkte. Er riss sich zusammen. »Ist in der letzten Zeit irgendetwas im Leben Ihres Mannes vorgefallen, das Sie mit einem Mord in Verbindung bringen würden?«

»Natürlich nicht!«, empörte sich Madame Chaboseau. »Es gab für niemanden einen Grund, meinem Mann nach dem Leben zu trachten. – Eine groteske Vorstellung.«

»Ein Vorfall in der Praxis?«, hakte Dupin unbeeindruckt nach. »Eine Fehldiagnose vielleicht? So etwas kommt vor.« Der Arzt hatte, soweit Dupin informiert war, zwar einen tadellosen Ruf besessen – dennoch: Rein statistisch gesehen musste auch ihm Derartiges schon unterlaufen sein in seiner langjährigen Berufspraxis, es war gar nicht anders vorzustellen.

Madame Chaboseau schwieg und fixierte Dupin mit strengem Blick.

»Oder ein anderer Konflikt? Ein Streit, der eskaliert ist? Überlegen Sie bitte, Madame. Es ist wichtig.«

Sie schüttelte entschieden den Kopf.

»Rivalitäten? – Er wird sicherlich nicht nur Freunde gehabt haben.«

Macht und Status, wie sie Familien wie die Chaboseaus besaßen, erwarb und erhielt man mitunter auf Kosten anderer. Was sie dann »Kollateralschäden« nannten. Meistens nahmen sie es noch nicht einmal wahr, weil sie mit »Wichtigerem« beschäftigt waren.

»Mein Mann ist hochgeschätzt«, sie hatte ihre Stimme zwar gesenkt, aber sprach mit unterschwelliger Aggressivität. »Er genießt einen tadellosen Ruf. In seinem Beruf als Arzt, aber auch als sozialer Wohltäter und Mäzen. Er ist in einer Vielzahl von Projekten engagiert.«

»Sie haben also überhaupt keine Idee, wer auf Ihren Mann schlecht zu sprechen gewesen sein könnte? Und warum?«, auch Dupin sprach nun leise und scharf. »Wenn Sie uns Informationen vorenthalten, behindern Sie die Aufklärung dieses Falls.«

»Lächerlich.«

Dupin wandte sich ab und begann abermals umherzulaufen. Er war in einen gewissen Affekt geraten. Es hatte nur teilweise mit Madame Chaboseau und ihrer hochmütigen, aufreizend unterkühlten Art zu tun. Dupin befand sich in einer merkwürdigen Stimmung. Es war eine Mischung aus Entsetzen über den möglichen, seine Intuition sagte ihm: wahrscheinlichen Mord – und tiefster Empörung. Auch wenn es noch nicht feststand: Es wäre dreist, direkt vor ihrer Nase, vor der Tür des Kommissariats, ein solches Verbrechen zu begehen.

»Wie kam es«, schaltete sich Le Menn ein und bemühte sich dabei um einen sachlichen, verbindlichen Ton, »dass ausgerechnet Sie Ihren Mann gefunden haben? Oder anders: Warum haben Sie den Eingang im Hof genommen?«

Wie häufig gehörten zu den vornehmeren Stadtwohnungen kleine Hinterhöfe, die zumeist als Parkplätze genutzt wurden. Der Hinterhof der Chaboseaus besaß sogar einen eigenen Hauseingang, der – wie der Haupteingang – zum Fahrstuhl und Treppenhaus führte.

»Ich nehme häufig den hinteren Eingang. Vor allem, wenn man einkaufen war, ist er äußerst praktisch.«

»Wozu nutzen Sie den Hof?«, setzte Le Menn nach.

Der Hof war vielleicht vier mal drei Meter groß. Rechts und links eine hohe Mauer, zur Straße hin ein elektrisches Tor, brusthoch.

»Früher hatte ich dort meinen Wagen stehen.«

»Und Ihr Mann?«

Madame Chaboseau zog die Augenbrauen hoch: »Er parkt seinen Wagen seit eh und je gegenüber, in dem größeren Hof. Er hat dort einen Stellplatz gemietet.«

Es sollte – so klang es zumindest für Dupins Ohren – so viel heißen wie: Das ist der angemessenere Platz für die Limousine meines Mannes. Beide Höfe lagen in der Rue du Guesclin, einer schmalen, wenig befahrenen Einbahnstraße hinter dem *Amiral*. An der Straßenecke befand sich Dupins Lieblings-Presseladen, geführt von Alain und Amélia. Dort kaufte er all seine Zeitungen und vieles mehr: Bücher, die Wissenschafts- und Kochmagazine für Claire und seine roten Notizhefte von Clairefontaine, auch die Dutzenden Kugelschreiber, die er ständig wieder verlor.

»Und wozu nutzen Sie Ihren Hof mittlerweile?« Le Menn ließ nicht locker.

Dupin holte sein Clairefontaine heraus und machte sich ein paar Notizen.

»Nur noch als privaten Zugang zum Haus.«

»Zu dem nur Sie beide den Schlüssel besitzen?«

»Und der Hausmeister sowie das Dienstmädchen. Sonst niemand.«

»Sie haben den Leichnam Ihres Mannes erst in dem Moment gesehen, als das Tor aufging?«

Bisher hatte sich niemand gemeldet, der Zeuge des Sturzes gewesen wäre – oder den Leichnam schon früher als Madame Chaboseau bemerkt hätte. Was nicht verwunderte, die Straße war nicht sehr belebt. Und das Einfahrtstor sicher ein Meter vierzig hoch.

Madame Chaboseau nickte.

»Worüber haben Sie beim Mittagessen gesprochen? Hatten Sie ein besonderes Thema?«, Dupin bemühte sich um einen freundlichen Ton. Madame Chaboseau hatte vorhin erwähnt, dass sie und ihr Mann zusammen gegessen hatten, zwischen zwölf und halb zwei, unten im *Amiral*, in der Brasserie, wie jeden Freitagmittag. Ihrer Aussage zufolge war sie anschließend in den zweiten Stock gegangen, ihr Mann in sein Büro im vierten Stock. Freitagnachmittags praktizierte er offenbar schon seit einigen Jahren nicht mehr.

»Wir haben Zeitung gelesen. – Und über dieses und jenes gesprochen.«

»Zum Beispiel?«

»Über den Hafen.«

»Den Hafen?«

»Den Hafenausbau.«

»Verstehe. Und was genau?«

Diese Woche waren mehrere Artikel über die neue Werft erschienen, die kürzlich eröffnet worden war. Die Stadt hatte außerdem Terrain für den weiteren Ausbau des Hafens freigegeben.

»Wie sehr wir all diese Aktivitäten begrüßen.«

Der Hafenausbau war schon lange eines der vorherrschenden Themen in Concarneau. Denn die *Ville Bleue*, die schöne »Blaue Stadt«, war im Wesentlichen eines: eine Stadt am Meer. Und der Hafen ihr Zentrum; genau genommen waren es sogar drei Häfen. Der Freizeit- und Sporthafen für Amateursegler und Profis. Der legendäre Fischereihafen – nichts hatte die Geschichte Concarneaus so geprägt wie die Fischerei –, dessen Aufkommen zwar geringer geworden war in den letzten Jahrzehnten, der aber immer noch zu den bedeutendsten Fischereihäfen ganz Frankreichs gehörte. Und nicht zuletzt der Industriehafen mit seinen Werften, dem Schiffbau und den Schiffsreparaturen, der am stärksten wuchs. Wenn man über die beeindruckend hohe Brücke über dem *Moros* fuhr und mit einem Mal einen atemberaubenden Blick auf Concarneau hatte, befand sich der Hafen direkt unter einem. Man sah riesige Schiffe im Wasser oder in imposanten Trockendocks. *Der Hafen in der Stadt, die Stadt im Hafen* lautete das Motto des Ausbaus. Ein Satz, der auch auf die glückliche geografische Lage der Stadt hinwies, die durch Landzungen und große natürliche Becken des Flusses *Moros* geschützt war vor dem brutalen Tosen des Atlantiks und vor feindlichen Angriffen, von denen es in der Geschichte der Stadt einige gegeben hatte.

»Es wird bei Ihrem Gespräch über den Hafen doch sicher um etwas Spezielleres gegangen sein?«

»Nein. – Und inwiefern sollte dies überhaupt von Belang sein?«

Es war müßig.

»Worüber haben Sie noch gesprochen?«

»Das Wetter.«

Die Antwort hatte nicht einmal harsch geklungen. Und vermutlich entsprach sie der Wahrheit. Das Wetter war in der Bretagne ein äußerst beliebtes Thema, auch wenn es – anders als in anderen Teilen der Welt – das Leben der Menschen eigentlich wenig beeinflusste, kein Bretone ließ sich wegen des Wetters von irgendetwas Wichtigem abhalten.

Es klopfte, Iris Nevou trat in den Raum. Unmittelbar begann sie zu berichten: »Keiner der Nachbarn hat zwischen vierzehn und sechzehn Uhr eine fremde Person im Haus gesehen. Ich habe mit allen selbst gesprochen«, sie holte ihr Smartphone aus der Tasche und tippte darauf herum, »soll ich Ihnen die Liste schicken?« Sie blickte zu Dupin, ihre tiefe Stimme faszinierte ihn jedes Mal aufs Neue, sie stand in einem bemerkenswerten Kontrast zu ihrer fragilen Erscheinung.

»Tun Sie das. Und niemand hat irgendetwas gesehen – oder zumindest gehört? Die berstende Fensterscheibe? Einen Schrei?«

»Niemand, nichts. Auch Paul Girard nicht«, der Besitzer des *Amiral*, ein Freund Dupins von der ersten bretonischen Stunde an. »Und auch keiner der Mitarbeiter. Ich habe mit Ingrid gesprochen.« Die wundervolle, patente Chefin der Brasserie. »Paul Girard ist übrigens gerade bei seiner Austernzüchterin, um neue Ware zu holen.«

»Was ist mit den Mitarbeitern aus der Küche?«

Die Küche lag nach hinten raus, allerdings sicher zehn, fünfzehn Meter entfernt vom kleinen Hof.

»Auch sie haben nichts gehört.«

Was plausibel war. In Küchen ging es laut zu, hinzu kamen die leistungsstarke Klimaanlage und der Lärm vom Markt, der freitags auf dem Platz vor dem *Amiral* stattfand.

»Sehr gut.«

Nevou hatte alles bedacht, Dupin war zufrieden.

Sein nachdrückliches »sehr gut« hatte auf den Gesichtern der Anwesenden einen ratlosen Ausdruck erscheinen lassen, Nevou eingeschlossen.

Der Kommissar wandte sich abrupt zum Gehen.

Kurz vor der Tür blieb er stehen und drehte sich um: »Ich danke Ihnen sehr, Madame Chaboseau. Bitte melden Sie sich, wenn Sie etwas brauchen!«

Madame Chaboseau stand tiefe Verblüffung ins Gesicht geschrieben.

»Wenn Ihnen etwas einfällt, rufen Sie mich an. Meine Nummer haben Sie ja. Und: Le Menn, Sie warten hier – die Spurensicherung kommt gleich noch einmal hoch.«

Sie würden dann auch den Computer mitnehmen. Madame Chaboseau hatte angegeben, das Passwort nicht zu kennen, was hieß: Es würde wie immer kompliziert. Das galt ebenso für den Code von Monsieur Chaboseaus Handy, das sie auf einem der Sekretäre sichergestellt hatten. Das Festnetz hatte er schon seit Jahren kaum noch benutzt, nur sie selbst, so Madame Chaboseau, habe noch damit telefoniert; dafür besitze sie kein Handy.

Die Kollegen der Spurensicherung hatten im Hof begonnen, waren danach bereits im Dachgeschoss gewesen, um sich dann – damit sie das Gespräch mit Madame Chaboseau in Ruhe führen konnten – in den zweiten und dritten Stock zu begeben. Dupin hatte sie angewiesen, Fotos von allem zu machen, was Madame Chaboseau nur unter Protest zugelassen hatte.

»Und Sie, Nevou, Sie kommen mit mir«, sagte der Kommissar und winkte sie zu sich.

Er hatte einige Aufträge für sie.

»Und bevor ich es vergesse, Madame: Der Raum hier gilt

bis auf Weiteres als Tatort. Der Hof ebenso. Niemand außer der Polizei hat Zutritt.«

Er öffnete die Tür und lief auf die Treppen zu, den Aufzug würde er kein zweites Mal betreten.

Nicht, dass er nicht noch eine ganze Reihe von Fragen an Madame Chaboseau gehabt hätte, aber er musste sich erst einmal ordnen. Und es so schnell wie möglich erneut bei Riwal und Nolwenn versuchen. Vor allem würde es keinen Augenblick länger ohne einen *café* gehen. Den hatte er eigentlich schon am Nachmittag an der *Baie des Trépassés* trinken wollen. Nach dem kühlen Bier. Das er ebenso wenig bekommen hatte wie die Schinken-Crêpes. Der entspannte Ausflug schien bereits Tage her.

Dupin saß auf der Terrasse des *Amiral.* In seiner gewohnten Ecke, die weiß getünchte Steinmauer im Rücken. Es war Viertel nach sieben, nur ein weiterer Tisch, ganz am anderen Ende, war noch besetzt. Ingrid hatte ihm gerade den *café* gebracht, den er beim Durchqueren des Lokals bei ihr bestellt hatte. Er seufzte erleichtert.

Als Dupin das *Amiral* von der Avenue Pierre Guéguin her betreten hatte, Nevou war davor stehen geblieben, um zu telefonieren, waren die beiden Redakteure von *Ouest-France* und *Le Télégramme* auf ihn zugestürmt. Donal und Drollec. Die Bürogebäude der beiden Zeitungen lagen keine zweihundert Meter entfernt von hier, am Place Jean Jaurès, dem weiträumigen Platz vor der Südseite des *Amiral.*

Natürlich würde sich die Nachricht vom Tod Chaboseaus wie ein Lauffeuer in der gesamten Stadt verbreitet haben.

Trotz aller Sympathie für die Journalisten: Dupin war nicht in der Stimmung gewesen, Erklärungen abzugeben. Daher hatte er so unwirsch wie wahrheitsgemäß erklärt, dass er noch überhaupt »nichts, aber auch gar nichts« zu sagen hätte.

Dupin lehnte sich zurück, trank einen Schluck Kaffee und ließ seinen Blick über den Platz schweifen, der bereits von den Spuren des Marktes gesäubert worden war.

Linker Hand erhob sich die mächtige *Ville Close*, daneben erstreckten sich die ellenlangen, sich verzweigenden Holzstege des Freizeithafens. Dutzende sanft schaukelnde Boote, Segelboote zumeist. Die bunten Segel hingen träge herab, effektvoll beschienen von der immer noch hoch stehenden Sonne. Die langen Tage hatten begonnen.

Mit einem Mal musste Dupin lächeln. Es gab gleich mehrere Gründe für seine – unpassende – Gefühlsregung. Wenn das hier mehr als ein tragischer Unfall oder Selbstmord war, wenn hier ein Verbrechen stattgefunden hatte – und sein Gefühl sagte ihm, dass dies der Fall war –, dann würde er jetzt öfter hier sitzen, und zwar »dienstlich«. Das *Amiral* würde sein Büro. Zudem würde er heute auf keinen Fall bei dem Abendessen mit Claires Eltern dabei sein können. Und überhaupt aller Voraussicht nach große Teile der familiären Pfingstaktivitäten verpassen.

»Ach, hier sind Sie, Commissaire!« Iris Nevou stand plötzlich vor seinem Tisch, er hatte sie nicht kommen sehen. Sie wirkte verstimmt.

»Auch einen?« Dupin hob die leere Tasse hoch.

»Ich trinke keinen Kaffee.«

Nevou setzte sich neben ihn.

»Unterhalten Sie sich bitte einmal mit den Praxismitarbeitern von Docteur Chaboseau über eventuelle Feinde ihres Chefs. Oder Konflikte.«

»Einverstanden.« Nevou zog ein zerfleddertes braunes Notizheft hervor. »Einverstanden« war eines ihrer Lieblingswörter, das sie anders, als es die meisten Menschen taten, nicht wie beiläufig verwendete, sondern jedes Mal mit großem Nachdruck betonte.

»Dann«, Dupins Clairefontaine lag bereits aufgeschlagen vor ihm, er überflog, was er sich notiert hatte, »dann diese Projekte – welche sind das, in denen sich Docteur Chaboseau«, er zitierte Madame Chaboseaus Worte, »als *sozialer Wohltäter und Mäzen* auf solch vorbildhafte Weise engagiert hat? Le Menn soll Ihnen bei der Recherche helfen.«

Vor allem am Anfang ging es meist darum, es auf gut Glück zu versuchen. Zu recherchieren, hier und dort. Man musste möglichst viele Netze an möglichst vielen Stellen auswerfen. Und sehen, was hängen blieb.

»Sollten wir nicht warten, bis wir wirklich wissen, womit wir es hier zu tun haben? Wenn es nun gar kein Mord war? Ich weiß ja nicht.«

Noch eine Wendung, die Nevou gern benutzte. Und die mehr zum Ausdruck brachte als einen konkreten Zweifel an der jeweiligen Sache. Bei ihrem »Ich weiß ja nicht« ging es vielmehr um eine Haltung, die grundsätzlich alles infrage stellte. Und keinem Augenschein traute. Eine gute Haltung, fand Dupin. Eigentlich.

»Ich …« Was sollte er sagen. Streng genommen hatte sie recht. »Wenn es aber doch Mord war, was im Augenblick die mit Abstand plausibelste Annahme ist, verlören wir wertvolle Zeit.«

Sie zuckte mit den Schultern. »Na gut. Dann würde ich mich an Ihrer Stelle für Chaboseaus geschäftliche Unternehmungen interessieren.«

»Was genau meinen Sie?«

»Seine Frau und er betätigen sich bekanntlich als Unternehmer und Investoren.«

Das war neu. Für Dupin zumindest.

Ein Hund hatte sich neben ihrem Tisch niedergelassen. Ein großer Hund, langes, dreckiges Fell, schwer zu sagen, welche Farbe, gelblich irgendwie. Er lag mit der Schnauze auf den Pfoten, ab und zu hob er den Kopf und blickte den Kommissar an. Dupin sah sich nach dem Besitzer um, konnte aber niemanden entdecken.

»Was sind das für Investitionen?«

»Sie sind an mehreren Firmen und Projekten beteiligt. Immobilien, eine Bierbrauerei, auch am Freizeithafen hier in Concarneau. Ich weiß von diesen dreien. Aber vielleicht sind es mehr.«

Die Bretagne hatte viele erfolgreiche Unternehmerinnen und Unternehmer hervorgebracht. Geschäftsleute, die sich zugleich in der Verantwortung sahen, gesellschaftlich zu wirken, auch das eine stolze bretonische Tradition. Es gab unzählige Beispiele, so auch Yves Rocher, der auf dem Dachboden seines Elternhauses seine erste Creme auf der Basis von Feigwurz hergestellt hatte. Oder François Pinault, der milliardenschwere Kunstmäzen, der eines der größten Modeimperien der Welt gründet hatte. *Gucci, Yves Saint Laurent, Puma,* mittlerweile alles in bretonischer Hand.

»Weiß man, in welcher finanziellen Höhe die Chaboseaus sich an den Projekten beteiligen?« Dupin war neugierig geworden.

Nevou zuckte mit den Schultern. »Ich werde es recherchieren.« Sie wirkte immer noch ein wenig mürrisch. Dupin hätte ihr zu gern einen Kaffee bestellt. Er war davon überzeugt, dass Koffein die Laune verbesserte.

»Hatte er Geschäftspartner? Feste Geschäftspartner?«

»Ich werde es recherchieren.«

»Sprechen Sie darüber auch mit Madame Chaboseau in allen Einzelheiten.«

»Einverstanden.«

Schweigend notierte Dupin sich ein paar Stichpunkte und gab Ingrid, die den Tisch am anderen Ende der Terrasse abkassierte, ein Zeichen für einen weiteren Kaffee.

Nevou runzelte die Stirn. »In der Wohnung hängen sicher einige Millionen an den Wänden. Das ist mehr als ein gewöhnliches Hobby, denke ich. Auch ein interessanter Punkt.«

Dupin hatte schon einmal in einem Fall mit einem wertvollen Gemälde zu tun gehabt, einem Gauguin. Zwar war bei den Chaboseaus offenbar kein Bild gestohlen worden, aber eine kriminelle Geschichte konnte in der Kunstwelt auch ganz anders aussehen. Vielleicht, und das war nur eine von zahlreichen Möglichkeiten, war Chaboseau einem raffinierten Fälscher aufgesessen, woraus sich eine dramatische Geschichte entsponnen hatte.

»Madame Chaboseau hat angegeben, heute Mittag wegen eines Bildes in der *Galerie Gloux* gewesen zu sein.«

Dupin war nicht ganz klar, was genau Nevou damit sagen wollte. Er würde dennoch in der Galerie vorbeischauen. Das war ohnehin eine gute Idee. Françoise und Jean-Michel kannten die Stadt, die Menschen, die concarnesischen Verhältnisse.

»Wir …«

»Commissaire!«

Im Handumdrehen stand Rosa Le Menn vor ihnen.

»Der Gerichtsmediziner hat angerufen. Er wollte Sie persön…«

»Und?«

»Ein ausgeprägtes prämortales Hämatom an der rechten Schulter. Und eines am Oberarm. Frisch, sie sind kurz vor dem Tod verursacht worden. Ich zitiere«, ihre Augen weiteten sich, »*morphologisch deutet alles auf einen heftigen Stoß hin.* Docteur Lafond würde sich, so soll ich es Ihnen sagen, schon nach der ersten Inaugenscheinnahme weitgehend darauf festlegen.«

Sie setzte ab, musterte Dupin, als würde sie ihm Zeit lassen wollen, die Nachricht zu verarbeiten.

»Das hieße«, konstatierte Nevou, »er ist tatsächlich umgebracht worden.« Sie ließ trotzdem ein »Ich weiß ja nicht« folgen.

Dupin erhob sich abrupt. Er lief bis zum Ende der Terrasse und kam dann langsam wieder zurück. Eigentlich lag nichts Überraschendes in dieser Mitteilung. Und doch – jetzt war es real. Auch das Gefühl heftiger Empörung war nun zurück. Seit Dupin in der Bretagne lebte, hatte es noch keinen Mord auf seinem ureigenen Terrain, in Concarneau, gegeben. Zu Hause, sozusagen.

»Hat Lafond sonst noch etwas gesagt?« Dupin war zurück am Tisch, Le Menn hatte sich neben Nevou gesetzt, der Kommissar blieb vor ihnen stehen.

»Abgesehen von den Hämatomen ist nichts Auffälliges festzustellen gewesen. Einen Herzinfarkt oder einen Schlaganfall schließt Lafond aus.«

»Hat er etwas zum Todeszeitpunkt gesagt?«

»Offiziell zwischen fünfzehn und sechzehn Uhr. Und weiterhin spricht alles dafür, dass Chaboseau sofort tot war. Wenn Sie genauer wissen wollen, warum, erklärt er es Ihnen sehr gerne, hat er gesagt.«

»Was heißt ›offiziell‹?«

»Lafonds persönliche Vermutung ist, dass es eher gegen sechzehn Uhr geschehen ist.«

Es war verblüffend: Lafond hatte sich Dupin gegenüber

noch kein einziges Mal derart mitteilsam verhalten. Dass er eine »persönliche Vermutung« äußerte, zumal zu einem so frühen Zeitpunkt, konnte sich als sehr hilfreich für ihre Ermittlungen erweisen.

»Aber«, vervollständigte Le Menn, »das sei, ich zitiere: ›Interpretationssache‹, im Bericht wird lediglich ›zwischen fünfzehn und sechzehn Uhr‹ stehen.«

Dann wäre es erst kurz vor Madame Chaboseaus Rückkehr geschehen.

»War's das?«

»Ja.«

»Wir sollten unbedingt mit der Angestellten der Chaboseaus sprechen«, sagte Nevou. Sie klang nun gar nicht mehr verstimmt. »Sie wohnt nur ein paar Häuser weiter.«

Dupin hätte selbst darauf kommen müssen.

»Unbedingt. – Machen Sie das als Erstes.«

»Und vielleicht war Monsieur Chaboseau ja doch mit jemandem verabredet«, fuhr sie fort. »Mal schauen, was uns die Telefonverbindungen verraten.«

»Das wird dauern.« Ein leidiges Thema, Dupin machte sich keine Illusionen.

Eines stand jedenfalls fest: Er brauchte Nolwenn. Und Riwal. So schnell wie möglich. Wenn die beiden das wüssten – ein Mord in ihrer Stadt! Zudem kannte Nolwenn fast jeden in Concarneau. Und nicht nur die Menschen, sondern auch ihre Geschichten. Dabei fiel Dupin ein, dass er unbedingt Docteur Garreg anrufen sollte, seinen betagten brummigen Hausarzt. Er würde ihm mit Sicherheit etwas über Chaboseau erzählen können.

Dupin wandte sich an seine beiden Kolleginnen: »Teilen Sie sich die bisherigen Aufträge auf.«

Er verspürte eine plötzliche Unruhe. Er griff zu der kleinen

Kaffeetasse, die Ingrid auf dem Tisch abgestellt hatte, als er hin und her gelaufen war, und leerte sie in einem Zug. Dann wandte er sich um und lief ohne ein weiteres Wort über die Straße auf den Place Jean Jaurès. Das Handy bereits am Ohr.

Er erreichte wieder nur Nolwenns Mailbox.

Ein Seufzer, aus dem tiefsten Inneren. Dupin hatte keinen blassen Schimmer, auf welchem Teil ihrer Route durch das bretonische Inland sie sich derzeit befinden mochte. Riwal würde es wahrscheinlich wissen, zumindest in welcher Gegend sie unterwegs war, Nolwenn hatte die Reise mit ihm intensiv diskutiert. Dupin könnte es dann über die Kneipen, die, so erinnerte er sich, vorwiegend nach Frauennamen – ihren Besitzerinnen – benannt waren, oder im Zweifelsfall über die örtliche Gendarmerie versuchen, aber das half ihm gar nichts, solange er auch Riwal nicht erreichen konnte. Gemerkt hatte der Kommissar sich, dass die beiden über ein örtliches Schlachtfest gesprochen hatten, eine traditionelle *Fête du Cochon.* Das fröhliche Motto dieser Feste lautete: »De la tête à la queue je suis délicieux«. – »Ich bin köstlich – vom Kopf bis zum Schwanz«. Dupin öffnete den Browser auf seinem Handy. Vielleicht fand er eines, das in diesen Tagen stattfand.

Es waren mehr als ein Dutzend Einträge. Er ging ein paar der genannten Orte durch. Keiner sagte ihm etwas. – Das führte zu nichts, er würde, auch wenn er es kurz erwogen hatte, nicht massenhaft Gendarmen aufscheuchen können, die Nolwenn und ihren Mann in sämtlichen Lokalen des bretonischen Inlands suchten.

Er würde es noch mal bei Riwal probieren.

Wieder nur die Mailbox. Dupin legte auf. Er hatte genug Nachrichten hinterlassen und hoffte inständig, dass sein Inspektor in dem abgeschiedenen Haus auf der Belle-Île zumindest irgendwann einmal das Radio oder den Fernseher einschaltete und auf diese Weise von den Ereignissen erfuhr.

»So ein Scheiß.«

Dupin stand mittlerweile vor den Stufen der prächtigen Markthalle aus dem 19. Jahrhundert, dem großen kulinarischen Palast der Stadt.

Auch der nächste Anruf war nicht von Erfolg gekrönt: »Hier Docteur Claire Lannoy. Bitte hinterlassen Sie eine Nachricht.«

Eigentlich hätte Claire die Klinik schon verlassen haben und auf dem Weg nach Hause sein müssen.

Prompt kam der Piepton.

»Salut, Claire, ich bin's, ich …« Dupin hielt inne, es wäre ein Fehler, aufs Band zu sprechen. Es gab zu viel zu sagen, und jeder einzelne Teil der Nachricht war schon für sich genommen nicht einfach zu erklären, aber es half nichts: »Claire, wir haben einen Mord. Hier – in Concarneau.« Er bemühte sich um einen dramatischen Klang in der Stimme: »Docteur Chaboseau. Ein Sturz aus dem vierten Stock. Sie wohnen über dem *Amiral*. Wir nehmen gerade die Ermittlungen auf.« Das war die eine Sache, jetzt kam die nächste, auch davon wusste sie noch nichts: »Deine Eltern kommen schon heute Abend. Sie haben den Zwischenstopp gestrichen. Sie wollen gegen neun da sein.« Ihm fiel ein, dass er den geräucherten Fisch noch im Wagen hatte. »Entschuldige mich bitte bei ihnen. – Und voraussichtlich, du weißt ja, wie das ist, werden wir die nächsten Tage hier beschäftigt sein. – Sag ihnen bitte, dass es mir sehr leidtut«, eine kleine Pause, »ich muss weiter, Claire. Bis später.«

Dupin beschloss, sich umgehend auf den Weg zur Galerie zu machen. Davor aber noch rasch seinen Hausarzt Docteur Garreg anzurufen.

Er hielt das Handy fest am Ohr. Umgehend sprang das Band an.

»Verdammt.« Es war wie verhext. Der vierte vergebliche Anruf. Dupin legte auf. Plötzlich fiel es ihm wieder ein. Garreg hatte es ihm selbst gesagt, als er vor ein paar Wochen bei ihm zum Check-up gewesen war. Garreg war bei seiner Tochter in Kanada, sie lebte mit ihrem Mann und den Kindern irgendwo zwischen Québec und Montréal, sie wollten gemeinsam am Sankt-Lorenz-Strom wandern gehen. Zwei Wochen. Die Praxis war geschlossen.

Aus dem Augenwinkel sah Dupin, wie ein weißer Citroën-Kastenwagen um die Ecke bog. Paul Girard, der von seinem Besuch bei der Austernzüchterin zurückkam. Paul hatte einen Parkplatz im selben Hinterhof wie Docteur Chaboseau.

Dupin ging ihm entgegen, als er ausstieg. Sein weniges graues Haar schimmerte heute besonders hell.

»Salut.«

Paul stand hinter seinem Transporter. Schräg gegenüber, auf der anderen Seite der Straße, war Docteur Chaboseau aufgeschlagen. Das Hoftor war doppelt und dreifach mit Polizeiband abgesperrt.

Für gewöhnlich war Dupin sehr froh darüber, dass Paul ein schweigsamer Mensch war, aber im Augenblick war dem Kommissar sehr an einem regen Austausch gelegen.

»Was sagst du zu Chaboseau?«

Paul zuckte mit den Achseln. »Tragische Geschichte. Seltsam auch.«

»Kanntest du ihn näher?«

»Wir haben uns gegrüßt, mehr nicht. – Bin nicht bedeutsam genug.«

Pauls Miene sprach Bände.

»Ihr habt euch nie länger unterhalten?«

»Nicht wirklich, nein.«

»Wohnten die Chaboseaus schon hier, als du das Restaurant übernommen hast?«

»Ja.«

Paul hatte das *Amiral* vor fast zwei Jahrzehnten gekauft. Er hatte – wie alle Gastronomen – die phänomenale Gabe, mit beinahe jedem klarzukommen. Was hingegen nicht hieß, dass er sich mit jedem anfreundete.

»Die beiden sind nicht meine Welt.«

»Weißt du von irgendwelchen Auseinandersetzungen oder Streitigkeiten?«

»Er ist mit Brecan Priziac, dem Apotheker, und Jodoc Luzel, dem Weinhändler, befreundet. Sie kommen einigermaßen regelmäßig ins Restaurant, meist abends. Mittags auch manchmal in die Brasserie. Chaboseau und seine Frau ebenfalls.«

Das war nicht die Antwort auf seine Frage gewesen, doch Dupin notierte sich die Namen. Er erinnerte sich, die Männer das eine oder andere Mal gesehen zu haben. Wie Chaboseau genossen sie Ansehen in der Stadt, doch Dupin kannte sie nicht näher. Er wusste bloß, dass Priziac Witwer war, ein Aristokrat. Auch er gehörte einer der mächtigen, reichen Familien der Gegend an. Seine Familie hatte über Generationen ein regelrechtes Apothekenimperium aufgebaut. Altes Geld also. Ganz anders als Luzel, ein eingefleischter Junggeselle Anfang fünfzig, der vor zehn Jahren begonnen hatte, einen ambitionierten Weinhandel aufzubauen, zuerst in der Bretagne, dann in ganz Westfrankreich. Äußerst erfolgreich offenbar. Letztes

Jahr erst hatte er an einem der Kreisverkehre oberhalb der Stadt einen großen Laden eröffnet. Mit infamen Preisaktionen machte er Dupins Lieblingsweinhändlern Konkurrenz, dem *Cave Moros* und *La Petite Cave.*

»Sind sie auch Geschäftspartner?«

Paul nickte. »Ich denke schon. Aber ich weiß nichts Genaueres. Auch nichts von irgendwelchen Konflikten.«

»Verstehe.«

Paul öffnete die hintere Tür des Citroëns. Rund ein Dutzend randvoll gefüllter blauer Boxen waren zu bestaunen: darin Austern, Krebse, Muscheln, darunter auch *Praires,* Dupins Lieblingsmuscheln. Sein Magen knurrte lautstark bei diesem Anblick. Nur ein Teil der Schalentiere würde für das Restaurant bestimmt sein, der andere für Pauls neuen Fischladen, *La Roche,* am Place du Général de Gaulle, ganz in der Nähe, es gab dort alles Köstliche aus dem Meer, ein maritimes Schlaraffenland. Paul hatte das Geschäft von Gisèle übernommen, die es jahrzehntelang betrieben hatte, und mit dem Geschäft auch ihre legendären Rezepte, wie jenes für *Jakobsmuscheln à la Concernoise,* mit Eschalotten, Petersilie, Fenchelsamen, Meersalz sowie in einer schönen Menge Butter und Muscadet geschmort. Die Bewohner Concarneaus waren erleichtert gewesen, dass Gisèles Rezepte auch weiterhin zubereitet wurden.

Paul machte sich an den Boxen zu schaffen.

»Ich denke«, fügte er in einem merkwürdig düsteren Ton hinzu, »Chaboseau hat seine Geschäfte für sich behalten. Genau wie seine Freunde. – Wie soll ich sagen? Mafia – aber nicht die gute.«

Dupin wusste, worauf Paul anspielte. Seit Tagen beherrschte das Thema die Medien. Bei einem Besuch des französischen Präsidenten und des Außenministers beim Papst war es zu einer aufsehenerregenden Szene gekommen: Der Außenminister, ein Bretone, war im Vatikan auf einen alten Freund getroffen, einen Priester, ebenfalls Bretone, mit dem er zusammen in Pontivy zur Schule gegangen war. Zwei alte Freunde also, die einander freudig begrüßten. Was den Präsidenten zu der harmlosen Äußerung »Bretons partout!« verleitete, eigentlich natürlich die Erfüllung eines bretonischen Traums: »Die Bretonen sind überall.« An den Papst gewandt fügte der Präsident dann jedoch hinzu: »Les Bretons, c'est la mafia française.« Die Bretonen sind die Mafia Frankreichs. Woraufhin ein Sturm der Entrüstung losgebrochen war, in den sich zugleich bretonischer Stolz gemischt hatte. Am Ende hatte der kluge Außenminister eine wunderbar salomonische Lösung gefunden, die wiederum mitten ins bretonische Herz führte: »La mafia bretonne, c'est la mafia du bien!« Die bretonische Mafia ist die gute Mafia. Präziser: *die Mafia des Guten.* Die jedoch hatte Paul gerade eben nicht gemeint.

»Beziehst du dich auf konkrete Vorfälle?«

»Nein.«

»Du meinst es ganz allgemein?«

»Genau.«

»Aber schon auf die drei bezogen?«

»Ja.«

Das reichte Dupin für den Moment.

»Ich muss los. Salut, Paul.«

»Bis später.« Der Besitzer des *Amiral* nahm die erste Kiste mit Austern und trug sie zum Restaurant.

Im Nu hatte Dupin die Straßenecke mit dem Tabac-Presse erreicht. Er sollte später auch einmal mit den Besitzern sprechen. Zudem mit Valérie, der Keramikkünstlerin, die Dupin so mochte. Kam er erst einmal ins Nachdenken, fielen ihm mehr und mehr Menschen ein, bei denen er Erkundigungen einholen konnte. Das Gute war: Jedem Einzelnen konnte er rückhaltlos vertrauen; er würde sich nicht fragen müssen, ob sie etwas zurückhielten, ihn manipulierten, täuschten, auf falsche Fährten schickten. Sämtliche seiner Freunde, und es waren einige geworden in seinen neun Jahren hier in Concarneau, könnten unter Umständen hilfreich sein bei der Aufklärung des Falls. Eine vollkommen ungewohnte und ausgesprochen komfortable Ermittlungssituation. Es war ein Heimspiel. Chaboseaus Freunde und eventuelle Geschäftspartner rangierten nach dem Gespräch mit Paul nun weit oben auf der Prioritätenliste; für gewöhnlich hätte Dupin jetzt Nolwenn angerufen und sie hätte im Nu ein perfektes Dossier über die beiden erstellt.

Dupin überquerte die Straße und befand sich wieder auf dem Place Jean Jaurès. Er lief parallel zum Kai des Freizeithafens an den hübschen alten Fischerhäusern entlang.

Auf der Hälfte der Strecke zur Galerie blieb er abrupt stehen. Ihm war etwas eingefallen.

Er ging ein paar Schritte zurück und machte vor einem pittoresken schmalen Haus halt. Ein aufwendiger Holzerker, das Parterre mit einer Holzverkleidung versehen, die tiefblau gestrichen war, über der Tür in Knallrot das Logo der Zeitung: *Ouest-France.*

Vielleicht war es eine Schnapsidee, dennoch, Dupin würde es versuchen.

Mit einer energischen Bewegung stieß er die Tür auf. Er wusste, dass Drollecs Büro im ersten Stock lag. Die beiden überraschten Mitarbeiter im Erdgeschoss nickten dem Kommissar zu, als er wortlos die Treppe hochlief.

Der beeindruckend beleibte Drollec hockte an seinem Schreibtisch und blickte ihn verblüfft an.

»Ich möchte eine offizielle Erklärung abgeben. Zum Fall Chaboseau.«

Drollec sprang auf.

»Rufen Sie anschließend Madame Donal vom *Télégramme* an, ich will, dass es alle wissen.«

»Und was genau wollen Sie erklären?«

Drollec griff nach seinem Handy und aktivierte die Aufnahmefunktion.

»Es war Mord. Die Gerichtsmedizin hat ein prämortales Hämatom an der rechten Schulter des Toten gefunden. Alles deutet auf einen gezielten Stoß hin. Wir haben es folglich mit einem Kapitalverbrechen zu tun, begangen zwischen fünfzehn und sechzehn Uhr. Im Dachgeschoss der privaten Wohnung des Ehepaars Chaboseau, Avenue Pierre Guéguin 1. Die Polizei bittet die Bevölkerung um aktive Mithilfe. Jeder Hinweis auf jedweden auch nur eventuell verdächtigen Vorgang, auf jede auch nur eventuell verdächtige Person, jede noch so unbedeutend scheinende Kleinigkeit, die jemandem in der betreffenden Zeit aufgefallen ist, könnte zur Aufklärung des Falles beitragen.«

Dupin war sich bewusst, dass diese Erklärung in gewisser Hinsicht der reine Wahnsinn war. Sie würden Dutzende Hinweise bekommen, darunter ganz sicher auch viele kuriose. Im schlimmsten Fall würde er die Stadt damit in Angst und Schrecken versetzen.

»Ist das alles?«

Dupin nickte.

Drollec beendete die Aufnahme.

»Veröffentlichen Sie es so schnell wie möglich auf Ihrer Website«, instruierte Dupin.

Riwal und Nolwenn hatten den News-Alert von *Ouest-France* und *Le Télégramme* aktiviert, so mussten sie endlich von dem Fall erfahren, darum ging es dem Kommissar vorrangig. Riwal verfügte zwar weder über Internet- noch Handyempfang, aber vielleicht würde er es mitbekommen, falls er in ein Restaurant oder eine Kneipe ging.

»Umgehend, Monsieur le Commissaire! Und morgen früh auf der ersten Seite! Da muss sogar *Six cent soixante-deux* weichen!«

Es war als Scherz gemeint gewesen. Seit Wochen gehörte die emotionale Aufmerksamkeit der Bretonen keinen Meldungen so innig wie denen von *Six cent soixante-deux.* Am Strand von Plouarzel war eine verletzte Robbe gefunden worden, eine Polarrobbe. Man hatte sie behandelt, aufgepäppelt und mit einem Sender versehen wieder freigelassen. Woraufhin sie sich auf eine gigantische Mission begeben hatte – ihre Reise bis hoch hinauf in die Arktis. Fünftausend Kilometer. Und das vollkommen alleine, getrennt von all ihren Artgenossen. Tausend Kilometer hatte sie bereits zurückgelegt, in nur zehn Tagen. Die ganze Bretagne fieberte mit. Würde sie es schaffen und allen Orcas und Haien ein Schnippchen schlagen? Für gewöhnlich erhielten Tiere, auf die die bretonische Öffentlichkeit aufmerksam wurde – ein kühner Delfin, ein verirrter Walhai oder ein entlaufenes Känguru –, einen hübschen Namen, aber bei der Robbe war die Registriernummer der überall mit äußerster Zuneigung ausgesprochene Name des Tieres geworden: *Sechshundertzweiundsechzig.*

»Das war es schon, ich danke Ihnen.« Dupin machte auf dem Absatz kehrt. Drollec schaute ebenso verdutzt wie am Anfang.

»Haben Sie denn schon eine Vermutung, Commissaire?«, rief der Redakteur ihm hinterher, Dupin hatte bereits die Treppe erreicht.

»Nicht die allervageste.«

Es hatte beinahe vergnügt geklungen, Dupin wusste selbst nicht, warum.

Ein paar Augenblicke später hatte er das Gebäude wieder verlassen und war zurück in der lauen Abendluft. Für einen Moment blieb er stehen.

Um die *Ville Close* und entlang des Kais hatte das ablaufende Wasser den Meeresboden freigegeben. Es herrschte tiefste Ebbe. Im Hafen fehlten sechs, sieben Meter Atlantik. Stattdessen blickte man auf schlammig-schlickigen, an manchen Stellen sandigen Boden und grellgrüne Algenfelder. Bunte Plastikbeiboote, die auf dem Trockenen lagen, eine Rampe führte vom Kai aus hinunter. Erst ein ganzes Stück von der *Ville Close* entfernt befand sich die Wasserlinie.

»Commissaire!«

Dupin hatte sich bereits wieder in Richtung der *Galerie Gloux* in Bewegung gesetzt. Rosa Le Menn lief auf ihn zu, sie war verblüffend flink und schnell für ihre Größe.

»Ich habe Sie«, Le Menn kam direkt vor ihm zum Stehen, »vom *Amiral* aus gesehen.«

»Ja?«

»Nevou hat bereits mit der Haushälterin der Chaboseaus gesprochen.«

Das war ja schnell gegangen. Sehr gut, Dupin liebte ein flottes Tempo.

»Sie war völlig aufgelöst und verängstigt. Nevou hat nichts Interessantes aus ihr herausbekommen können.«

»Gar nichts?«

Ein bisschen was hatte sich Dupin schon erhofft. Sie ging immerhin regelmäßig bei ihnen ein und aus.

»Nein. Nevou will ihr trotzdem noch ein wenig nachspüren,

soll ich Ihnen ausrichten. Sie hält sie für nicht ganz unverdächtig.«

»Was soll das heißen?«

»Nur so ein Gefühl von ihr.«

Im Augenblick war alles denkbar. Jedes mögliche Szenario.

»Verstehe.«

»Ich werde jetzt erst einmal mit den Angestellten der Praxis sprechen.«

»Sehr gut. Wir wissen nun übrigens, dass der Apotheker Priziac und der Weinhändler Luzel Freunde von Chaboseau waren. Vielleicht sogar Geschäftspartner. Bitte bringen Sie so viel wie möglich über die beiden in Erfahrung. Ich möchte ihnen wenn möglich noch heute Abend einen Besuch abstatten.«

»Wir finden heraus, wo sie sich aufhalten.«

Es würde ein langer Abend werden, so viel stand fest.

»Sehr gut. – Das war es für den Moment.«

»Prima.«

Le Menn machte sich umgehend wieder auf den Weg.

Zwei Minuten später stand Dupin vor der *Galerie Gloux*, es war das vorletzte Haus am Platz. Dahinter, direkt oberhalb des Meeres, befanden sich nur noch das wunderbar nostalgisch anmutende *Café de l'Atlantic* und der Atlantik selbst.

Durch die Fenster der filigran gearbeiteten Holztür war niemand zu sehen.

Dupin klopfte.

Die Galerie war bereits geschlossen, aber nicht selten waren Françoise und Jean-Michel bis spätnachts in einem der

Ausstellungsräume oder der Werkstatt beschäftigt. Zudem bewohnten sie die oberen beiden Etagen des Hauses. Leben und Beruf beziehungsweise Leidenschaft waren hier eng miteinander verschmolzen. Das Haus war selbst ein Kunstwerk. 1883 war es von Françoises Vorfahren in norwegisch inspiriertem Fachwerk erbaut worden – das Dekorative befand sich in einer gelungenen Balance mit einer modernen künstlerischen Strenge –, gestrichen in einem dunklen Grün, die Holzbalken, Verstrebungen, Tür- und Fensterrahmen in Rostrot. Françoises berühmter Urgroßvater, Théophile Deyrolle, und dessen Schwager waren Maler gewesen, aber auch Unternehmer; sie hatten unter anderem mit Eis aus der norwegischen Hafenstadt Bergen gehandelt, das in gigantischen Mengen auf großen Schiffen nach Concarneau geschippert worden war und im Hafen zum Frischhalten der Fische gedient hatte.

Viele Male schon hatte Dupin mit Françoise und Jean-Michel, die die Galerie vor fast fünfzig Jahren eröffnet hatten, oben im urgemütlichen Dachgeschoss gesessen, in lauen Sommernächten auch auf dem Balkon, der den unglaublichen Blick auf die *Ville Close* und das Meer freigab, nicht selten bis zum Morgengrauen. In diesen Nächten hatten die beiden die Geschichte des Hauses erzählt. Ende des 19. und Anfang des 20. Jahrhunderts war auch Concarneau ein Zentrum der Malerei geworden, mit einer eigenen Künstlerkolonie, nicht ganz so prominent wie diejenige von Gauguin in Pont-Aven, aber dennoch höchst bedeutsam. Schon bald war das Haus von Malern bewohnt gewesen, im Parterre hatte es praktischerweise ein Bistro und somit genug zu trinken gegeben. Einer der Maler hatte 1905 auch das Plakat für das erste *Festival des Filets Bleus* entworfen, das heutzutage wichtigste Stadtfest Concarneaus. Es war damals aus der Not heraus geboren worden. Die Sardinenschwärme blieben aus, die Fischer litten Armut und Hunger. Das beim Festival eingenommene Geld half.

Dupin hatte ein zweites und drittes Mal geklopft, jetzt öffnete sich die Tür. Françoise begrüßte ihn mit dem vertrauten Lächeln und ohne einen Anflug von Erstaunen.

Ihre dunklen Augen glänzten, sie war eine ausgesprochen schöne Frau. Sie gehörte zu den Menschen, die nie alt aussehen würden, egal, wie alt sie waren. Sie trug einen dünnen weißen Pullover, dazu Jeans, schlicht, leger, aber mit großem Stilgefühl, eine runde Hornbrille, die ihr außergewöhnlich gut stand. In der linken Hand hielt sie einen stattlichen Hammer.

»Es war Mord, stimmt's?«

»Es war Mord«, bestätigte Dupin und trat ein.

Schon im Eingangsraum der Galerie hingen Bilder bis unter die Decke, jeder Quadratzentimeter Wandfläche wurde genutzt. Maler mit einem Bezug zur Bretagne, vor allem solche, die sich in Concarneau aufgehalten hatten, viele also. Rechts eine Glasvitrine mit kostbaren Gegenständen. Darin unter anderem zwei Flaschenschiffe. Zwei flache Tischchen, darauf Bücher, Kunstkataloge, alte Keramik – und, Dupin war jedes Mal begeistert: eine Pinguinskulptur. Genauer: ein Pinguinpaar, schwarz mit weiß-silbernen Bäuchen, sicherlich vierzig, fünfzig Zentimeter groß.

Françoise ging zu ihrem Holzschreibtisch im hinteren Teil des Raums und blickte den Kommissar nachdenklich an.

»Eine schlimme Sache.«

Sie war eine äußerst kluge Frau, weise, hätte man früher gesagt. Ihre Worte bedeuteten so viel wie: »Das wird kompliziert.«

»Du wirst tief eintauchen müssen in alle Schichten der

Stadt, befürchte ich. Tief schürfen müssen. Tiefer, als dir lieb sein wird.«

»Wie meinst du das?«

Es hatte bedrohlich geklungen. Nach dunklen Sphären und Geheimnissen. Als wäre die Stadt ein finsteres Wesen. Dupin kannte Concarneau anders: hell, licht, weit, offen, frei, genauer: atlantisch. Er hatte den Eindruck, dass Françoise mit einem Mal ein wenig blass aussah. Aber vielleicht lag es nur an dem schummrigen Licht.

»Wenn es um die alten, reichen Familien geht, geht es fast immer auch um Geld, Geschäfte, Beziehungen, Macht. – Vieles davon reicht bis in die Vergangenheit zurück.«

»Denkst du an etwas Bestimmtes?«

»Nein. Gar nicht. Aber die Stadt steckt voller Geschichten. Darunter auch solche, die finster sind und über die niemand freiwillig spricht.«

Sie lachte auf und zwinkerte ihm zu.

»Du musst bloß einmal die *Contes de la Ville Close* lesen, Georges. Oder dies hier«, sie griff zu einem Stapel alter Bücher, der auf dem Schreibtisch lag, »*V'là la Revue* – großartig! Ein Panorama der Stadt und ihrer Gesellschaft aus dem Jahr 1925. Vierzehn Geschichten aus dem Herzen des Erinnerungsschatzes der Stadt. Sogar Vauban höchstpersönlich tritt auf.« Der Baumeister von Louis XIV., der Teile der Altstadtbefestigungen gebaut hatte. Mit rauer Stimme fügte sie hinzu: »Am Ende wird auch eine wichtige Warnung ausgesprochen: gegen die Gier und Großmannssucht. Die Menschen bekommen nie genug. Aber«, sie lächelte und legte das Buch wieder auf den Schreibtisch, »zurück in die Gegenwart. Ich habe vorhin begonnen, Bilder aufzuhängen. Von Jean-Pierre Guilleron, du kennst ihn ja. Du kannst mir ein bisschen helfen. Jean-Michel ist in Quimper.«

Ohne eine Antwort abzuwarten, ging sie in den Ausstellungsraum nebenan. Dupin folgte ihr. In der Mitte des Raumes befand sich ein massiver Kamin aus hellem Granit. Eine dunkelbraune Kommode, ein paar kleinere Tischchen waren im Raum verteilt, auf einem ein dunkler Bär von demselben Künstler, der auch die Pinguine geschaffen hatte.

Linker Hand eine leere weiße Wand – die einzige nicht steinerne –, vor ihr blieb Françoise stehen. An ihr lehnten eine Menge Bilder. Arbeiten von Guilleron. Eine Reihe kleinerer Bilder waren offenbar bereits sortiert worden. Sie zeigten Bewohner des Atlantiks: Barsche, Rotbarben, Heilbutte, Doraden, Krebse, Langustinen, Hummer, Muscheln. Auf ganz besondere, einmalige Weise zugleich vollkommen realistisch und dabei hochästhetisch. Was an Guillerons außergewöhnlichem Verfahren lag – er bemalte reale Fische und drückte sie aufs Papier. Diesen Abdruck malte er dann gewissermaßen aus. Was entstand, war außerordentlich: einzelne märchenhafte Kreaturen. Fabelwesen. Das Bekannte, das war die verrückte Wirkung, wirkte plötzlich unbekannt.

»Madame Chaboseau sagt, sie sei heute Nachmittag bei dir gewesen.«

»Ja, das war sie.«

»Wann ungefähr?«

Françoise dachte nach. »Gegen halb vier vielleicht.«

»Worum ging es bei ihrem Besuch?«

»Um zwei Bilder. – Docteur Chaboseau war ein großer Sammler, alle beide eigentlich. Bereits sein Vater und Großvater waren Sammler, es gibt sogar einige ihnen gewidmete Bilder. Das Ehepaar kauft auf den ganz großen Auktionen, bei *Sotheby's, Christie's, Phillips.* Aber auch in Frankreich. Ab und zu auch bei uns. Teure Bilder. – Und wir machen all ihre Rahmungen.«

Sie war ein paar Schritte zurückgetreten und musterte die Wand.

»Madame Chaboseau hat mir gegenüber nur von einem Bild gesprochen, nicht von zweien. Warum?«

»Das weiß ich leider nicht.«

Dupin hatte sein Notizheft herausgeholt.

»Wann …«

Sein Handy ertönte. Es hatte erstaunlich lange Ruhe gegeben.

Es war Kadegs Nummer. Dupin traute seinen Augen nicht.

»Entschuldigung, Françoise, nur einen Moment.«

»Kein Problem. Geh in den Anbau, da ist der Empfang besser.«

Dupin nickte.

»Kadeg?«

»Sind Sie es, Commi…«

Dafür war keine Zeit.

»Worum geht es, Kadeg?«

»Ich habe von dem Mord gehört.«

»Und?«

»Und ich habe Ihre öffentliche Erklärung gehört. Und …«

»Kadeg! Ich befinde mich in einem Ermittlungsgespräch. Sie sind in Elternzeit! Was wollen Sie?«

Dupin hatte den Anbau erreicht.

»Ich habe gehört, Nolwenn und Riwal sind gar nicht da.«

»Und?«

»Ich wäre ja gekommen, um Sie zu unterstützen, wollte ich Ihnen nur sagen. Aber meine Frau ist dieses Wochenende beruflich unterwegs.«

»Ich komme klar, die beiden Neuen schlagen sich hervorragend, danke, Kadeg.« Dupin konnte, auch wenn er sich dagegen sträubte, eine gewisse Rührung nicht leugnen.

»Fällt Ihnen zu der ganzen Sache spontan etwas ein?«, schob er nach. – Wenn er seinen Inspektor schon mal am Apparat hatte …

»Chaboseau war mit diesem Apotheker befreundet. Ein harter Knochen, seien Sie vorsichtig.«

»Noch etwas, Kadeg?«

»Nein, das war's. Ich melde mich wieder.«

»Aber nur …«, Dupin brach ab. »Tun Sie das. Bis dann.«

Der Kommissar ging zurück zu Françoise, die ihn lächelnd erwartete.

»Also«, griff er den Faden unmittelbar wieder auf, »ich wollte wissen, was es mit den beiden Bildern auf sich hat, wegen denen Madame Chaboseau hier war.«

Françoise bückte sich nach einem Bild mit sechs rosa Doraden, die geordnet in eine Richtung schwammen, und einem Schwarm kleiner blauer Sardinen, der ihnen entgegenkam.

»Georges, halt mal. – Auf diese Höhe.« Mit einer minimalen Kopfbewegung deutete sie auf den gewünschten Platz an der Wand. Dupin nahm das Bild und hielt es kurz an die Wand. Françoise zog einen Nagel aus der hinteren Hosentasche, setzte, ohne zuvor die kleinste Markierung gemacht zu haben, an und trieb ihn mit zwei beherzten Schlägen in die Wand.

»Das eine Bild stammt aus der Rockefeller-Sammlung, die gerade in New York verkauft wurde. Ein kleinerer Renoir. Ein Landschaftsmotiv. Das andere ist ein Matthieu Dorval. Für beide hat Madame Chaboseau einen Rahmen ausgesucht.«

Claire hatte von dem bretonischen Maler Dorval vor einiger Zeit ein Bild gekauft, sie waren sogar gemeinsam in dessen Atelier gewesen, auf der Presqu'Île de Crozon. Ein Meerbild – Blau in allen Nuancen, grelles Weiß hier und dort, ein grober Pinselstrich. Dupin mochte es sehr. Es hing in ihrem Schlafzimmer.

»Wo befindet sich der Renoir? Hier?«

Er musste viel wert sein.

Françoise nahm Dupin das Doraden-Bild ab, hängte es auf, legte den Kopf zur Seite – und schien zufrieden.

»Noch bei ihnen zu Hause. – Sie wollen einen neuen Rahmen dafür. Docteur Chaboseau hatte panische Angst vor Holzwürmern, sie lassen selbst die schönsten alten Rahmen austauschen. – Tja.« Ein Ausdruck des Bedauerns.

»Welchen Wert hat das Bild?«

»Es ist keines der wirklich teuren. 1,3 Millionen haben sie bezahlt. Du kannst es dir auf der Website von *Christie's* anschauen, sie weisen die Verkaufspreise aus.«

Für das, was teuer bedeutete, schien es in der Kunstwelt ein völlig anderes Empfinden zu geben.

»Könnte es sein, dass etwas mit dem Bild nicht stimmt?«

Françoise schaute Dupin erstaunt an.

»Du meinst, ob es eine Fälschung sein könnte? Wenn man bei *Christie's* ein Bild kauft, ist das nahezu ausgeschlossen, da arbeiten die angesehensten Experten, es besitzt eine verifizierte Herkunft.«

»Auf welchen Gesamtwert schätzt du die Sammlung der beiden?«

»Jetzt dieses hier.« Diesmal griff Françoise nach einem Hummer in Dunkelblau, der offenbar neben die Doraden und Sardinen kommen würde. Im *Amiral* hing ein ganz ähnlicher Hummer von Guilleron, und auch das neue Logo des Restaurants, für das Paul sich letztes Jahr entschieden hatte, zeigte ihn.

Dupin folgte den sparsamen Anweisungen von Françoise und hielt das Bild an die Wand.

»Dreißig, vierzig Millionen. Bestimmt.«

»Nicht schlecht«, rutschte es Dupin heraus.

Françoise nickte vage, Dupin trat zur Seite, als sie den Nagel in die Wand schlug.

»Schwerpunkt Impressionismus und Postimpressionismus. Aber auch ausgewählte Künstler der Gegenwart. Zuweilen auch noch unbekannte. Das muss man ihnen lassen: Sie sind leidenschaftliche Sammler.«

»Und bei dem Bild von Matthieu Dorval – gibt es da möglicherweise«, Dupin wusste selbst nicht genau, worum es ihm ging, »irgendetwas Ungewöhnliches?«

Françoise hatte das Hummer-Bild aufgehängt. Es hing perfekt.

»Überhaupt nichts. Matthieu hat demnächst eine große Ausstellung in Paris. Das könnte sein Durchbruch werden.«

Sie griff nach drei kleinen Bildern, die offensichtlich neben den Hummer sollten. Sie zeigten Rotbarben. Dupin aß sie für sein Leben gern. Dieser feine, leicht bittere Geschmack.

»Ansonsten? Fällt dir …«

Sein Handy. Erneut.

»Tut mir leid, Françoise.«

Dupin ging ein weiteres Mal in den Anbau hinüber.

»Ja?«

»Wir sind da, Georges. Wir stehen vor eurem Haus.«

Dieses Mal erkannte er die Stimme sofort. Hélène Lannoy. Seine Schwiegermutter. Es durfte nicht wahr sein. Dupin warf einen Blick auf die Uhr.

Zwanzig nach acht.

»Wir erreichen Claire nicht. Sie wird sicher noch einen Notfall reinbekommen haben. Aber du bist ja bestimmt gleich da.«

Dupin brauchte einen Moment.

»Ich – wir haben einen Fall«, er sollte ihr den Ernst der Lage drastisch klarmachen. »Einen Mord.«

»Ach – das muss ja ganz neu sein. Eben gab es doch noch keinen.« Es klang so, als hätte Dupin den Mord erfunden.

»Ganz neu, ja. – Ich … Entschuldige, Hélène, ich muss hier weitermachen. Ich rufe noch einmal bei Claire an.«

»Das heißt, du kommst etwas später?«

»Genau – ich werde leider etwas später kommen, ja. Das ist sehr schade, ich hatte extra geräucherten Fisch für uns gekauft. Der liegt aber im Auto.« Er hoffte, dass sein Bemühen anerkannt würde.

Für einen Augenblick herrschte bedenkliches Schweigen am anderen Ende.

»Na gut. Wir gehen ein bisschen spazieren.« Dupin hatte Schlimmeres erwartet. »Die Lage von eurem Haus ist ja wirklich wundervoll. – Wann sagtest du, wirst du da sein?«

»Ich weiß es leider nicht.«

Er konnte gar nichts sagen. Nicht, wann er nach Hause käme – nicht, wo Claire war, wann sie nach Hause käme oder wann er sie erreichen würde, nicht, wie der Fisch aus seinem Wagen zu ihnen gelangen würde.

»Aber ich versuche, Claire zu erreichen!«

Wenn Claire einen Notfall in der Klinik hatte, wusste sie vermutlich noch von gar nichts. Nichts von der verfrühten Ankunft ihrer Eltern, nichts von dem Mord.

»Hervorragend. Dann ist ja alles gut. – Bis gleich, Georges.« Schon hatte sie aufgelegt.

Dupin entfuhr ein verzweifelter Seufzer.

Einen Augenblick später war er abermals zurück bei Françoise, die Dupin eines der Bilder mit den Rotbarben in die Hand drückte. »Über den Hummer.«

»Ich hatte noch fragen wollen«, nahm er den Faden wieder auf, »ob dir allgemein irgendetwas einfällt zu den Chaboseaus. Weißt du von Feinden oder Konflikten?«

Dupin hielt das Bild immer höher, bis Françoise nickte.

»Die beiden haben sich immer sehr diskret gegeben. Ich weiß so gut wie nichts über sie, ehrlich gesagt. Nur, dass sie über sehr viel Geld verfügen. Und über ein effektives Netzwerk von Kontakten in der gesamten Bretagne, das bis nach Paris reicht.«

»Was weißt du über ihre Geschäfte?«

»Immobilien. – Ihm gehörte der Hügel direkt westlich der *Sables Blancs*«, der schönste und berühmteste Strand der Stadt, eines der vornehmen Wohngebiete Concarneaus, »seit Generationen schon, früher auch das Land direkt hinter dem Strand. Aber das hat die Familie bereits vor hundert Jahren verkauft. Als die Tradition der Sommerfrische aufkam, war es so wertvoll wie Gold.«

»Der ganze Hügel gehörte ihm?«

»Ja.«

Das Gebiet war fantastisch gelegen. Vor ein paar Jahren war dort gebaut worden. Bestimmt zwanzig Häuser, schätzte Dupin. Großzügige Häuser mit ebenso großzügigen Gärten.

Das erste der drei kleinen Rotbarben-Bilder hing. Françoise setzte den zweiten Nagel ohne weiteres Maßnehmen.

»Er hat auch in das Thalasso-Spa dort investiert. Aber ich weiß nicht, ob er da immer noch beteiligt ist«, flugs hing das nächste Bild. »Dann vor ein paar Jahren in die große Bierbrauerei oben am *Leclerc*-Kreisverkehr. Auch wenn er sich da, wie überall, konsequent im Hintergrund hält. – Ach ja, und ganz neu, in eine Fisch-*Conserverie*, für die er große Pläne hat, *Délices de la Mer*.«

Dupin machte sich Notizen, während Françoise zum nächsten Bild ging.

»Eine *Conserverie*?«

»Ja. Fischkonservenfabriken sind wieder gewaltig auf dem Vormarsch, eine große Tradition wird wiederbelebt.« Françoise schien diese Entwicklung sehr zu begrüßen. Seit Mitte des 19. Jahrhunderts waren die *Conserveries* ein wichtiger Wirtschaftsfaktor der Bretagne gewesen, in Concarneau ganz besonders. In den letzten Jahrzehnten waren sie nach und nach niedergegangen. Nun jedoch erlebten sie eine neue Blütezeit. Die wenigen, die bis heute durchgehalten hatten, und viele neue, junge Unternehmen. Mit einer wunderbaren Mischung aus altem *Savoir-faire*, den besten Zutaten und viel neuer kulinarischer Fantasie zauberten sie Fische und Meeresfrüchte in hübsche Dosen.

»Könnte es um Konkurrenz gehen?«

»Keine Ahnung. Aber ich kann eine Kundin von mir fragen. Sieren Cléac. Sie hat selbst eine kleine *Conserverie* eröffnet, eine echte Manufaktur. Sie nimmt nur Fische aus der Küstenfischerei.«

»Mach das.«

Es hatte wirklich Vorteile, vor der eigenen Haustür zu ermitteln.

»Die Arme, ihre Mutter ist vor drei Wochen gestorben.« Françoises Blick wurde traurig.

»Tut mir leid«, Dupin räusperte sich. »Und diese Brauerei?«

»Du meinst *Roi Gradlon*.«

Das dritte Rotbarben-Bild hing. Vollendet arrangiert.

Roi Gradlon war eine bekannte Brauerei. Sie arbeitete mit massivem Marketing und hatte großspurig angekündigt, der ältesten und größten der bretonischen Brauereien Konkurrenz machen zu wollen – sie hieß *Britt* und befand sich an der Stadtgrenze von Concarneau. Neben *Britt*, dem »Bière de la Bretagne«, waren mittlerweile Dutzende kleine Brauereien in der Region entstanden. Bier war ein großes bretonisches Thema, auch in patriotischer Hinsicht: Die florierende Bierproduktion vermochte den Makel, keinen eigenen Wein zu keltern, zumindest ein wenig wettzumachen. Das bretonische Bier und, natürlich, der bretonische Cidre!

»Auch da weiß ich nichts von«, Françoise schien nach den richtigen Worten zu suchen, »besonderen Vorfällen.«

Plötzlich lag ein großer Ernst auf ihren Zügen. Doch ihre Sorge schien eher der weiteren Anordnung der Bilder zu gelten. Sie nahm das Bild eines sehr roten Krebses in die Hand. Dann eines, das drei elegante silbrige Barsche zeigte.

Dupin warf einen Blick in sein Notizheft.

»Weißt du etwas über die Beteiligung Chaboseaus am Freizeithafen?«

Durch das Fenster am Ende des Raums schaute man genau auf den Hafen.

»Soweit ich weiß, haben sie da noch gar nicht investiert. Es gibt Überlegungen, den Freizeithafen zu vergrößern. Und dafür eine private Gesellschaft zu gründen. Da wollte Chaboseau sich beteiligen. Aber es ist noch lange nicht so weit gediehen, im Augenblick gehört der Hafen komplett der Stadt.«

In diesem Punkt schien Françoise besser informiert zu sein als Nevou.

»Ist es ein umstrittenes Projekt?«

Sie hatte die Barsche neben den Krebs gestellt und die Bilder eingehend betrachtet, jetzt griff sie nach dem Krebs.

»Nein. Eigentlich nicht.« Sie gab Dupin das Bild in die

Hand, die bekannte Prozedur folgte. »Nur ein langwieriges. Am besten, du sprichst darüber mit dem Bürgermeister.«

Das wäre ohnehin eine gute Idee. In mehrerlei Hinsicht. Kler Kireg, ein junger, dynamischer Typ Anfang vierzig, war Ende des letzten Jahres gewählt worden. Einen Teil des Vertrauens der Bürger von Concarneau verdankte er der Tatsache, zur hochgeschätzten Familie Goullien zu gehören – auch wenn er adoptiert war, was die ganze Stadt wusste. Der Familie gehörte eine der größten und ältesten *Conserveries* der Stadt, Kireg selbst hatte jedoch nichts mit dem Geschäft zu tun.

»Was ist mit Chaboseaus Tätigkeit als Arzt?« Es war ein einziges Stochern im Nebel, aber so war es zu Beginn einer jeden Ermittlung. »Hast du in dieser Hinsicht von irgendetwas – Auffälligem gehört?«

»Ein bisschen höher …« Françoise deutete mit dem Kopf nach oben, Dupin hielt den Krebs noch höher. »Nein. Chaboseau war ein sehr guter Arzt. Er war in allem, was er tat, äußerst erfolgreich. – Er hatte seit Mitte letzten Jahres eine zweite Ärztin in der Praxis. Vermutlich sollte sie die Praxis nach seinem Ausscheiden übernehmen.«

Das mit der zweiten Ärztin war neu für ihn. Und nicht uninteressant.

»Wie heißt sie?«

»Das ist Blödsinn«, sagte Françoise scharf, »es müssen doch die Barsche sein!«

Resolut nahm sie Dupin das Bild mit dem Krebs aus der Hand und stellte es zurück auf den Boden.

»Hier!« Sie hielt ihm die Barsche hin.

»Evette Derrien«, fuhr sie nun in ruhigem Ton fort, »Mitte dreißig, gut aussehend und sehr ehrgeizig.«

Sie hatte es wie nebenbei gesagt.

»Weißt du von Konflikten zwischen den beiden?«

»Davon habe ich nichts gehört.«

»Weißt du etwas von irgendwelchen Fehlern, die Chaboseau als Arzt je unterlaufen wären?«

»Nein. Darüber habe ich noch niemanden reden hören.«

Mit dem entschiedenen »Nein« hatte sie den Nagel in die Wand geschlagen.

»Und seine ganzen ehrenamtlichen Engagements, das Mäzenatentum?«

»Auch da bleibt er im Hintergrund, allerdings so, dass man trotzdem weiß, dass er es ist, der da fördert. Der die Dinge ermöglicht.«

»Fällt dir eins dieser Projekte ein?«

»Er hat sich an der Wiederherstellung der Düne am *Plage de la Belle-Étoile* beteiligt. Das Projekt wurde letzte Woche feierlich vorgestellt.«

Die Stadt hatte entschieden, sich vermehrt um die – einst berühmten – innerstädtischen Strände zu kümmern. Eine umfassende Initiative. Es ging auch um den ökologischen Aspekt.

»Sehr gut«, kommentierte sie die hängenden Barsche. »Dann gab es da noch das Projekt mit dem Umweltboot. Von diesen drei Jungs aus Concarneau. Das Plastik zu Öl macht.«

Von dem Projekt hatte Riwal mit größtem Stolz im Kommissariat berichtet, fast als wäre es seine eigene Erfindung. Es war tatsächlich sensationell: Drei junge Forscher hatten ein großes, extravagant gestaltetes Boot entworfen, das über die Meere fahrend das elende, die ganze Welt vergiftende Plastik aufsammeln und mit einem patentierten Verfahren in Öl zurückverwandeln sollte.

»Daran hat er sich beteiligt?«

»Ich weiß nicht, ob es sich um eine reine Förderung oder eine Beteiligung handelt.«

Die Liste der Punkte in Dupins Heft wurde immer länger. Chaboseau war ein wirklich umtriebiger Geschäftsmann gewesen.

»Was ist Madame Chaboseau für ein Mensch?«

Françoise blickte Dupin direkt an. »Nicht leicht zu beantworten.«

Dupin wartete. Anstelle einer Antwort schüttelte sie den Kopf und reichte ihm ein Bild von vier Seespinnen mit dünnen, langen, haarigen Beinen. Großartige Monster.

»Ist sie selbst aktiv in die Geschäfte ihres Mannes eingebunden?«

»Unbedingt. – Aber ich kann dir nicht sagen, wie genau sie das aufgeteilt haben«, sie hielt kurz inne, »zu traurig, diese ganze Geschichte.«

Das Bild war groß, das größte bisher, Dupin musste sich strecken.

»Höher. So ist es gut.«

Dupin ächzte leise. Françoise hielt den nächsten Nagel in der Hand.

»Hat sie Freundinnen?«

»Vielleicht in *ihren* Kreisen. Ich weiß es nicht. Madame Chaboseau hält sich seit einigen Jahren mehr und mehr in ihrem Haus in La Trinité auf. Ihr Mann war dort nicht so häufig.«

Dupin hatte von dem Haus noch nichts gehört. La Trinité-sur-mer war einer der exquisitesten Badeorte der Bretagne. Am paradiesischen Golfe du Morbihan gelegen, sehr nobel.

»Monsieur Chaboseau«, Dupin wollte es nur noch einmal bestätigt wissen, »war mit Brecan Priziac, dem Apotheker, und mit dem Weinhändler befreundet.«

»Mit Priziac und Jodoc Luzel, ja. Sie waren gute Freunde, soweit ich weiß.«

»Weißt du etwas über ihre Geschäftsbeziehungen?«

»Darüber sprechen sie nicht mit Außenstehenden. Keiner der drei.«

Sie war zur gegenüberliegenden Wand gegangen, lehnte sich an und überprüfte von dort die bisherige Hängung der Bilder. Sie wirkte zufrieden.

»Erschien dir Madame Chaboseau irgendwie verändert, als sie heute da war? Anders als sonst?«

»Kein bisschen. – Was allerdings nichts heißt. Sie ist eine äußerst beherrschte Person. Zielstrebig, standesbewusst, herrisch – und vor allem: unlesbar.«

»Sie hat bisher auch keine große Gefühlsregung über den Tod ihres Mannes erkennen lassen.«

»Das kann ich mir denken.«

»Weißt du etwas über ihre Ehe?«

»Du bist lustig. – Nein, überhaupt gar ni…«

Dupins Handy klingelte abermals.

Eine Nummer aus der Region.

»Ja?«

»Monsieur Georges Dupin?«

»Mit wem spreche ich?«

»Brecan Priziac.«

Der Apotheker.

Eine effektvolle Pause.

»Eine Mitarbeiterin von Ihnen hat angerufen. Aber ich hätte mich ohnehin gemeldet.«

Erneut ließ er eine längere Pause entstehen, Dupin wollte gerade ansetzen, doch der Apotheker kam ihm zuvor.

»Ich denke, wir sollten uns einmal unterhalten, Monsieur le Commissaire.«

Die Stimme klang distanziert und überlegen.

»Das sollten wir. – Am besten jetzt gleich. Ich komme zu Ihnen.«

»Gut.« Priziac ließ sich nicht irritieren.

»Wo genau kann ich Sie finden?«

»In Beg Meil. *Pen Ar Roz*. Das Haus am Ende der Gasse. Direkt am Wasser.«

Beg Meil, ein herrlicher kleiner Badeort, lag bloß ein paar Kilometer Luftlinie von Concarneau entfernt, in der Bucht gegenüber.

»Ich bin schon unterwegs.«

Dupin legte auf, ohne eine Reaktion abzuwarten.

Françoise hatte sich während des Telefonates zum Schreibtisch im Eingangsraum begeben.

»Ich vermute, ich verliere meinen Assistenten?« Sie lächelte.

»Das war Priziac.«

»Wenn man vom Teufel spricht …«

»Dank dir, Françoise. Du hast mir sehr geholfen.«

Dupin hatte so einiges erfahren. Viel Neues. Wichtiges vielleicht. Kriminalfälle waren in vielerlei Hinsicht eine verrückte Angelegenheit: Manchmal existierte schon ganz zu Beginn einer Ermittlung der eine Hinweis, welcher der Schlüssel zu allem war. Die Lösung lag schon im ersten Moment vor aller Augen, unter Umständen geradezu grotesk offen, da. Dummerweise zumeist erst in der Rückschau ersichtlich – aber eben nicht immer. Manchmal wiederum gab es lange Zeit überhaupt keinen entscheidenden Hinweis. Es war, anders als in Kriminalromanen, die reine Willkür.

Dupin wandte sich Richtung Ausgang.

»Du weißt«, sagte Françoise in seinem Rücken, »dass es schon einmal einen Mordanschlag im *Amiral* gab?«

Dupin blieb abrupt stehen und drehte sich noch einmal um. Es musste vor seiner Zeit gewesen sein, weit vor seiner Zeit, ansonsten würde er die Geschichte kennen.

»1931. – Allerdings mit Gift, mit Strychnin genauer gesagt«, schon löste sich der unheimliche Ton, den sie angeschlagen hatte, in ein Lachen auf, »und es war in einem Roman. – Im *Gelben Hund*, einem der berühmtesten Fälle Maigrets, des größten Kommissars aller Zeiten. Dort ist der Anschlag im *Amiral* allerdings bereits der zweite Mordversuch, davor bekommt ein Weinhändler eine Kugel in den Bauch, direkt neben Alains Presseladen übrigens.«

Dupin musste schmunzeln. Der legendäre Kriminalroman gehörte zum stolzen Kulturgut der Stadt. Sein Autor, Georges Simenon, hatte sich wiederholt in Concarneau aufgehalten und die Stadt sowie das *Amiral* zum Schauplatz des Buches gemacht. Und auch in anderen Fällen hatte Commissaire Maigret in Concarneau zu tun gehabt. Die Stadt gedachte seiner auf vielfältige Weise, unter anderem mit dem berühmten jährlichen Literaturfestival *Le Chien Jaune*.

»Also, mach's gut, Georges«, jetzt war es Françoise, die sich abwandte. »Und wie gesagt: Lies mal die Geschichten aus der *Ville Close!* Womöglich hängt alles mit dem geheimnisvollen dunklen Zauberer zusammen …«

Dupin würde nicht nachfragen, von der Legende hatte er schon gehört. Eine tragische Liebesgeschichte.

»Noch mal danke, Françoise.«

Im nächsten Moment hatte Dupin die Galerie verlassen.

Feinster leuchtend weißer Sand, kristallklares Wasser, so durchsichtig, dass man genau hinsehen musste, um zu erkennen, wo es überhaupt begann. Ganz allmählich nur verstärkten sich die Farben, ein blasses, vornehmes

Smaragdblau, das ein paar Meter weiter ins Grünliche und dann ins Türkisfarbene überging, um sich weiter hinten in der Bucht endgültig in ein Azurblau zu verwandeln. Unter dem Horizont schließlich ein dunkles Ultramarin. Wäre der Anblick ein Foto, hätte man auf eine umfassende Bildbearbeitung gewettet, eine übertriebene Betätigung des Farbreglers.

Vielleicht fünfzig, sechzig Meter war der Strand breit, eingerahmt von schroffen Granitfelsen in edlen Grautönen. Entlang des von Wäldchen gesäumten Küstenabschnitts gab es einige dieser Strände, *Criques* genannt, einer paradiesischer als der andere. Das Wasser war von Felsen durchzogen, die meisten glatt gespült, andere mit grellgrünen Algen bewachsen, einzelne mit den dunkelgrünen Fäden, die sich entfalteten wie in einem botanischen Unterwassergarten. Diese Algen konnte man essen; letztens hatte Dupin sie, wie andernorts Rosmarin, als Beigabe in einem Gin serviert bekommen, einem *Gin Marin,* bretonischer Herkunft selbstverständlich. Dupin war begeistert gewesen von dem frischen, dezent jodigen Aroma.

Nicht das Geringste hatte die mediterrane Atmosphäre hier mit der wilden Pointe du Raz zu tun, wo der Kommissar noch am Mittag gewesen war. Ein paar hohe Pinien erhoben sich vor ihm, alles wirkte sanft und mild, auch die Luft, es waren sicher noch zwanzig Grad. Ein Mann und eine Frau dösten auf einem Felsen, genossen die Stimmung des Frühsommerabends. Eine ältere Frau mit strahlend weißem Haar schwamm parallel zum Strand, zwei Jungs kickten mit einem schweren Lederball, man sah ihnen die Anstrengung jedes einzelnen Schusses an. Dupins vorsintflutliches Navigationssystem hatte ihn in die falsche Stichstraße geführt, *Kerengrimen* statt *Pen Ar Roz,* obwohl er es richtig eingegeben hatte. Deswegen hatte er sich entschieden, über den Strand zum Haus des Apothekers zu laufen.

Sein Blick ging nach Osten, über die Bucht hinweg, nach Concarneau. Die *Sables Blancs,* dann die kilometerlange *Corniche,* der Küstenweg bis zum *Marinarium,* mit einem Fernglas hätte Dupin auf dem Stück davor sein Haus sehen können. Es folgte die breite geschützte Einfahrt in den Hafen und, auf der anderen Seite, die berühmte Halbinsel Le Cabellou, eine der nobelsten Gegenden der Stadt.

Es war fast neun, das Licht golden, die Sonne stand immer noch über dem Horizont, kurz vor zehn erst war sie gestern untergegangen – Dupin hatte alleine auf der Terrasse gesessen. Das Jahr steuerte auf seinen längsten Tag zu, ein guter Monat noch, es war die Zeit des wunderbaren Lichts. Mehr noch als über die Wärme hatte sich Dupin über das Licht gefreut, das in den letzten Wochen zurückgekommen war. November bis März waren dieses Mal äußerst unbehagliche Monate gewesen, mit vielen Stürmen, zuweilen hatte es tagelang durchgeregnet, einmal sogar über Wochen, was dramatisch ungewöhnlich gewesen war, denn typischerweise wechselte das bretonische Wetter während eines Tages nicht nur einmal, sondern mehrmals. Die möglichen Gründe waren engagiert diskutiert worden. Dupin hatte selbst bei den alteingesessenen Concarnesen tiefe Sorgenfalten auf der Stirn bemerkt, wenn sie darüber sprachen. Was, wenn der Klimawandel jetzt sogar das *Ende der Welt* erreichte?

Auf der Fahrt nach Beg Meil hatte Dupin es abermals bei Nolwenn und Riwal versucht. Genauso vergeblich wie danach bei Claire. Er hatte ihr erneut aufs Band gesprochen. Wo war sie bloß? Immer noch in der Klinik?

Nevou war sofort am Apparat gewesen. Sie hatte mit zwei Sprechstundenhilfen der Praxis gesprochen. Ihnen war weder heute noch in den letzten Tagen etwas Ungewöhnliches aufgefallen. Sie hatten ebenso wenig von besonderen »Vorfällen« zu berichten gewusst. Madame Chaboseau hatte, Dupin war nicht sonderlich überrascht gewesen, einer erneuten Unterredung mit den beiden Polizistinnen erst einmal nicht zugestimmt, sie sei »indisponiert«, hatte sie Le Menn an der Haustür mitgeteilt und alles Weitere auf den nächsten Morgen verschoben. Dann werde sie ihnen auch eine Aufstellung der geschäftlichen Engagements ihres Mannes geben, was sie ohnehin als »lächerlich« und »Zumutung« empfunden hatte, so Le Menn. Madame Chaboseau habe in dem – kurzen – Gespräch nun doch mitgenommener gewirkt als zuvor. Jedoch auch dieses Mal sämtliche Hilfe abgelehnt. Sie wollte auch immer noch keinen Arzt sehen, der ihr ein Beruhigungsmittel hätte verschreiben können. Dupin würde Madame Chaboseau morgen selbst noch einmal besuchen.

Auch Alain, den Besitzer des Presseladens, hatte Dupin erreicht. Doch leider hatte er nichts zu berichten, was Dupin nicht schon gewusst hätte. Das Gleiche galt für Valérie, die Keramikkünstlerin, mit der Dupin befreundet war.

Zwei Anrufe hatte Dupin »abgelehnt«. Beide von Claires Eltern. Die vermutlich immer noch auf ihre Tochter warteten.

Während der Fahrt hatte er überprüft, ob mittlerweile auch die regionalen Radiosender über seinen Aufruf zur Mithilfe der Bevölkerung berichteten. Taten sie.

Das Haus von Priziac erwies sich als eine prachtvolle Villa. Vermutlich aus den Zwanzigerjahren, schätzte Dupin. Eine mächtige Steinmauer fasste den Vorgarten ein, in dem eine bilderbuchhafte Fichte thronte. Umrandet von lilafarbenen Rhododendren. Dahinter erstreckte sich die Villa, einen Steinwurf nur vom Meer entfernt. Altrosa spitze Giebel, dunkles Schieferdach, mit einem Türmchen. Die Fenster von hellgrauem Granit umrahmt. Der Clou: Das gesamte Erdgeschoss besaß eine riesige Fensterfront mit einem atemberaubenden Blick auf die Bucht.

Der Eingang lag an der Seite. Eine massive Holztür.

Dupin klingelte, ein altmodischer Glockenton erklang.

»Hier.«

Es war schwer zu sagen, woher die Stimme kam.

»Über den Kiesweg.«

Ein schmaler Weg führte am Haus vorbei Richtung Meer – am anderen Ende ein Parkplatz mit einem silbernen SUV. Dupin ging über den Kiesweg in den hinteren Teil des Gartens.

»Hier vorne, junger Mann.«

Dupin sah einen Tisch aus Teakholz, sechs stattliche Stühle. In der Nähe drei Liegestühle aus derselben Kollektion, dunkelblaue Auflagen. Priziac lag auf einem der Liegestühle ausgestreckt. Er hatte es nicht für nötig befunden, sich zu erheben.

»Kommen Sie her.«

Er deutete mit dem Kopf auf den Liegestuhl neben sich. Priziac hatte eine hohe Stirn, volles silbergraues Haar, sorgfältig nach hinten gekämmt, grobe, aber nicht gemeine Gesichtszüge, stechende Augen, eine fleischige Nase. Er war vermutlich ein wenig älter als Docteur Chaboseau.

Der Kommissar lehnte sich an die gegenüberliegende Steinmauer und nahm den Apotheker fest in den Blick. Aufreizend ruhig sagte er, ohne sich mit einer Begrüßung aufzuhalten:

»Drei Liegestühle. – Für Sie und Ihre beiden Freunde. Freunde und Geschäftspartner.«

Ein Lächeln erschien auf Priziacs Gesicht. Er war ein beleibter Mann und trug einen exzellent geschnittenen grauen Anzug, maßgeschneidert ohne Zweifel. Dazu schwarze glänzende Schuhe.

»Wann haben Sie hier das letzte Mal zusammengesessen?«, fragte Dupin nach einer kurzen Pause. »Monsieur Luzel, der Weinhändler, Sie und das Mordopfer, Docteur Chaboseau?«

Priziac wurde umgehend ernst.

»Ich empfehle Ihnen dringend ein Gespräch mit dem Bürgermeister, Monsieur Dupin. – Unserem Surferboy.«

Der Bürgermeister, darauf spielte Priziac an, posierte für die Presse gern mit einem Surfbrett.

»Erzählen Sie mir, in welche Geschäfte Monsieur Chaboseau und Sie gemeinsam investiert haben. – Oder Sie drei. Zusammen mit Luzel.«

Priziac hatte den Kopf von Dupin abgewandt und ließ den Blick demonstrativ über die Bucht schweifen, hin zum offenen Meer.

»Pierre und unser Bürgermeister«, er tat, als hätte er Dupin gar nicht gehört, »hatten erst kürzlich einen heftigen Streit. Wie schon einige Male zuvor. Dabei ging es nicht einmal um die haarsträubende Stadtpolitik und die lächerlichen Initiativen dieses ambitionierten Technokraten«, Priziac sprach offen herablassend. »Obwohl alleine das Grund genug für einen erbitterten Streit wäre. Es ging um die Vergabe weiterer Brauerei-Lizenzen. Pierre hat über Jahrzehnte großzügig investiert in Concarneau – in die Infrastruktur, die Wirtschaftskraft, er hat direkt und indirekt Hunderte Arbeitsplätze geschaffen – und nun vergibt die Stadt fröhlich Lizenzen an jeden, der mal eben Lust hat, ein Bier zu brauen.«

»Haben auch Sie selbst in *Roi Gradlon* investiert? Oder Monsieur Luzel?«

»Wie gesagt – kümmern Sie sich um den Bürgermeister«, er gab dem Satz ein dunkles Pathos. Für einen Moment hielt er inne, um im nächsten Augenblick mit veränderter, geradezu sanfter Stimme festzustellen:

»Es ist eine Tragödie. – Für Claudette, für Pierres Freunde, seinen Sohn. Und die ganze Stadt.«

»Chaboseau hat einen Sohn?«

Das hatte Dupin noch niemand gesagt. Die Polizistinnen nicht – sie schienen es nicht zu wissen –, Paul nicht, Françoise nicht. Das würde, so sah es aus, zu den möglichen Nachteilen einer »Ermittlung zu Hause« gehören: Nicht wenige – auch und vor allem Dupins Vertraute – würden vieles an Wissen einfach voraussetzen und es für so selbstverständlich halten, dass sie gar nicht auf die Idee kämen, davon zu erzählen. Das Seltsamste aber war: Auch Madame Chaboseau hatte nichts von einem Sohn erwähnt.

»Sie hatten nicht übermäßig viel Kontakt. Fast keinen.«

»Waren sie zerstritten?«

»Nein.«

»Hatten aber keine engere persönliche Beziehung?«

»Nein, gar keine.«

Dupin meinte, einen spöttischen Unterton vernommen zu haben.

»Ist es der gemeinsame Sohn von Claudette und Pierre Chaboseau?«

»Félix, ja. Vierzig Jahre alt, versucht sein Glück gerade mit Mehl.«

Jetzt hatte offener Hohn mitgeschwungen.

»Weiß er schon Bescheid? Dass sein Vater tot ist, meine ich. – Ermordet wurde.«

»Ja.«

»Wann hat Madame Chaboseau Sie angerufen, Monsieur Priziac? Ich meine, um Sie von dem Tod in Kenntnis zu setzen.«

Er unterstellte einfach einmal, dass sie es getan hatte.

»Gegen Viertel nach fünf vielleicht.«

»Auf Ihrem Handy?«

»Ja.«

»Wohnt Chaboseaus Sohn in Concarneau?«

»Am Cap Sizun, nicht weit von Douarnenez. Direkt an der Pointe du Millier.«

Das felsige Kap war einer von Dupins Lieblingsorten. Bei diesem Fall würde es kaum einen Ort geben, den er nicht kannte. Gut kannte.

»Er besitzt die Mühle dort.«

Das war die Antwort auf die Frage gewesen, die Dupin sich gerade gestellt hatte. Direkt am Pointe du Millier gab es außer einem kleinen weißen Häuschen neben einem Leuchtturm nichts. Ein paar Hundert Meter entfernt stand die uralte, noch ganz ursprüngliche Wassermühle, die unverändert in Betrieb war. Ein Bach mit starker Strömung trieb das gewaltige hölzerne Schaufelrad an. Die Mühle produzierte ein berühmtes Biomehl, vornehmlich das dunkle Buchweizenmehl, *sarrasin*, das für die köstlichen *Crêpes au blé noir* verwendet wurde.

Dupin würde die beiden Polizistinnen auf den Sohn von Chaboseau ansetzen. Und natürlich würde er ihn selbst treffen. Jetzt aber musste er sich konzentrieren.

»Also, Monsieur Priziac, welche Investitionen haben Sie gemeinsam getätigt? Zu zweit, zu dritt?«

Dupin lehnte immer noch an der Steinmauer, den Apotheker fest im Blick.

»Die Brauerei – was ist damit? Stecken Sie da mit drin? Die Immobilien?« Dupin hatte sein Notizheft an der entsprechenden Seite aufgeschlagen. »Die neue Fisch-*Conserverie?* Und, auch das würde ich unbedingt gerne erfahren, wissen Sie von weiteren geschäftlichen Engagements Ihres ermordeten Freundes?«

Priziac sah ihn prüfend an.

»Gute Geschäfte beruhen vor allem auf einem: auf den Betriebsgeheimnissen.«

Der Ausdruck in seiner Stimme gewann jetzt eine gewisse Härte.

»Außerdem verschwenden Sie Ihre Zeit. Was ich beizutragen habe, habe ich Ihnen bereits mitgeteilt. Kümmern Sie sich lieber um den Bürgermeister. Wenn Sie klug sind – und das sagt man ja von Ihnen –, gehen Sie meinem Hinweis nach.«

Es war frustrierend. Dupin besaß keinerlei polizeiliche Mittel, ihm genauer auf den Zahn zu fühlen. Natürlich war es einfach herauszufinden, wem ein Unternehmen offiziell gehörte, nicht aber, wessen Geld auf die eine oder andere Weise darin steckte. Sie müssten Priziac einen konkreten, akuten Verdacht nachweisen können, im Augenblick war er jedoch nichts weiter als ein Freund des Opfers. Und das betraf nicht nur ihn. Wenn Madame Chaboseau nicht freiwillig bereit wäre, umfängliche Auskunft über ihre geschäftlichen und finanziellen Aktivitäten zu geben, würde es schwierig werden. Es blieb abzuwarten.

»Ich …«

Das Telefon. Es war Iris Nevou.

»Entschuldigen Sie mich.« Dupin war bereits ein paar Schritte gegangen. Eine steile Steintreppe führte zum Strand. Erst auf den letzten Stufen nahm er das Gespräch an.

»Ja?«

»Ihr Aufruf zur Mithilfe der Bevölkerung«, ein unverblümt vorwurfsvoller Ton, »die Telefone stehen nicht mehr still. Jeder hat irgendwelche Hinweise.«

Dupin war es vornehmlich um die dringende »Nachricht« an Nolwenn und Riwal gegangen – aber: Eigentlich konnte es nicht schaden, sich mit den Hinweisen zu beschäftigen, auch wenn solch ein öffentliches Ermitteln für gewöhnlich nicht seine Art war.

»Ich bin ganz Ohr.«

Er lief über den Sand. Er war ganz alleine. Die Schatten der Bäume hinter dem Strand wurden länger und länger, die Sonne war bereits deutlich gesunken und hatte eine leicht orangene Färbung angenommen, die sie der gesamten Umgebung verlieh.

»Docteur Chaboseau und Evette Derrien, diese Ärztin, die bei ihm in der Praxis arbeitet, sie haben sich zwei Mal abends in einer Kneipe in Saint-Guénolé getroffen. Vor drei Wochen das erste Mal und dann vor zwei Wochen noch einmal. Im *Chez Cathy*. Sie haben dort etwas getrunken und dabei ›intensiv geredet‹, so der Hinweis.«

Saint-Guénolé lag direkt an der Pointe de la Torche und den berühmten kilometerlangen Sandstränden. Nicht weit von Beg Meil entfernt, wo Dupin sich gerade befand.

»Was soll das heißen? Intensiv?«

»Ich weiß es nicht.«

»Woher haben Sie die Information?«

»Vom Besitzer der Kneipe. Er hat Ihren Aufruf …«

»Vermutet er eine Affäre?«

Ein wenig klang es danach.

»Das hat er so nicht gesagt.«

»Aber vielleicht gemeint.«

»Vielleicht.«

Nevou schwieg.

»Warum dort?«

»Sie kommt wohl häufiger dorthin. Sie ist Surferin.«

La Torche war das legendäre Surferparadies der Bretagne. Wellenreiten, Windsurfen, Kitesurfen, Bodyboarding. Alles, was das Herz begehrte. Sogar Strandsegeln.

»Le Menn hat bereits versucht, die Ärztin zu erreichen.«

»Und?«

»Sie surft gerade.«

»In La Torche?«

»Ja. Sie ist eben erst angekommen. Sie wollte, dass sich Le Menn später noch einmal meldet.«

Dupin wusste, dass es bei Surfern sehr beliebt war, sich in der Abenddämmerung aufs Wasser zu begeben.

»Verstehe.« Er dachte nach. »In tiefer Trauer befindet sie sich offensichtlich nicht.«

Ihr Kollege war vor ein paar Stunden ermordet worden. Sie würde es ganz sicher schon wissen.

»Vielleicht ist das ihre Art, es zu verarbeiten, Surfen hat etwas Meditatives.«

Bevor Dupin etwas erwidern konnte, setzte Nevou ihren Bericht fort: »Und noch etwas.«

»Ja?«

»Einer der Nachbarn der Chaboseaus, ein älterer Mann, hat sich gemeldet. Ihm ist eingefallen, dass er, entgegen seiner ersten Aussage, heute Nachmittag, ich zitiere, ›doch etwas im Treppenhaus gesehen hat‹. Und zwar so gegen sechzehn Uhr oder etwas später. Da habe er einen, ich zitiere, ›wahrscheinlich ganz Unbekannten‹ gesehen. Nur für den Bruchteil eines Augenblicks, dann sei der Unbekannte auch schon aus der Tür gewesen. Er konnte ihn leider nicht näher beschreiben. Und bevor Sie fragen: Die Aussage passt zu der von einem Dutzend anderer Leute, denen nach Ihrem Aufruf ebenfalls ›Unbekannte‹ aufgefallen sind, die sich in irgendeiner Weise verdächtig verhalten haben sollen …

An den unterschiedlichsten Orten. Ein paar Leute haben es mit dem Anlegen des großen U-Bootes in Verbindung gebracht.«

Es war in allen Zeitungen zu lesen gewesen, ein großes Marine-U-Boot hatte für drei Tage im Hafen angelegt. Aber natürlich war der Zusammenhang grotesk.

»Wir verfügen inzwischen über die Verbindungsnachweise. Die Anrufe und SMS von Chaboseaus Handy.«

Verblüffend zügig, fand Dupin, Nevous Optimismus war also gerechtfertigt gewesen.

»Es sind einige Anrufe, ich habe die Listen. Le Menn und ich gehen sie gründlich durch. Ich kann sie Ihnen schicken.«

»Tun Sie das.«

»Einverstanden. – An die auf dem Handy gespeicherten Daten kommen wir allerdings weiterhin nicht ran, das Gleiche gilt für den Computer.«

Dupin hatte es nicht anders erwartet.

»Wir haben uns bei den Verbindungsnachweisen erst einmal auf den heutigen Tag konzentriert.«

Manchmal erinnerte Dupin Nevous etwas umständliche Art an Kadeg. Aber vielleicht bildete er sich das in seiner Ungeduld auch bloß ein.

»Er hat heute Morgen um 9 Uhr 30 mit Priziac und um 9 Uhr 54 mit Luzel gesprochen. Je rund vier Minuten. Da muss er schon in der Praxis gewesen sein. Um 14 Uhr 20 hat er seine Frau angerufen, für zwei Minuten.«

Auch das hatte Madame Chaboseau nicht erwähnt. Warum nicht? Dupin setzte den Punkt auf die Liste der Fragen für das nächste Gespräch mit ihr.

»Um 11 Uhr 3 gab es einen Anruf von einer gewissen Sieren Cléac. Wir haben sie noch nicht erreichen können. – Und das war es.«

»Sieren Cléac.« Dupin wiederholte den Namen mechanisch. Er hatte ihn schon einmal gehört.

»Ihr gehört eine neue kleine Konservenfabrik in Concarneau.«

Genau. Jetzt erinnerte sich Dupin. Françoise hatte von ihr erzählt. Eine Kundin.

»Worum könnte es da gegangen sein?«

»Keine Ahnung. Wir werden sie sicher bald erreichen. Mehr habe ich derzeit nicht«, schloss Nevou. »Ach, doch, der Präfekt hat angerufen. Er war etwas«, sie schien das passende Wort zu suchen, »verwundert, von dem ›ungeheuerlichen Fall‹ aus den Medien erfahren zu haben. Er wünscht sich, dass Sie sich melden, aber natürlich nur, ich zitiere, ›wenn es Ihnen passt‹.«

Dupin konnte sich ein Grinsen nicht verkneifen. Locmariaquer. Sein unerträglicher, cholerischer Chef; eigentlich hatte er den Anruf bereits viel früher erwartet. Und normalerweise wäre es in einer Situation wie dieser zu einem äußerst heftigen Wutausbruch des Präfekten gekommen. Doch seit den Geschehnissen im Zusammenhang mit Dupins letztem großen Fall riss sich Locmariaquer zusammen. Dupin hatte während des komplizierten Falls im bretonischen Artus-Wald – wider Willen, aber »äußerst erfolgreich«, so das mediale Urteil – als Sonderermittler der Pariser Polizei gearbeitet und am Ende ein sehr attraktives Jobangebot aus der Hauptstadt erhalten. *Directeur central* sollte er werden. Dupin hatte es auf der Stelle ablehnen wollen, es dann aber doch nicht getan und verwundert festgestellt, dass er die Absage aus fadenscheinigen Gründen wieder und wieder aufschob. Es verhielt sich keinesfalls so, dass er wirklich ins Nachdenken gekommen wäre, doch irgendwo in ihm traf die Vorstellung, zurück nach Paris zu gehen, auf eine, wenn auch bloß klitzekleine,

Resonanz. Als Dupin die Absage nach einiger Zeit schließlich doch zum Ausdruck brachte, hatte man ihm völlig unbeeindruckt mitgeteilt, dass sich die Pensionierung des aktuellen Stelleninhabers »unvorhergesehenerweise für eine Weile verzögere« und ihm also noch einige Zeit zum weiteren Nachdenken bliebe. Dass er nichts überstürzen, sondern sich Zeit nehmen solle. Dem Präfekten hatte Dupin nichts von der Ablehnung, sondern lediglich von der Verlängerung des Angebots erzählt. Und – Dupins Kalkül war perfekt aufgegangen: Es war nicht zu fassen, wie freundlich, ja devot sich der Präfekt seitdem verhielt. Der Kommissar genoss es regelrecht, musste er zugeben. Nicht, dass dem Präfekten wirklich etwas an Dupins Bleiben gelegen hätte, nein, aber die Öffentlichkeit würde den Weggang des Kommissars eventuell als Niederlage für den Präfekten deuten – und an diesem Punkt kam zuverlässig die grenzenlose Eitelkeit Locmariaquers ins Spiel.

»Gut. Ich habe noch ein paar Aufträge.«

Dupin ging mit Nevou die neuen Punkte durch. Unter anderem bräuchten sie dringend Informationen zu Chaboseaus Sohn. Die beiden Polizistinnen hatten ebenfalls nichts von ihm gewusst, es war höchst merkwürdig. Auch Evette Derrien, die Ärztin, war nach dem Hinweis des Kneipenwirts weit oben auf ihrer Liste gelandet. Dupin brauchte eine größere Truppe. In diesem Fall ging es, zumindest im Moment noch, um so viele eventuelle und völlig lose Zusammenhänge – zugleich hatte er noch nie eine so kleine Mannschaft gehabt.

Der Kommissar war während des Telefonates drei Mal bis zum Ende des Strandes und zurück gelaufen. Nachdem er aufgelegt hatte, nahm er ohne Eile wieder die Steinstufen in den Garten.

Priziac telefonierte. Er schien sich auf seiner Liege noch bequemer ausgestreckt zu haben als zuvor.

»Gut. Ich rufe dich später wieder an.«

Er legte das Handy auf einen Hocker neben der Liege und setzte sich immerhin ein wenig aufrechter.

»Ein Freund?«, fragte Dupin mit gerunzelter Stirn.

»So ist es.«

»Wo …«

Abermals klingelte Dupins Telefon. Er hielt es noch in der Hand.

Claire. Endlich meldete sie sich.

»Einen Moment.« Die Szene von eben wiederholte sich, Dupin verschwand die Treppe hinunter.

»Ich bin so froh, dass du anrufst.«

»Ich komme gerade aus der Klinik, Georges, ein komplizierter Fall …«

Die Welt war offensichtlich voller komplizierter Fälle.

»… ein Notfall«, präzisierte sie, »ich habe deine Nachricht gerade abgehört. – Deine Nachricht*en*, besser gesagt.« Das hieß: Sie wusste bereits alles. »Ja, was soll man sagen?« Dupin konnte ihren Tonfall nicht deuten. »Da kann man nichts machen. So ist es halt. – Ein Mord. Und du ermittelst«, sie klang nicht böse, nicht einmal enttäuscht, »wo sind meine Eltern jetzt?«

Dupin war bis zur Mitte des Strandes gelaufen und stehen geblieben.

»Sie gehen spazieren. Oder sie sind etwas essen gegangen.«

»Verstehe. – Vielleicht sehen wir dich ja doch zwischendurch mal. Auch du wirst ab und zu etwas essen müssen. Das könnten wir doch dann zusammen tun.«

Eine absurde Idee.

»Eventuell ist der Fall ja auch schnell gelöst. Erinnere dich an den letzten. Da waren es keine vierundzwanzig Stunden.«

Das stimmte. Aber in seiner gesamten Zeit als Kommissar war es genau ein einziges Mal so gekommen.

»Eher unwahrscheinlich. Aber wir werden sehen«, es war nicht der richtige Zeitpunkt zum Diskutieren.

»Sehr gut. Dann machen wir es so. – Ich rufe jetzt meine Eltern an.«

»Ich ... Wir sprechen später, Claire.«

»Bis dann.« Schon hatte sie aufgelegt.

Dupin stieg abermals die Treppen hoch. Ein wenig außer Atem kam er oben an. Der Apotheker hatte sich nun vollständig aufgesetzt.

»Wo waren wir stehen geblieben, Monsieur Priziac?« Dupin musste wirklich einen kurzen Moment nachdenken. »Ach ja. – War das Monsieur Luzel, mit dem Sie eben telefoniert haben?«

»So ist es. Und jetzt brauche ich«, der Apotheker machte Anstalten, sich zu erheben, »einen Drink. Ich denke, wir sind hier fertig, junger Mann.«

Dupin hatte das altväterliche »junger Mann« schon als junger Mann gehasst. Er tat so, als hätte er es nicht gehört.

»Wir befassen uns selbstredend genauestens mit sämtlichen geschäftlichen Aktivitäten von Docteur Chaboseau. Das heißt, wir werden sehr bald von allem wissen. Und auch von seinen Geschäftspartnern«, bluffte Dupin. »Deswegen können Sie mir auch jetzt gleich erzählen, was genau sie zusammen betrieben haben.«

Priziac war beeindruckend beweglich für sein Alter – und seine Beleibtheit –, mit behändem Schwung war er aufgestanden.

»Wie gesagt: Geschäfts- und Betriebsgeheimnisse werden in unserem Staat wirksam geschützt.«

Er hatte betont freundlich gesprochen.

»War Pierre Chaboseau an der Mühle seines Sohnes beteiligt?«

»Nein, das wollte er nicht. – Félix wollte es nicht.«

Der Apotheker war neben dem Liegestuhl stehen geblieben.

»Pierre hatte es ihm vorgeschlagen. Mehrmals. Er wollte sich gar nicht ins Tagesgeschäft einmischen, sondern seinem Sohn bloß einen – größeren Start erlauben.«

»Was meinen Sie damit?«

Priziac hatte sich in Bewegung gesetzt, dann blieb er stehen und drehte sich um.

»Pierre sah durchaus Potenzial in seinem Sohn. Aber es mangelt Félix an Ambition. Bei der Mühle, bei allem.« Er gab sich keine Mühe, die Kälte, die in diesem Satz mitschwang, abzumildern. »Es hat Pierre sehr traurig gemacht.«

Das waren sie: einzelne Sätze, in denen eine Tragödie steckte, eine Tragödie, die ein ganzes Leben beherrschen konnte. Ein herrischer Vater und ein Sohn, der »versagte«.

Dupin wollte Priziac noch nicht gehen lassen.

»Erzählen Sie genauer von der Auseinandersetzung zwischen dem Bürgermeister und Chaboseau. Wegen der Brauereien.«

»Ich habe gesagt, was ich zu sagen habe. Der Rest ist Ihr Job.« Priziac drehte sich um und ging weiter.

Dupin folgte ihm, er kam sich ein wenig lächerlich vor, aber er hatte noch ein paar Fragen.

»Haben sie sich heftig gestritten?«, fragte er, während er aufschloss.

»Das haben sie.«

»Öffentlich?«

»Ja. Auf der Versammlung am Dienstagabend.«

»Was für eine Versammlung?«

»Die Stadtverordnetensitzung. Zu der Pierre eigentlich nie

ging. Aber dort sollte über die Lizenzvergabe für neue Brauereien diskutiert werden.«

Sie hatten den Kiesweg erreicht.

»Waren Sie auch dabei?«

»Nein. Pierre hat mir nur davon erzählt.«

»Wann?«

»Gestern.«

»Sie haben sich gestern gesehen? Hier? Am Abend?«

»Ja, und bevor Sie fragen – zusammen mit Jodoc Luzel.«

Warum erzählte Priziac das erst jetzt?

»Und was hat Monsieur Chaboseau noch zu dem Zwischenfall gesagt? Hat er irgendetwas erwähnt, das sich mit dem Mord in Verbindung bringen ließe?«

Sie waren nun schon auf der Höhe des Hauses.

Gegen seinen Willen hatte Dupin die letzten Sätze sehr schnell gesprochen, obwohl er nicht den Anschein erwecken wollte, sich hetzen zu lassen.

»Ich habe gesagt, was ich zu sagen habe«, wiederholte der Apotheker.

Er griff in seine Sakkotasche und holte einen Schlüssel heraus. Sie erreichten die Haustür.

»Sie haben keine Kinder?«

»Nein.«

Priziac drehte den Schlüssel im Schloss, die Tür ging auf. Er schenkte Dupin keinen weiteren Blick und trat in den Flur.

»Wo waren Sie heute Nachmittag zwischen zwei und vier, Monsieur Priziac?«

»Bis zum Mittag war ich in Concarneau. Dann ab eins hier«, antwortete der Apotheker über die Schulter.

»Gibt es Zeugen?«

Priziac drehte sich noch einmal um.

»Nein.«

»Wo genau liegen Ihre Apotheken?«

»Sie sind witzig, junger Mann.« Priziac lächelte herablassend. »Auch das erzählt man sich über Sie. Augenscheinlich ist es wahr. – Es sind dreiundzwanzig Apotheken. Über die gesamte Bretagne verteilt. Mein Urgroßvater hat Ende des 19. Jahrhunderts die erste gegründet, hier in Concarneau.« Jetzt wandte er sich abrupt um. »Au revoir.«

Priziac ließ die Tür ins Schloss fallen.

Dreißig Kilometer waren es bis zu den Stränden von La Torche, um diese Uhrzeit – gleich halb zehn – keine lange Fahrt.

Zu den zahlreichen Angeboten des Präfekten hatte in den letzten Monaten unter anderem gehört, Dupin einen neuen Dienstwagen »nach persönlicher Wahl« zukommen zu lassen, »mit allen Extras«, ein Angebot, das zugegebenermaßen weit über die polizeilichen Dienstwagen-Richtlinien hinausging. Dupin hatte dankend abgelehnt, in diesem Fall zum Verdruss aller, vor allem auch von Nolwenn. Der neue schicke Citroën DS 5 war bereits vollständig »konfiguriert« gewesen – sie hätten die Bestellung nur noch aufgeben müssen. Selbstverständlich hielt Dupin auch dieses Mal an seinem alten, oder, wie er es lieber ausdrückte, »charakterstarken« Citroën – XM V6 24 V Exclusive – fest. Der Wert lag, wohlwollend geschätzt, bei dreitausend Euro, alleine die Reparaturkosten für den Unfallschaden während des letzten Falles hatten das Doppelte betragen, »objektiv« eine fragwürdige Investition, Dupin hatte dennoch nicht einen Moment gezögert. Nolwenn und sogar Claire hatten alle denkbaren Argumente für einen neuen Wagen ins Feld geführt, die Umwelt, die Sicherheit, die Zuverlässigkeit, sogar die Aussicht, noch waghalsiger fahren zu können – mit Vierradantrieb, was in der Bretagne ein deutlicher Vorteil war. Vergeblich.

Dupin sah rechter Hand das Schild des *Cinémarine* und fuhr kurz entschlossen auf den Parkplatz.

»*Die Hard* – die Spätvorstellung, ein Erwachsener?«, fragte der junge Mann an der Kinokasse, als Dupin eintrat. »Popcorn und ein Bier dazu?«

Dupin hatte es eilig, die Sonne würde sehr bald untergehen, aber ohne Koffein käme er keinen Meter weiter.

»Nur zwei *cafés*, bitte, sonst nichts, danke.«

Das *Cinémarine*, das beliebte Kino in Bénodet, das freitagabends immer Actionklassiker zeigte, gehörte zu Dupins Anlaufstellen, wenn er dringend Koffein brauchte. Wo immer der Kommissar sich im Umkreis von Concarneau bewegte, er hätte jederzeit im Schlaf aufzählen können, wo man zu welcher Tages- und Nachtzeit einen passablen *café* bekam. Dazu gehörten neben Restaurants und Cafés auch Tankstellen, Supermärkte, Bäckereien, Hotels, Klubs, Kinos, Bahnhöfe.

»Verstehe«, der junge Mann reagierte routiniert, »vier Euro, bitte.«

Er machte sich an der schicken Kaffeemaschine mit riesigem Display zu schaffen, es zischte und dampfte.

»Bitte sehr.«

Schon standen die beiden kleinen Pappbecher vor Dupin. Er trank den ersten in einem Zug leer, schnappte sich den zweiten und war im Nu zurück an seinem Wagen.

Es war wie jedes Mal während einer Ermittlung: Am liebsten hätte er mit allen interessanten Personen, die auf seiner Liste standen, gleichzeitig gesprochen. Die Entscheidung, als Nächstes mit Evette Derrien zu reden, hatte er spontan getroffen. Er würde versuchen, das Gespräch möglichst kurz zu halten. Und dann würde er es trotz allem bereits heute noch mal bei Madame Chaboseau versuchen. Es gab wichtige Fragen zu klären.

Dupin hatte, bevor er am Kino gehalten hatte, mit Rosa Le Menn telefoniert. Sie hatte Félix Chaboseau erreicht. Seine Mutter hatte ihn am Nachmittag angerufen, um ihm die fürchterliche Nachricht mitzuteilen – gegen siebzehn Uhr, spät, fand Dupin –, der Sohn hatte sofort aufbrechen wollen, doch Claudette Chaboseau war es »gar nicht recht gewesen«, so hatte der Sohn seine Mutter zitiert, er würde nun erst morgen früh nach Concarneau kommen. Félix Chaboseau hatte von einer »großen Distanz« zu Mutter und Vater gleichermaßen gesprochen und betont, dass er »fast nichts« vom gegenwärtigen Leben und den aktuellen Geschäften seines Vaters wisse. Er habe, befand die junge Polizistin, »sehr glaubwürdig« geklungen und einen äußerst niedergeschlagenen Eindruck gemacht. Natürlich hatte sie Félix Chaboseau nach seinen Aufenthaltsorten am heutigen Mittag und Nachmittag gefragt. Nach eigenen Angaben hatte er den ganzen Tag in der Mühle verbracht, wo ihn seine vier Mitarbeiter durchgehend gesehen hatten. Erst um kurz vor fünf sei er nach Hause gefahren, nach Beuzec-Cap-Sizun, einem kleinen Ort unweit der Pointe du Millier. Wenn die Angaben stimmten, stand der Sohn also unter keinem Verdacht, er besaß ein solides Alibi.

Das Telefonat mit Françoise – gerade erst hatte sie das allerletzte Bild aufgehängt – war kurz gewesen. Sie konnte sich nicht vorstellen, warum Sieren Cléac, die Besitzerin der kleinen Fischkonservenfabrik, heute bei Pierre Chaboseau angerufen haben könnte. Françoise hatte nicht einmal gewusst, dass die beiden sich persönlich kannten.

Dupin ließ sich auf dem bequemen gepolsterten Fahrersitz nieder und stellte den kleinen Pappbecher ab. Welcher andere Wagen besaß so etwas heutzutage schon noch: Zwischen der Armablage und dem Schalthebel waren zwei großzügige Getränkehalter eingebaut. Der Clou war: Sie waren zwar für gewöhnliche Größen vorgesehen, Dosen, Flaschen, aber in der Mitte mit einer zusätzlichen Vertiefung versehen – exakt in der Größe eines kleinen Kaffeebechers. Allein dies war ein Grund, den Wagen nie im Leben abzugeben. Vor allem in Verbindung mit der watteweichen, jede Unebenheit der Straße wegzaubernden »Luftfederung«, die, zumindest unter regulären Umständen, jedes Überschwappen von Getränken verhinderte.

Dupin startete den Motor, das Radio sprang an.

»Bernadette, elle est très chouette«, sang Nino Ferrer, ein Chanson für die Ewigkeit – und für den Moment. Dupin hatte das Lied lange nicht gehört. Ein Lächeln erschien auf seinen Zügen. Dann hielt er inne.

»Bernadette!« Natürlich – das war es! Er hatte den Namen vergessen gehabt, die ganze Geschichte drum herum, aber mit Nino Ferrer kam sie ihm wieder in den Sinn. Das Café *Chez Bernadette,* Nolwenn hatte es in einem Nebensatz erwähnt. Sie wollte dort auf ihrer Radtour unbedingt Station machen.

Dupin suchte in seinem Handy, er würde es finden. Da! Bernadette war dreiundachtzig und eine Institution. Sie war, zwischen Tresen, Tischen und Gästen, im legendären Café ihrer Eltern aufgewachsen, das 1903 eröffnet worden war. Bernadette, die man nur die »grande petite dame« nannte, führte das Café nun in der dritten Generation, seit mittlerweile fünfzig Jahren. Bald würde sie in Rente gehen und sich nur noch ihren Hühnern und ihrem Garten widmen, so las er im Internet.

Das Café lag in Callac, tief im Inland, zwischen Concarneau und der Rosa Granitküste.

Im nächsten Augenblick hatte Dupin die Nummer gewählt.

Es dauerte einen Augenblick.

»Bei Bernadette, bonjour!«

Er musste es möglichst dringend und offiziell klingen lassen, es würde skurril genug wirken. »Hier spricht Commissaire Georges Dupin, Police de Concarneau. Ich suche einen Gast von Ihnen. Madame Nolwenn. Die sich eventuell heute bei Ihnen aufhält, vielleicht war sie auch in den letzten Tagen da oder sie kommt erst noch, sie ist …«

»Ich hole Bernadette«, unterbrach ihn die Frau. Im nächsten Moment hörte Dupin sie laut rufen:

»Bernadette – irgendein Spinner will dich sprechen.«

Der Respekt der Bretonen vor staatlicher Autorität war notorisch gering.

»Ja?« Mehr Skepsis hatte noch nie in diesem kleinen Wort gelegen, vermutete Dupin.

Es blieb ihm nichts anderes übrig, er würde noch einmal ansetzen müssen.

»Commissaire Georges Dupin. Police de Concarneau. – Wir sind auf der Suche nach einem Gast. Madame Nolwenn.«

»Nolwenn? Sie suchen Nolwenn?« Plötzlich lagen Wärme und Begeisterung in Bernadettes Stimme.

»Exakt.«

»Sind Sie Nolwenns Mitarbeiter?« Nun wieder skeptischer.

»Genau.«

»Nolwenns Kommissar?«

»Richtig.«

Sie schwieg für einen Augenblick. Räusperte sich.

»Sie war hier, Ihre Nolwenn! Sie ist ganz wunderbar«, Bernadette klang jetzt wie ein junges Mädchen, das über seine beste Freundin spricht, »sie ist vorgestern weitergereist. Mit ihrem Mann.«

Das war nicht ganz das, was Dupin sich erhofft hatte, aber immerhin, er kam ihr auf die Spur.

»Und wissen Sie, wo sie als Nächstes hingefahren ist?«

»Nein.«

»Sie hat Ihnen nichts darüber gesagt?«

Abermals war eine Weile nichts zu hören.

»Sie war sich noch nicht sicher.«

»Ich ... danke Ihnen vielmals, Madame ...«

»Einfach nur Bernadette bitte. – Nolwenns Freunde sind auch meine Freunde.«

Dupin musste lächeln. Das war sie: Nolwenns Wirkung auf Menschen.

»Alles Gute, Bernadette«, sagte er voller Sympathie.

»Grüßen Sie Nolwenn, wenn Sie sie sprechen.«

Sie legte auf.

Dupin lehnte sich zurück.

Er dachte nach. Er hatte Nolwenn zwar nicht gefunden, aber er konnte den Radius nun besser eingrenzen.

Er trank seinen zweiten *café*.

Auf dem Autotelefon wählte er Nevous Nummer, dann fuhr er schwungvoll los.

Zwei euphorische Minuten später erreichte Dupin die Brücke, die über den *Odet* führte. Nach weiteren zehn Minuten kam er am großen Parkplatz direkt vor der Pointe de la Torche zum Halten.

Trotz des hohen Tempos hatte er Nevou präzise Instruktionen gegeben: Alle Gendarmerien sollten im Umkreis von vierzig Kilometern des *Chez Bernadette* umgehend sämtliche

Bistros und Cafés nach Nolwenn absuchen. Sie mussten es einfach versuchen.

Nach anfänglicher Irritation hatte Nevou versprochen, sich um alles zu kümmern.

Dupin stieg aus und ging in Richtung *Plage Pors Carn*, einem der angesehensten Surfspots weltweit. Paul Girard hatte Dupin einmal mitgenommen, als der offizielle *Worldcup* vor Zehntausenden Zuschauern hier ausgetragen worden war. Es war auch der Lieblingsspot von Robby Naish, der größten Surferlegende aller Zeiten, noch vor Hawaii und Kalifornien.

Die Sonne war mittlerweile zu einem weißgelblichen, beinahe unscheinbaren Ball zusammengeschrumpft. Es gab Abende, an denen sie sich beim Untergehen zu einem spektakulären lodernden Feuerball entwickelte – und solche, an denen sie seltsam klein wurde, ohne dramatische Farben oder Tönungen. Kein Rot, kein Pink, kein Orange. Nur der Himmel unmittelbar um sie herum hatte sich leicht rosa gefärbt, ein bescheidener Effekt. Der Rest des Himmels schimmerte blass bläulich. Es machte den Eindruck, als wollte die Sonne sich heute vornehm zurückhalten. Den anderen Stimmungen der Dämmerung Raum geben. Dem Nachlassen des Lichtes, dem Verschwinden der Farben, der Ausbreitung der Schatten und Verdunkelungen, man konnte es Minute für Minute beobachten.

Hatte heute selbst an der schroffen Pointe du Raz nur eine schwache Brise geweht – an den kleinen Buchten von Beg Meil nicht einmal das –, so blies hier ein steifer Wind. Kräftig und erstaunlich gleichmäßig. Er kam direkt vom Meer, und er trug das Meer mit sich: Salz, Jod und Tang, jeder Atemzug war getränkt davon.

Der eigentliche Star des Abends aber waren die Wellen.

Vier, fünf Meter hoch aufragend, schon weit draußen zu sehen, wo sie ein erstes Mal brachen, sich neu formierten, um schließlich in einem langen Lauf auf den Strand zuzukommen, vor dem sie ein zweites Mal brachen.

Dupin war vom Parkplatz über einen schmalen Sandweg durch die imposanten Dünen zum Strand gelaufen. Nun blieb er abrupt stehen.

Es war eine blödsinnige Idee gewesen. Es tummelten sich zwei, drei Dutzend Surfer im Wasser. Viele davon, auf die beste Welle lauernd, weit draußen. Natürlich war dieses Strandstück im Vergleich zu den endlosen Stränden gen Norden einigermaßen überschaubar – dennoch: Wie sollte er Evette Derrien finden? Er wusste ja nicht einmal, wie sie aussah. Erst recht nicht im Neoprenanzug.

Dupin lief geradewegs zum Wasser. Zwei junge Surfer kamen ihm entgegen, die Bretter seitlich unter den Arm geklemmt.

»Bonsoir Messieurs!«

Dupin musste schreien, die Wellen verursachten einen höllischen Lärm.

Es dauerte einen Moment, bis die jungen Männer verstanden hatten, dass Dupin sie meinte.

»Können wir helfen?«

Der eine der beiden, braun gebrannt, Dreitagebart, ein sympathisches offenes Lächeln, sprach zu Dupin, als müsste er einem verwirrten alten Mann helfen. Der andere stand schweigend daneben.

»Ich suche …«

Eine Welle hatte Dupin erwischt, bis zu den Knien. Er versuchte, sich nichts anmerken zu lassen. Mehr als fünfzehn, sechzehn Grad hatte der Atlantik noch nicht.

»Ich suche Docteur Derrien. – Es ist dringend.«

Die beiden starrten ihn an, als hätte er nach einem Außerirdischen gefragt.

»Ach, Sie meinen Evette«, sagte der Surfer mit dem Dreitagebart nach einer kurzen Pause. Der andere nickte.

»Evette Derrien, ja«, bestätigte Dupin.

»Vorsicht, gleich wird Sie noch eine Welle treffen, Monsieur. Die Großen kommen immer kurz hintereinander.« Der junge Mann schaute vielsagend auf Dupins Jeansbeine.

»Evette ist die in dem lila *Rip-Curl*-Neopren mit dem grünen Blumenmuster an den Armen.« Er drehte sich zur Seite und zeigte auf eine Stelle im Meer, wo einige Surfer relativ eng beieinander auf ihren Brettern lagen.

»Danke.«

Dupin setzte sich sofort in Bewegung, in diesem Moment erwischte ihn eine zweite Welle. Stoisch ging er weiter.

Die Sonne war mittlerweile zur Hälfte am Horizont verschwunden. Weit draußen erhoben sich zwei besonders imposante Wellen, Dupin konnte erkennen, wie sich unter den Surfern eine freudig-nervöse Aktivität ausbreitete.

Die erste der beiden Wellen würde sie gleich erreichen, sie begannen mit den Armen zu paddeln, Geschwindigkeit aufzunehmen. Die Surfer stellten sich auf, beinahe synchron, bis auf einen erwischten sie die Welle alle. Es war ein beeindruckendes Schauspiel. Einzelne Abschnitte der Welle kollabierten und rasten doch – mit sich beständig neu überschlagender Gischt – weiter, andere Abschnitte blieben intakt. Tollkühn und zugleich unglaublich elegant glitten die Surfer durch das wilde Chaos der unbändigen Kräfte um sie herum.

Jetzt sah Dupin auch den lilafarbenen Neoprenanzug und das Grün an den Armen. Das musste sie sein. Docteur Evette Derrien. Sie befand sich am Rande der kleinen Gruppe. In waghalsigen Manövern kam sie auf den Strand zugesurft.

Dupin winkte immer heftiger.

Die Welle lief aus, man sah, wie die Ärztin mit den typischen Bewegungen versuchte, den Ritt zu verlängern. Einen letzten Moment stand sie mit aufreizender Lässigkeit auf dem Brett, um in der nächsten Sekunde einen grazilen Sprung ins Wasser zu machen.

Dupin lief entschlossen auf sie zu. Sofort reichte ihm das Wasser bis zu den Knien.

Evette Derrien stand, bis zur Hüfte im Wasser, etwa zwanzig Meter vor ihm, sie hatte ihn immer noch nicht bemerkt. Sie fuhr sich mit beiden Händen durch die langen dunklen Haare und zog das Brett zu sich heran, das mit einer Fangleine an ihrem Fußgelenk befestigt war, alles in geschmeidiger Routine – dann drehte sie sich um und steuerte zurück in die tosende Brandung.

Dupin stand bis zu den Oberschenkeln im Wasser und rief ihr vergeblich hinterher. Jetzt sah er, wie einer der Surfer Evette Derrien ein Zeichen machte und in seine Richtung zeigte. Ohne Hast drehte sie sich um. Und erblickte Kommissar Dupin, der mit wild zerzausten Haaren in Jeans und Poloshirt im Meer auf sie wartete.

Sie hatten den Strand hinter sich gelassen und die Dünen erreicht, das Geräusch der sich überschlagenden Wellen nahm ab.

»Es ist schrecklich, ja.«

Ihren Worten zum Trotz lächelte sie, ein gewinnendes Lächeln. Seltsamerweise wirkte es nicht unangemessen.

»Ich habe ihn heute früh noch gesehen.«

Dupin fühlte das Wasser in seinen Schuhen schwappen. Die bis an die Oberschenkel klitschnasse Jeans schien sich an seinen Beinen enger und enger zusammenzuziehen.

Evette Derrien hatte das Surfbrett am Strand gelassen. Dupin sah sie im Gehen von der Seite an. Sie war nicht besonders groß, sehr sportlich, durchtrainiert, dennoch grazil. Lange pechschwarze Haare, schmale dunkle Augenbrauen, vornehme breite Wangenknochen. Das Hervorstechendste aber waren ihre grünen Augen, sie funkelten geradezu.

»Und machte er heute Morgen auf Sie den gleichen Eindruck wie immer?«

»Genau wie immer, ja.«

»Um welche Zeit sind Sie sich begegnet?«

»Zuerst um kurz vor acht in der Praxis und dann natürlich immer mal wieder im Laufe des Vormittags.«

Ihre Stimme war sanft und zugleich bestechend klar.

»Sie haben nichts Ungewöhnliches an ihm beobachtet?«

»Gar nichts.«

Dupin hatte sein Notizheft aus der Hosentasche geholt, es war glücklicherweise trocken geblieben. »Worüber haben Sie gesprochen?«

»Eigentlich haben wir uns nur begrüßt.« Sie zögerte kurz. »Sie wissen vermutlich, dass Docteur Chaboseau etwas kürzertreten wollte? Er hat mich Mitte letzten Jahres in die Praxis geholt. Mit der Perspektive, dass ich sie eines Tages ganz übernehmen könnte.«

»War das die ausdrückliche Vereinbarung?«

Sie erreichten das sandige Plateau hinter den Dünen. Die Sonne war untergegangen, doch am Himmel war immer noch ein Glimmen zu sehen. Der Wind blies hier deutlich schwächer als unten am Meer.

»Selbstverständlich.« Wieder dieses Lächeln. »Für mich

war es die Bedingung für meinen Umzug in die Bretagne. Ich komme aus Paris, aus dem Sechsten. – Wie Sie auch«, ein forscher Unterton, nur kurz. »Ich habe in einer gut gehenden Praxis am Place de l'Odéon gearbeitet. Irgendwann wurde mir Paris zu viel, es hat gedauert, bis ich es realisiert habe«, sie hielt kurz inne. »Meine Mutter ist Bretonin. Ihre Familie stammt von hier. Das prägt für immer.«

Derriens freimütiges Erzählen gefiel Dupin. Für gewöhnlich waren die Menschen in ersten Gesprächen nach Mordfällen zurückhaltender.

»Wie auch immer«, sie blickte den Kommissar mit großer Ernsthaftigkeit an, »um auf Ihre Frage zurückzukommen: Ja, so lautete die Vereinbarung. Alles funktioniert hervorragend, mein Patientenstamm wächst. Ich habe bloß den Fehler gemacht, keinen genauen Termin mit ihm für eine Übergabe festzulegen, vertraglich, meine ich, er hat immer von einem oder zwei Jahren gesprochen. Ich habe seit März ein klärendes Gespräch mit ihm gesucht.«

Auf einmal war ein seltsames Geräusch von der Seite zu hören. Zeitgleich wandten sie sich um.

Und sahen eine Herde Schafe, die geradewegs auf sie zulief. Zotteliges weißes Fell. Dicke Wollknäuel auf vier Beinen. Ein besonders großes Tier lief vorweg und blökte aufgeregt.

Dupin, bloß einen winzigen Moment irritiert, konzentrierte sich rasch wieder auf Evette Derrien, es ging um den Punkt, der ihn natürlich am meisten interessierte:

»Dieses klärende Gespräch, haben Sie es zufällig in Saint-Guénolé geführt, im *Chez Cathy?*«

»Genau dort«, sie schien in keiner Weise überrascht von Dupins Nachfrage. »Wir haben uns zweimal dort getroffen, um genau darüber zu sprechen: wann er endgültig ausscheiden würde.«

Sie ging vollkommen offen damit um.

»Ich bin häufig hier an der Torche, ich liebe die Weite und Wildheit hier. Ich habe eine kleine Zweitwohnung in Saint-Guénolé, nur ein Zimmer, ganz in der Nähe der Strände. Wir haben uns auch einmal in Concarneau getroffen, im Hotel *Sables Blancs,* meine richtige Wohnung liegt in dem neuen Viertel auf dem Hügel westlich des Strandes. Wir …«

»Das Viertel, das auf Monsieur Chaboseaus Land gebaut worden ist?«

Ein komischer Zufall. Vielleicht.

»Ja, das hat er mir auch erzählt. Dass das Land einmal seiner Familie gehört hat. Ich wusste es nicht, als ich die Wohnung gemietet habe.«

Dupin machte sich eine Notiz, von der er allerdings selbst nicht wusste, ob daraus irgendetwas folgen würde. Die Chaboseaus würden das Land an eine Immobilienfirma verkauft haben, und das Ganze war lange her.

Derrien kam zum eigentlichen Thema zurück: »Wir hatten in den letzten Monaten in diesem Punkt einen wirklichen Konflikt. Er wollte sich partout nicht auf ein genaues Datum festlegen.«

Sie formulierte es mit Bestimmtheit, aber weder überheblich noch aggressiv.

»Ich wollte eine verbindliche, eine vertragliche Vereinbarung.«

Aus irgendeinem Grund schienen sich die Schafe mit einem Mal für sie zu interessieren. Zumindest hatte sich das Anführerschaf entschieden, die Herde vor ihnen zum Stehen zu bringen. Mitten auf dem Weg. Was Evette Derrien nicht im Mindesten zu beeindrucken schien, ungerührt schlängelte sie sich durch die Herde hindurch. Die Tiere starrten sie schweigend an. Dupin tat es ihr gleich.

»Sie haben natürlich recht, umgehend das Gespräch mit mir zu suchen – das Einfachste«, sie warf einen Blick über die Schulter, ob er folgte, »wäre gewesen, ich hätte ihn aus dem Weg geschafft.«

Dupin ging nicht darauf ein.

»Sind Sie in Ihren Gesprächen zu einem Ergebnis gekommen?«

»Er hatte zugesagt, sich bis Anfang Juli auf einen endgültigen Termin festzulegen. Dieser sollte wiederum spätestens Ende nächsten Jahres sein.«

»Gibt es dazu bereits eine schriftliche Vereinbarung?«

»Sie sollte bis Ende des Monats vorliegen.«

Sie waren durch die Schafherde gelangt, ohne dass es zu einem Zwischenfall gekommen war.

»Verstehe. – Wie war Ihr Verhältnis sonst?«

»Wir besaßen ein gutes Arbeits- und Geschäftsverhältnis. Mir war eine gewisse persönliche Distanz wichtig, ihm ebenso. – Sie fragen sicher, weil Sie mich nicht in tiefer Trauer vorfinden, sondern beim Surfen.«

Aus dem Nichts, die ganze Zeit über waren die Schafe bis auf das Leittier still gewesen, hatte ein lautes Blöken in ihrem Rücken eingesetzt. Dupin schaute sich um. Die Herde folgte ihnen. Derrien schien es nicht zu kümmern.

»Surfen Sie, Monsieur Dupin?«

»Nein.«

Sein Sport war das Laufen, das, wie er wusste, als eine der langweiligsten Sportarten überhaupt galt.

»Es ist eine Möglichkeit, ganz zu sich zu kommen, indem man von allem anderen wegkommt. Auch von sich selbst. Es gibt nur noch die Wellen, den Wind, das Meer.«

Es klang in Dupins Ohren ein wenig zu esoterisch, aber er konnte sich ungefähr vorstellen, was sie meinte.

»Haben Sie, wirtschaftlich gesehen, die Praxis gemeinsam unterhalten – oder sind es eigentlich zwei Praxen unter einem Dach?«

»Wir haben uns bestimmte Geräte gemeinsam angeschafft, und wir haben uns bei komplizierten Fällen natürlich gegenseitig konsultiert, er ist – er war ein guter Arzt, aber jeder von uns hat eigenständig gewirtschaftet. Nur die beiden Sprechstundenhilfen haben wir uns geteilt. – Alles äußerst fair. In dieser Hinsicht gab es nie Differenzen.«

Dupin konnte nicht anders, ab und an warf er einen Blick nach hinten, die Schafe blökten nun kaum noch, trotteten aber immer noch hinter ihnen her. Die Landschaft hinter den Dünen war eine eigene Welt, immer noch sandiger Boden, aber mit kurzem, struppigem Gras bewachsen. Wie ein großer Teppich, grün, an manchen Stellen gelb und rostrot.

»Und wissen Sie von Differenzen, die Docteur Chaboseau mit anderen hatte?«

»Nein. – Aber ehrlich gesagt habe ich mich privat auch nicht weiter mit ihm beschäftigt.« Es klang nicht kalt, bloß ehrlich. »Ich wollte diese Praxis. Mehr nicht. Wir haben auch keine gemeinsamen Bekannte oder Freunde.«

»Ihnen sind keine ungewöhnlichen Vorfälle bekannt, zu denen es kürzlich in der Praxis gekommen ist?«

»Nein, kein einziger.«

»Besitzen Sie Kenntnis von Chaboseaus anderen geschäftlichen Aktivitäten?«

»Ich höre manchmal davon. Aber nur am Rande. Von anderen. Dass er an einer *Conserverie* beteiligt ist zum Beispiel. Es ist mir offen gestanden gleichgültig.«

»Denken Sie, dass …«

Dupin wurde jäh unterbrochen. Diesmal nicht von den Schafen, sondern von einer Männerstimme.

»Hallo! – Hallo! – Monsieur le Commissaire!«

Ein Gendarm kam auf sie zugelaufen.

Dupin warf Evette Derrien einen entschuldigenden Blick zu, der auf ein verständnisvolles Nicken traf.

»Ich danke Ihnen.« Dupin hatte sich bereits abgewandt, ließ die Ärztin und die Schafe zurück und lief dem Polizisten entgegen.

»Sie haben hier keinen Empfang, Commissaire. Deswegen sind wir hergekommen.«

Dupin konnte jetzt einen zweiten Gendarmen weiter hinten auf dem Weg vom Strand kommend ausmachen.

»Einer der Surfer«, der Gendarm war heftig keuchend vor Dupin zum Stehen gekommen, »hat uns gesagt, dass Sie hier hochgegangen sind, er …«

»Worum geht es?«

»Es ist etwas Schlimmes passiert. Vier Verletzte, zwei davon schwer. Sie sind bereits in der Klinik. Man hat sie in einem …«

Der Mann holte Luft.

»Was zum Teufel ist passiert?«

»Eine Explosion in einer Werft. Bei *Héros Naval,* dem Schiffbauunternehmen in Concarneau. Wohl kein Unfall, zumindest sagt …«

»Ein Anschlag?«

»Es gibt offenbar einen Hinweis, aber ich soll Ihnen ausdrücklich sagen, dass dies natürlich im Moment bloß …«

»Was ist das für ein Unternehmen?«

»Ein Unternehmen, an dem auch Jodoc Luzel beteiligt ist, das soll ich Ihnen von Nevou mitteilen.«

»Der Weinhändler?« Dupin hatte wie abwesend gesprochen.

»Auch Docteur Chaboseau?«

»Mehr hat mir die Kollegin nicht gesagt.«

»Und Monsieur Priziac, der Apotheker?«

»Das kann ich Ihnen ebenso wenig sagen.« Der Polizist kam allmählich wieder zu Atem.

»Wann?«

»Vor einer halben Stunde.«

»Dann los.«

Dupin stürmte in Richtung Parkplatz, der Gendarm hatte Mühe zu folgen. Es würde ein paar Minuten dauern, bis er seinen Wagen erreicht hätte.

»Weiß man schon Genaueres über den Hergang?«, rief Dupin im Laufen über die Schulter.

»Es gab eine Explosion, mehr weiß ich nicht. Ich sollte Sie bloß ausfindig machen.«

Dupin verschärfte das Tempo noch einmal.

Was ging hier vor sich? Der Schiffbau hatte bisher keine Rolle in seinen Ermittlungen gespielt. Aber dass Jodoc Luzel Miteigentümer war, und dass ausgerechnet an dem Tag, an dem sein Freund ums Leben gekommen war, eine Explosion in der Werft geschehen war, konnte kein Zufall sein.

Was immer die Geschichte war, um die sich alles drehte – sie war anscheinend noch nicht zu Ende.

Inzwischen war es dunkel geworden. Was die gesamte Szenerie, die sich vor Dupin auftat, noch spektakulärer machte. Das riesige Dock, das sich im Bau befindliche Schiff, den Qualm, die Feuerwehr- und Polizeiwagen mit ihren blinkenden Blaulichtern und den extra aufgestellten Hochleistungsstrahlern. All das inmitten des großen Hafen- und Werft-Komplexes voller technischer Installationen, Baracken und gestapeltem Material, einer alten und zugleich völlig realen

Welt der industriellen Produktion. Eine Welt aus Stahl. Stahl und Rost.

Es war das größte der Docks im Industriehafen. Auf einer Strecke von hundertdreißig Metern konnte man das Wasser in das tiefe Dock hineinlaufen lassen und mit ihm Boote zur Reparatur und Wartung, dann die gewaltigen Schleusentore schließen und das Meer wieder aus dem Bassin herauspumpen. Oder umgekehrt, wie es bei der *Ampez*, dem nun beschädigten Schiff, der Fall war: das Bassin zu Beginn trockenlegen, das Schiff bauen und dann das Wasser hereinlassen, bis das Schiff schwamm.

Es war ein schlimmes Bild der Verwüstung, das sich ihnen bot. Sie standen in sicherem Abstand am Ende der Anlage. Ein beißender Gestank hing in der Luft.

»Noch einmal – ja!« Dupin hatte bereits gefragt. »Wir sind uns eigentlich ganz sicher.« Die Leiterin der Feuerwehr, ebenso zuständig für den Hafen, machte einen durch und durch kompetenten Eindruck. Sie hatte Dupin umgehend nahe an die – streng abgesperrte – Unfallstelle geführt und erläuterte, was sie zu diesem Zeitpunkt wussten. »Jemand hat einen der Gastanks für die Schweißarbeiten mutwillig zur Explosion gebracht. Einen der kleineren.«

Mehr als ein paar bizarr verkrümmte stählerne Überbleibsel am Boden waren vom ursprünglichen Gastank nicht mehr zu erkennen. Neben der Feuerwehrchefin stand der Geschäftsführer von *Héros Naval*, der bislang noch kein Wort gesagt hatte; eine unauffällige blasse Gestalt in einem dunklen Jackett. Er blickte sich ängstlich um.

»Wir wissen auch schon, wie es passiert ist, wir haben das Beweisstück. Man hat die Gasleitung am Tank aufgedreht, sie in sicherer Entfernung durchgeschnitten und wie eine Zündschnur benutzt. Da reicht dann ein einfaches Feuerzeug. Wir haben das letzte abgeschnittene Teil gefunden, samt dem Schweißkopf. Ihre Spurensicherung hat es bereits sichergestellt, es ist schon unterwegs ins Labor. Es ist völlig eindeutig, dass der Schlauch sauber durchtrennt wurde. – Niemals war das ein Unfall.«

Dupin nickte. Ihre Darstellung entbehrte aller Dramatik, ein professioneller Bericht.

»Bei der Explosion des kleineren Tanks«, setzte sie die Erklärung fort, »wurde offenbar einer der größeren Tanks von den herumfliegenden Stahlteilen getroffen. An diesem größeren Tank beziehungsweise an dem, was von ihm noch übrig ist, haben wir nichts Ungewöhnliches feststellen können.« Auch die Ruine des größeren Gastanks konnten sie von ihrer Position aus sehen, ein ganzes Stück näher am Rand des Trockendecks. »Sie müssen sich das wie Geschosse vorstellen. Wodurch der zweite Tank augenblicklich zur Explosion gebracht wurde, und zwar unglücklicherweise direkt neben dem Schiff, auf dem gerade der Schichtwechsel stattfand. Hier wird Tag und Nacht gearbeitet. Dabei sind die vier Männer verletzt worden.«

Es war entsetzlich. Dupin hatte sich vom Zustand der Männer schon auf dem Weg hierher berichten lassen, Nevou hatte sich darum gekümmert.

»Schon die Explosion des kleineren Tanks hätte sicherlich zu Beschädigungen des Schiffes geführt, im schlimmsten Fall auch zu kleineren Verletzungen der Arbeiter – aber keinesfalls in dem Ausmaß, zu dem es jetzt gekommen ist.«

Die Rekonstruktionen klangen plausibel.

»Es waren also«, Dupin resümierte es laut, »zwei Explosionen kurz hintereinander.«

Die Feuerwehrchefin ging nicht weiter darauf ein. »Wir haben die Situation mittlerweile unter Kontrolle. Im

Umkreis des kleineren Tanks sind einige Holzpaletten und Stützen in Brand geraten, die bereits gelöscht wurden. Es gibt keine Gefahr mehr bezüglich möglicher Folgeexplosionen. Wir ...«

Eine laute, vehemente Stimme unterbrach sie.

»Es ist mir egal ... Dann verhaften Sie mich halt, ganz wie Sie meinen.«

Filmreif angestrahlt von einer der mächtigen Lampen kam ein Mann energischen Schrittes auf die kleine Gruppe zu, links und rechts von ihm je ein Polizist, sie mussten zur Mannschaft gehören, die das Gelände bewachte. Dupin erkannte den Mann sofort: Jodoc Luzel, der Weinhändler. Der Dritte im Bunde. Und vor allem natürlich: der Eigentümer oder Miteigentümer des Unternehmens, das das Schiff baute, auf das der Anschlag verübt worden war.

»Was genau ist passiert?«, blaffte Luzel die Feuerwehrchefin an. Erst danach warf er Dupin und seinem Geschäftsführer einen flüchtigen Blick zu, der offenbar so etwas wie eine Begrüßung sein sollte. Seine blank rasierte Glatze, die seinen beeindruckend kantigen Schädel mit der massiven Stirn in Szene setzte, glänzte im Scheinwerferlicht. Er war weder besonders groß noch klein, drahtig schlank, ein fitter Fünfzigjähriger. Ein völlig anderer Typ als seine deutlich älteren Freunde Priziac und Chaboseau. Jeans, ein hellrosa Polohemd. Eine dynamische Brille mit dunklem Gestell.

Die Feuerwehrchefin setzte zu einer erneuten Erklärung an, doch Dupin kam ihr zuvor.

»Ein gezielter Anschlag auf Ihre Firma, Monsieur Luzel. Wer hat es auf Sie abgesehen?«

Luzels Augenbrauen hoben sich, sein Blick wurde finster.

»Sabotage?«

Er starrte Dupin an.

»So sieht es aus«, bestätigte die Feuerwehrchefin – um Luzel den Sachverhalt anschließend so zu erläutern, wie sie es zuvor Dupin gegenüber bereits getan hatte.

Ihr letztes Wort war noch nicht ganz verklungen, da übernahm der Kommissar wieder: »Monsieur Luzel, wer hat es auf Ihr Unternehmen abgesehen und warum?«

Luzel ignorierte die Frage ein zweites Mal und wandte sich stattdessen an den Geschäftsführer: »Wie geht es den Arbeitern?«

»Noch keine Neuigkeiten.« Man hatte Mühe, ihn zu verstehen, er sprach gebrochen und schien mit den Nerven am Ende zu sein. »Leroy und Moreau kämpfen um ihr Leben.« Er brach ab.

Jetzt nahm Luzel Dupin in den Blick.

»Es gibt keinen Grund, warum es jemand auf mich oder *Héros Naval* abgesehen haben sollte«, sagte er ruhig.

»Sind Ihre Freunde Chaboseau und Priziac an der Firma beteiligt?«

»Sie sind an der Firma beteiligt, der *Héros Naval* gehört. Genau wie ich. Ja.«

»Was ist das für eine Firma?«

»Ich verabschiede mich«, schaltete sich die Feuerwehrchefin resolut ein. »Wenn Sie mich brauchen, finden Sie mich dort hinten.« Sie machte eine vage Handbewegung in Richtung der Einsatzwagen und wandte sich ab.

»Wenn Sie mich – ebenfalls entschuldigen würden«, der Geschäftsführer nutzte die Gelegenheit, »ich würde gerne zu den anderen Arbeitern gehen und sie beruhigen. – Natürlich nur, wenn Sie«, er blickte Dupin und Luzel nacheinander an, »einverstanden sind.«

»Keine Einwände«, beschied Dupin. Der Geschäftsführer würde dort auf Nevou treffen, die bereits mit den

Werftarbeitern sprach, um herauszufinden, ob sie etwas Ungewöhnliches bemerkt hatten.

»Ich komme gleich nach«, nickte Luzel ihm zu. »Gehen Sie ruhig.«

Ab und an wehte heitere, völlig unpassende Musik durch die laue Nacht zu ihnen herüber. Höchstwahrscheinlich von der *Ville Close*, im hinteren – schönsten – Teil fanden im Sommer zahlreiche Konzerte statt.

»Eine Holdinggesellschaft«, kam Luzel von sich aus auf Dupins Frage zurück, »die eine größere Schiffswerft besitzt, diese hier, zudem zwei kleinere Schiffbaufirmen in Saint-Nazaire.«

Saint-Nazaire war der bedeutendste Schiffbauhafen der Bretagne. Und nicht bloß das – ganz Frankreichs. Ein Werfthafen der Extraklasse, hundertfünfzig Jahre alt. Hier war die *Symphony of the Seas* gebaut worden, das größte Kreuzfahrtschiff aller Zeiten.

»Wie sehen die genauen Eigentumsverhältnisse von Ihnen dreien aus?«

Dupin musste es sich immer wieder vergegenwärtigen: Auch wenn die drei Freunde hauptberuflich Weinhändler, Apotheker und Arzt waren, so waren sie darüber hinaus Investoren, vielleicht sogar in erster Linie.

»Ich halte die meisten Anteile, fünfzig Prozent, die anderen beiden je fünfundzwanzig Prozent.«

Luzel verhielt sich vollkommen anders als der Apotheker, er gab bereitwillig und umfänglich Auskunft.

»Ihr Miteigentümer und Freund Docteur Chaboseau wurde heute Nachmittag ermordet. Und das hier war eindeutig ein Anschlag! Vier Menschen sind verletzt worden, zum Teil schwer! –«, Dupin war mit einem Mal in Rage, »ich frage Sie also noch einmal: Wer hat es auf Sie abgesehen, auf Ihre gemeinsame Firma – und warum?«

Dieses Mal dauerte es, bis Luzel antwortete. Mit einem Mal wirkte er am Boden zerstört, sein Gesicht hatte deutlich an Farbe verloren. Er hatte zwar auch zuvor nicht wirklich den Eindruck gemacht, dass das Geschehen ihn kaltließ, aber aus irgendeinem Grund zeigte er nun ungefiltert Gefühle.

»Sie sehen einen Zusammenhang zwischen den Ereignissen?« Es war keine echte Frage gewesen. Luzel hatte den Satz vor sich hin gesagt, als ob er ihn bräuchte, um ernsthaft darüber nachdenken zu können.

»So naiv können Sie nicht sein, Monsieur.«

Luzel zuckte verzweifelt mit den Schultern. Er starrte unbestimmt auf den Boden, schwieg erneut eine Weile. Dann fing er sich offensichtlich wieder. Der nächste Satz kam klar und bestimmt:

»Ich versichere Ihnen, Monsieur le Commissaire, ich sehe nicht einmal im Ansatz einen Grund, weshalb jemand einen Anschlag auf *Héros Naval* verüben sollte.«

»Ich glaube, Ihnen …«

Dupins Handy. Er warf einen raschen Blick auf das Display.

Claire.

Er würde sie gleich zurückrufen. Wenn sich die Möglichkeit ergab.

Dupin zwang sich zur Sachlichkeit. »An welchen weiteren Firmen sind Sie beteiligt, Monsieur Luzel? Sie alleine und gemeinsam mit Ihren beiden Freunden?«

»Mein Portfolio ist sehr übersichtlich. Ich komme aus dem Weinhandel, wie Sie wissen. Meine einzige weitere Investition, abgesehen vom Schiffbau, meine ich, ist eine Bierbrauerei.«

»*Roi Gradlon,* nehme ich an.«

»Richtig, gemeinsam mit Pierre und Brecan. Wir drei haben lediglich diese beiden gemeinsamen Investitionen getätigt. Das Weingeschäft betreibe ich alleine.«

Immerhin. Ein erstes Mal zeichnete sich ein klareres Bild der gemeinsamen Geschäfte der drei Freunde ab.

»Sie betätigen sich weder im Kunsthandel noch an Immobiliengeschäften? Und Sie sind ebenso wenig im Bereich der Fischkonservenfabriken aktiv?«

Das waren die anderen Bereiche, auf die Dupin bisher gestoßen war.

»Nein.«

»Und Ihr Freund Priziac?«

»Das muss er Ihnen selbst beantworten.« Luzel hatte ohne Schärfe reagiert.

»Wie sind Sie eigentlich auf den Schiffbau gekommen, Monsieur Luzel?«

»Ein Tipp meiner Freunde. – Der Schiffbau prosperiert. Auch der Werfthafen hier.«

»Und warum sind Sie mit dem größten Anteil eingestiegen?«

»Ich hatte das Geld verfügbar.«

Es klang willkürlich – aber: Es gab Menschen, denen es einigermaßen gleichgültig war, worin sie investierten, die vorrangig am Geschäftemachen selbst interessiert waren.

»Gab es Konflikte zwischen Ihnen und den beiden anderen?«

Luzels Miene verzog sich. »Wie kommen Sie darauf? Nicht im Geringsten.«

»Was für ein Schiff ist das hier? Die *Ampez*?«

Dupin bückte sich unter dem Absperrband hindurch. Das Boot musste ungefähr hundert Meter lang sein. Ein gigantischer Rumpf in Grün, am Bug so etwas wie ein riesiges rundes Gewicht, die Reling und das Deck mattrot gestrichen. Das Oberdeck mit dem Kapitänsstand in grellem Weiß befand sich weit hinten, beinahe am Heck des Schiffes, das im Licht der Scheinwerfer förmlich strahlte.

»Ein Allroundtransporter«, Luzel war dem Kommissar gefolgt. »Sand, Kies, Steine, neunundachtzig Meter lang, dreitausendsiebenhundert Tonnen Tragfähigkeit.«

Dupin war gefährlich nahe am Rand des Bassins stehen geblieben. Es ging steil in die Tiefe, an keiner Stelle gab es ein Geländer. Ihn überkam ein mulmiges Gefühl. Er musste an Docteur Chaboseau denken.

»Wer könnte einen Vorteil daraus ziehen, dass dieses Boot nicht rechtzeitig fertig wird?«

»Eigentlich niemand. Die Nachfrage nach diesem Bootstyp ist groß, die Produktionen bei den infrage kommenden Unternehmen auf lange Zeit im Voraus ausgelastet. Da kann kein anderer mal eben eines liefern, wenn es beim Bau eines Schiffes zu einer Verzögerung kommt. – Und ein letztes Mal: Ich kann mir beim besten Willen keinen Konkurrenten vorstellen, der uns mit derartigen Mitteln sabotieren würde.«

»Werden die Aufträge öffentlich ausgeschrieben?«

»Zum Teil. Die *Ampez* bauen wir für ein Unternehmen, mit dem wir eng zusammenarbeiten.«

»Und mit dem es Unstimmigkeiten gab?«

Dupin lief in Richtung Bug. Luzel folgte.

»Vielleicht wollte man Ihnen allgemein schaden? Ihnen dreien – einem von Ihnen, wer weiß? Oder bloß eine Warnung schicken, eine Botschaft.«

Das alles wäre denkbar. Allerdings wäre dann wieder völlig offen, worum es in diesem Fall wirklich ging.

»Und was für eine Botschaft in welcher Angelegenheit sollte das sein? Mir fehlt dafür jegliche Fantasie …«, erwiderte Luzel ruhig.

»Commissaire!«

Abrupt wandten sich die beiden um.

Dieses Mal war es Kler Kireg, der Bürgermeister, der plötzlich im Licht der Scheinwerfer auftauchte. Ihm folgte Le Menn.

Der Bürgermeister war betont leger gekleidet, kurze dunkelblaue Cargohose, dazu ein hellblaues schmal geschnittenes Hemd, sodass seine athletische Statur zur Geltung kam. Er war braun gebrannt, hatte kurze Haare und blendend weiße Zähne. Das Markanteste an ihm war allerdings die zur Schau getragene Entschiedenheit, die auf seinem Gesicht lag, wann immer er sich in der Öffentlichkeit präsentierte. Stets war er darauf bedacht, dass man ihm seinen entschlossenen Elan ansah. Auch heute Nacht.

»Wir müssen uns unterhalten, Commissaire!« Ein freundlicher, aber sehr bestimmter Duktus.

Er war knapp vor Dupin stehen geblieben.

»Ich habe mich bereits von der Feuerwehrchefin und dem Werksleiter à jour bringen lassen. Eine Sache ist jetzt von größter Wichtigkeit: Wir dürfen keine Panik in der Stadt aufkommen lassen. Die Wahrscheinlichkeit einer Sabotage mag auf den ersten Blick zwar mit ›hoch‹ zu bewerten sein, aber noch ist es keinesfalls definitiv. Und genau so sollten wir es bitte auch offiziell formulieren.« Wie bei den meisten Politikern wirkte alles an seiner Rede aalglatt, es war nicht ersichtlich, was gespielt war und was echt, Dupin vermutete, dass es den Unterschied schon gar nicht mehr gab. »Ich war bei Didier Squibans Konzert in der *Ville Close*, als es passierte. Das mit dem *vermeintlichen Anschlag* hat sich in Windeseile herumgesprochen, ein Teil des Publikums hat das Konzert daraufhin verlassen. Schon nach dem lauten Knall ist es zu Irritationen gekommen.«

Es klang wie ein Vorwurf.

Squiban war einer der größten Musiker der Bretagne,

Jazzpianist, Komponist, Improvisateur, längst eine Legende, der bretonische Keith Jarrett gewissermaßen.

»Und Sie selbst haben das Konzert weiterhin in aller Ruhe genossen?«, fragte Dupin.

Es war unglaublich – nur ein paar Hundert Meter entfernt war es zu einem Anschlag gekommen, bei dem, beabsichtigt oder nicht, vier Männer verletzt worden waren, zwei davon lebensgefährlich. Und der Bürgermeister ließ sich nicht aus der Ruhe bringen, mehr noch: Er beschwerte sich darüber, dass andere es taten.

»Ich bin absichtlich noch ein wenig geblieben. Der heutige Abend stellt den großen Auftakt von *Concarneau – l'Été en Fête* dar, der wichtigsten Veranstaltungsreihe des Jahres! Da ist es geradezu meine Pflicht, Ruhe und Haltung zu bewahren, Monsieur le Commissaire. Ich habe das Konzert nach einer Weile dann selbstverständlich verlassen, um mich dieser Sache hier anzunehmen.«

Neben den großen jährlichen Institutionen wie dem *Festival des Filets Bleus,* dem Literaturfestival *Livre & Mer* oder dem Krimifestival und den berühmten Segelregatten fanden im Rahmen des *Été en Fête* Dutzende zusätzlicher Veranstaltungen statt: Märkte, Ausstellungen, Mittelaltervorführungen, Lesungen, Konzerte, Bootstouren, Grillfeste. Der Name war Programm: *en fête!* Dupin hatte völlig vergessen, dass es am heutigen Abend losging. Die Feierlichkeiten sprachen natürlich die zahlreichen Sommergäste an, vor allem aber die Concarnesen selbst. Das Feiern gehörte zu den elementaren Angelegenheiten im bretonischen Leben. Das *Fest-Noz,* die Basisversion des bretonischen Festes, ein heiteres, geselliges Zusammenkommen mit traditioneller Musik und Tanz, war von der UNESCO kürzlich sogar zum Weltkulturerbe erklärt worden. Ganz wie die mystische Musik bengalischer

Minnesänger, das Krabbenfischen auf Pferden in Oostduinkerke oder der mongolische Khoomei-Kehlkopfgesang, hatte Riwal stolz erklärt.

»Wissen Sie«, Dupin versuchte sich zu konzentrieren, »von Auseinandersetzungen um diese Werft, Monsieur Kireg? – Haben Sie eine Vermutung, warum jemand einen Anschlag auf *Héros Naval* unternommen haben könnte?«

»Natürlich nicht. – Und wie gesagt: Mir wäre wichtig, dass wir nicht unnötigerweise von einem Anschlag sprechen, Commissaire. Ach ja«, jetzt war es eine eindeutige Zurechtweisung, »auch von spontanen Auftritten bei der Presse sollten wir fortan absehen. Wir wollen den Menschen schließlich keine Angst einjagen.«

Dupin wandte sich an Le Menn. Dabei sprach er so laut, dass sowohl Luzel als auch der Bürgermeister jedes Wort klar und deutlich verstehen würden. »Wir müssen alles über *Héros Naval* in Erfahrung bringen. Alles, was sich finden lässt«, eigentlich typische Aufträge an Nolwenn. »Holen Sie sich Unterstützung, im Kommissariat und außerhalb. Sprechen Sie mit Experten aus der Branche, mit Konkurrenzfirmen. Unterhalten Sie sich mit dem Geschäftsführer und sämtlichen Angestellten, Nevou und Sie. Durchleuchten Sie das gesamte Unternehmen, die Geschäftsbücher, die Steuerunterlagen …«

Le Menn hatte sich alles in ihr Handy notiert. Eine Angewohnheit, die Dupin stets aufs Neue irritierte.

»Aber Sie können …«, versuchte Luzel zu intervenieren.

Dupin unterbrach ihn barsch: »Wo haben Sie sich um zweiundzwanzig Uhr aufgehalten, als die Sabotage verübt wurde, Monsieur?«

»Ich?«

»Sie.«

»Bei mir zu Hause. Eine Weinverkostung mit Freunden. Ich – ich wohne in Le Cabellou.«

»Werden Ihre Freunde das bezeugen können?«

»Selbstverständlich.«

Wieder wandte sich Dupin an Le Menn: »Dann sollten wir uns einmal mit diesen Personen unterhalten. Monsieur Luzel wird uns gleich eine Aufstellung anfertigen.«

Le Menn nickte: »Direkt morgen früh. Es ist bald Mitternacht.«

Sie hatte recht. Während eines Falles verlor Dupin jedes Bewusstsein für Dauer und Uhrzeiten. Genauer gesagt: Während seiner Ermittlungen war der manische Drang, voranzukommen, den Fall zu lösen, stärker als alles andere.

»Wenn Sie mich nun entschuldigen würden, Monsieur le Commissaire«, der Bürgermeister machte Anstalten, sich zu verabschieden.

Dupin sah abwechselnd zu Luzel und zu ihm. »Kennen Sie beide sich eigentlich näher? Wie ist Ihr Verhältnis zueinander?«

Es dauerte, bis einer der beiden reagierte. Dupin konnte sich täuschen, aber er hatte den Eindruck, als seien die wenigen Blicke, die die beiden einander bisher zugeworfen hatten, ein wenig frostig gewesen.

»Es ist ausgezeichnet!« Der Bürgermeister steckte lässig die rechte Hand in die Hosentasche. »Ich bin sehr froh darüber, dass ein so bedeutender Bürger der Stadt wie Jodoc Luzel erwägt, sich auch politisch zu engagieren. Wenn es das ist, was Sie meinen, Monsieur le Commissaire.«

»Was soll das heißen?« Dupin hatte keine Ahnung, worauf er anspielte.

»Ich überlege, für den Stadtrat zu kandidieren«, erklärte Luzel. »Als parteiloser Kandidat.«

»Interessant.« Dupin fuhr sich durch die Haare. Irgendetwas hatte hier jeder mit jedem zu schaffen.

»Und ich vermute, Sie haben unterschiedliche Ansichten und vertreten gegensätzliche Positionen. In welchen Punkten zum Beispiel?«

Wieder antwortete der Bürgermeister als Erster:

»Die Herren Chaboseau und Luzel, oder anders – die Firma *Roi Gradlon* vertritt zum Beispiel die Ansicht, dass die Stadt deutlich repressiver mit der Genehmigung von Lizenzen an Mikrobrauereien umgehen sollte.«

Es war beeindruckend, wie sehr der junge Bürgermeister schon durch und durch Politiker war – in Gestus, Duktus, Habitus.

»Und wegen dieses Streits wollen Sie sich die Mühe machen, in den Stadtrat einzutreten, Monsieur Luzel?«

»Eine Politik, die Sicherheit bei Investitionen böte, wäre allgemein im Interesse der Stadt. Auf allen Gebieten.« Luzel hatte die Antwort in vollendeter freundlicher Sachlichkeit vorgebracht.

»Das ist doch …«

Der Bürgermeister wurde von Dupins Handy unterbrochen.

Es war schon wieder Claire. – Verdammt. Er musste sie wirklich dringend zurückrufen.

»Wie auch immer«, Dupin riss sich zusammen, »um das Thema zu Ende zu bringen: Bei dem Anschlag hier muss es nicht unbedingt um die Werft und den Schiffbau gehen.«

Auf den Gesichtern der beiden Männer war trotz der eher rätselhaften Schlussfolgerung Dupins keine besondere Regung zu erkennen.

»Kommen wir noch auf ein anderes Thema zu sprechen. Ein anderes Geschäftsfeld. Auf dem Sie, Monsieur le Maire, und Docteur Chaboseau beide tätig sind. – Oder waren. Die

Conserveries. – Wie groß ist in diesem Feld die Konkurrenz?«

»Ich bin, wie allgemein hinlänglich bekannt sein dürfte, in keinerlei Weise an den *Conserverie*-Geschäften meiner Familie beteiligt. Insofern gab es keine Konkurrenz zwischen uns.«

»Aber zwischen Chaboseaus Unternehmen und dem Unternehmen Ihrer Familie.«

»Mit dem ich, ich wiederhole es gern, nicht das Geringste zu tun habe. – Und da es hier eine vergleichbare Frage von Beschränkungen an Marktteilnehmern anders als bei der Bierproduktion nicht gibt, gar nicht geben kann – sondern jeder nach Lust und Laune eine *Conserverie* eröffnen kann –, existiert auch dieser mögliche Streitpunkt nicht. Je mehr solcher unternehmerischer Initiativen es gibt, desto besser. Wir müssen den Unternehmergeist mit allen Mitteln fördern.«

Die offizielle Position, natürlich. Dupin würde zu diesem Punkt nichts anderes zu hören bekommen.

Er hatte einen Blick in sein Notizheft geworfen, es gab noch weitere Themen, wenn er die beiden Männer – die weit oben auf seiner Liste standen – schon einmal beisammenhatte: »Sieren Cléac hat letztes Jahr eine kleine *Conserverie* in Concarneau eröffnet, wie schlägt sich ihr Unternehmen?«

»*Fête de la Mer* heißt es. Ich glaube, es läuft sehr gut für sie. Sehr vielversprechend«, in der Stimme des Bürgermeisters schwang echter Respekt mit.

»Sie hat heute am späten Vormittag bei Docteur Chaboseau angerufen – hat einer von Ihnen eine Ahnung, worum es gegangen sein könnte? Ob die beiden einander gut kannten?«

Beide Männer schüttelten den Kopf.

Dupin wandte sich speziell an Jodoc Luzel: »Hat Ihr Freund Madame Cléac Ihnen gegenüber einmal erwähnt?«

»Nein. Ich erinnere mich nicht daran, dass er je über sie oder ihr Unternehmen gesprochen hätte.«

»Sie wohnen in *Sables Blancs,* Monsieur Kireg?«, wandte sich Dupin nun wieder abrupt an den Bürgermeister.

Kireg war anzusehen, wie er über den möglichen Hintersinn des jähen Themenwechsel nachsann.

»Genau. – In der alten Villa *Ker-Jean.* Die bereits Georges Simenon bei seinen Aufenthalten hier in den Dreißigerjahren gemietet hat«, sagte er unverhohlen stolz.

»Ihre Frau hat Sie heute Abend nicht zum Konzert in der *Ville Close* begleitet?«

»Nein, sie ist bei ihrer Mutter in Saint-Malo. Das ganze Pfingstwochenende über.«

Die »First Lady« der Stadt. Eine adrette, ein wenig burschikose Mittdreißigerin, Notarin mit einem sehr guten Ruf.

»Wo surfen Sie eigentlich für gewöhnlich?«

Der Bürgermeister schaute immer verdutzter drein.

»La Torche, nehme ich an«, beantwortete Dupin die Frage probehalber selbst, ein Schuss ins Blaue.

»Genau. Wie alle ernsthaften Surfer im Finistère.«

»Und Sie kennen Docteur Evette Derrien.«

»Natürlich.«

»Und sehen Sie sie dort auch ab und zu beim Surfen?«

»Ja.«

»Sie sind befreundet?«

»Das kann man so nicht sagen. Aber wir unterhalten uns manchmal. Wie letzte Woche im Leuchtturm.«

»Im Leuchtturm?«

»Nach dem berühmten ›vertikalen Rennen‹ – im *Phare d'Eckmühl.*«

Diese »vertikalen Rennen« waren Dupin ein Rätsel. Seit einigen Jahren fanden sie überall auf der Welt statt, in den spektakulärsten Hochhäusern. Manchmal ging es dabei einen halben Kilometer in die Höhe, Tausende Stufen. Und natürlich war dieser aufsehenerregende Sport in der Bretagne erfunden worden, und zwar im *Phare d'Eckmühl*. In Hinblick auf beide, den Bürgermeister wie die Ärztin, bedeutete das: Sie mussten sich in außerordentlich guter körperlicher Verfassung befinden.

Dupin adressierte die nächste Frage nun deutlich an beide Männer: »Ist Ihnen etwas von dem Konflikt zwischen Evette Derrien und Pierre Chaboseau bekannt? Wegen der endgültigen Übergabe der Praxis?«

Der Bürgermeister zuckte ratlos mit den Schultern.

»Nur, dass sie sehr auf die Übergabe drängte«, erwiderte Luzel, »Pierre hat es ein paarmal erwähnt, er war sich aber sicher, dass sie zu einer guten Lösung kommen würden.«

Dupin entschied, es fürs Erste dabei zu belassen, er musste los. Claire anrufen.

»Ich fasse nur noch einmal das Wichtigste zusammen.« Die beiden Männer blickten ihn neugierig an. »Monsieur Kireg, Sie waren um zweiundzwanzig Uhr auf dem Konzert von Squiban in der *Ville Close* – und Sie, Monsieur Luzel, zu Hause. Bei einer Weinprobe mit Freunden.«

Beide – war es Dupin kurz durch den Kopf gegangen – waren nicht weit vom Anschlagsort entfernt gewesen, als es geschehen war. Man brauchte keine Polizeischule absolviert zu haben, um zu wissen, dass ein auf den ersten Blick wasserdicht wirkendes Alibi im Zweifelsfall nicht das Mindeste bedeutete.

»Warum denken Sie …«, setzte der Bürgermeister an.

»Also dann, gute Nacht, meine Herren.«

Dupin deutete mit minimaler Geste einen Gruß an, drehte sich um und verschwand zügigen Schrittes aus dem Scheinwerferlicht.

»Wo bist du, Georges? Ist alles in Ordnung?«, Claires Tonfall drückte echte Sorge aus, was selten vorkam, für gewöhnlich blieb sie selbst in schwierigen Situationen völlig ruhig, oder anders: wurde immer ruhiger, je brenzliger die Situation wurde. »Wir waren auf dem Konzert in der *Ville Close* und plötzlich gab es da diese Explosion. Und dann die Sirenen, die Einsatzwagen.«

»Ihr wart in der *Ville Close?* Bei dem Konzert von Squiban?«

»Ja. – Ist alles okay bei dir?«

»Alles in Ordnung, ich bin in der Werft, wo die Explosion stattgefunden hat.«

»Was ist passiert?«

»Sabotage. Jemand hat einen Gastank zur Explosion gebracht.«

»Stimmt das mit den Verletzten?«

»Vier, zwei davon schwer. Aber wir wissen noch nichts Genaueres.«

»Fürchterlich. Steht das in einem Zusammenhang mit heute Nachmittag?«

»Vermutlich. – Höchstwahrscheinlich.«

»Hast du schon eine Ahnung?«

»Nein.«

Leider entsprach es der Wahrheit. Dupin hatte die letzte Absperrung im Hafengelände erreicht, es war nicht mehr weit bis zu seinem Wagen.

»Didier Squiban hat zuerst weitergespielt, fantastisch wie immer. Als sich irgendwann herumsprach, dass es Verletzte gegeben hat, wurde das Konzert abgebrochen.«

»Wo seid ihr jetzt?«

»Wir sitzen im *Café de l'Atlantic* und trinken noch einen Lambig.« Der herrliche bretonische Apfelschnaps.

»Gut. – Ich melde mich später, Claire.«

»Was meinst du mit *später?* Es ist schon nach Mitternacht. Willst du nicht Schluss machen für heute? Komm doch zu uns. – Hast du etwas gegessen?«

»Ich kann nicht.«

»Dann sei vorsichtig.«

Untypische Worte für Claire.

»Bis gleich, Claire.«

»Bis gleich.«

»Warte«, Dupin hatte schon fast aufgelegt, »bist du noch dran?«

Claire beendete Telefonate in der Regel noch schneller als er.

»Ja.«

»Eine Sache noch: Wann seid ihr auf dem Konzert gewesen?«

»Ungefähr um Viertel vor zehn.«

Etwa eine Viertelstunde vor der Explosion.

»Hast du zufällig den Bürgermeister gesehen? – Er sagt, er sei dort gewesen.«

»Ja, ich habe ihn gesehen, aber erst, als er gegangen ist.«

»Wann war das ungefähr?«

Sie überlegte.

»Vielleicht um zwanzig nach zehn. Fünfundzwanzig nach zehn.«

»Davor hast du ihn nicht gesehen?«

»Nein.«

»War er alleine?«

»Ich glaube schon.«

»Verstehe. Danke.«

»Salut, Georges.«

Sie legten gleichzeitig auf.

Dupin atmete tief ein und aus, dann fuhr er sich durch die Haare.

Er konnte immer noch nicht fassen, dass ausgerechnet Concarneau zum Zentrum seiner Ermittlungen geworden war.

Mittlerweile war er bei seinem Wagen angekommen. Er hatte tatsächlich seit heute früh nichts gegessen. Und spürte es nun deutlich. Er stieg ein, ließ den Motor an und wählte am Autotelefon Nevous Nummer.

»Ja?«, sie klang missmutig.

»Wo sind Sie?«

»Im Büro.«

»Im Büro?«

Unbegreiflich.

»Wir treffen uns in fünf Minuten im *Amiral.* Und sagen Sie Le Menn Bescheid. – Lagebesprechung.«

»Ich habe mit *allen* Mitarbeitern der Werft gesprochen«, wiederholte Nevou, ihre tiefe Stimme war brüchig, ihr dunkler Pagenkopf zerzaust, »mit allen aus der Nachtschicht. – Sie waren völlig fertig. Einige sind mit den verletzten Männern befreundet.«

Nevou war anzumerken, wie nahe es ihr ging. Überhaupt wirkte sie matt, entkräftet. Noch zierlicher, schmächtiger als sonst. Man sah ihr die Strapazen der letzten Stunden deutlich an. Auch sie hatte sich das Pfingstwochenende sicherlich anders vorgestellt.

Immerhin, eine gute Nachricht gab es: Le Menn hatte auf dem Weg ins *Amiral* noch einmal im Krankenhaus angerufen. Die beiden Schwerverletzten befanden sich außer Lebensgefahr. Das war doch etwas – das Wichtigste im Moment.

Sie saßen in der Brasserie des *Amiral,* an Dupins liebstem

Tisch, einem der kleinen Holztische, die entlang der Wände standen. Der Kommissar auf der mit atlantisch blauem Stoff bezogenen Bank, die beiden Polizistinnen auf den bequemen Stühlen ihm gegenüber. Die Brasserie war offiziell bereits geschlossen, sie waren hier ungestört; im Restaurant nebenan waren noch zwei Tische mit Pärchen besetzt. Die beiden hohen Lampen auf dem Tresen tauchten den Raum in stimmungsvolles Licht. Es war ein famoser Platz: Durch die Fenster gegenüber erblickte man den Fischereihafen, dahinter die Anfänge des Industriehafens – wo sie eben noch gewesen waren –, durch die Fensterfront rechts zeigten sich die beleuchteten Festungsmauern der *Ville Close*, der Turm mit der berühmten Uhr an ihrem Eingang. Sie gab der Stadt die Zeit vor, den Rhythmus. Die Tür in Richtung Place Jean Jaurès stand offen, frische, herrlich laue Nachtluft strömte in den Raum.

»Keiner der Arbeiter hat eine Vermutung, warum es jemand auf die Werft und das Schiff abgesehen haben könnte. Niemand weiß von irgendwelchen Problemen oder Konflikten«, vervollständigte Nevou ihren Bericht. »Nicht innerhalb der Firma und auch nicht außerhalb. Es hat nie irgendeinen außergewöhnlichen Vorfall gegeben. Sagen sie. – Und«, sie setzte kurz ab, »niemand hat heute Abend etwas Ungewöhnliches beobachtet. Sie arbeiten allerdings auch mit äußerster Konzentration. Vor allem die Schweißer.«

Sie stützte sich mit dem Ellenbogen auf dem Tisch ab.

Le Menn war an der Reihe: »Ich habe noch nicht viel zu *Héros Naval* und dem Schiffbau rausfinden können.« Sie strich sich eine Haarsträhne zurück, die sich aus dem Zopf gelöst hatte, überraschenderweise machte sie einen einigermaßen fitten Eindruck. »Oder anders: So richtig weiterkommen werden wir da erst morgen früh. Aber ich habe schon mal im Internet geschaut, ob ich auf interessante Artikel zu der Firma stoße. Nichts Auffälliges bislang. Ein Artikel in *Le Télégramme* vom letzten Dezember berichtete über das zu Ende gegangene Geschäftsjahr. Wie gut das Unternehmen läuft.«

»Wann wurde es eigentlich gegründet?«

Le Menn warf einen Blick auf ihr Handy mit den Notizen.

»Vor acht Jahren.«

»Von wem? Von allen dreien?«

»Das stand nirgendwo.«

»Jodoc Luzel gehören fünfzig Prozent von *Héros Naval,* den beiden anderen je fünfundzwanzig Prozent.« Dupin hatte den beiden Polizistinnen gleich zu Anfang die wichtigsten Punkte aus dem Gespräch mit der Feuerwehrchefin, dem Weinhändler und dem Bürgermeister berichtet, diesen aber vergessen.

Nevou richtete sich auf. »Dann muss der Weinhandel ordentlich was abwerfen. – Ich weiß ja nicht.«

»Haben Sie etwas über den Geschäftsführer von *Héros Naval* herausfinden können?«

Dupins rotes Clairefontaine lag vor ihm auf dem Tisch.

»Die Mitarbeiter berichten nur Positives über ihn. Durchweg. Sie mögen ihn. – Luzel, Chaboseau und Priziac kennt übrigens keiner von ihnen persönlich.«

Interessant. Der Geschäftsführer hatte auf Dupin nicht gerade wie ein Kumpel der Arbeiter gewirkt, aber womöglich hatte er sich getäuscht.

»Ich habe auch mit ihm selbst gesprochen, allerdings nur kurz. Er war zum Zeitpunkt der Explosion zu Hause. Frau und drei Kinder. Ihm fiel zu dem Geschehen ebenso wenig ein wie den Arbeitern.« Nevou schien immer sparsamer zu formulieren.

»Ich habe noch etwas zu *Héros Naval,* das allerdings nichts mit dem Schiffbau zu tun hat«, übernahm Le Menn. »Ich weiß nicht, ob Sie davon gehört haben, Commissaire. ›La capsule‹ von der Forschergruppe *Under the pole,* eine kompakte Unterwasserkapsel mit einer Dreihundertsechzig-Grad-Plexiglaskuppel, in der man bis zu drei Tage unter Wasser auf dem Meeresgrund leben kann.«

Es hatte in den bretonischen Tageszeitungen gestanden. Es war sogar ein imposantes Foto zu sehen gewesen.

»Ein sehr spezielles Projekt, das erste seiner Art weltweit«, Le Menn wirkte regelrecht begeistert. »Es erlaubt Meeresforschern Langzeitbeobachtungen, die beim Tauchen unmöglich sind. Man kann in der Kapsel schlafen, essen, vor allem eben beobachten und über eine Schleuse auch ins Meer und zurück. Wohl eine Revolution für die Wissenschaft.«

»Und das hat *Héros Naval* konzipiert?«

»Sie bauen es im Auftrag. Entworfen wurde es seit 2011 von einem Wissenschaftlerteam.«

Dupin war es gerade wieder eingefallen: Le Menn war eine leidenschaftliche Taucherin. Kein Wunder, dass sie sich so für das Projekt interessierte.

»Steckt da zusätzlich Geld der Firma drin?«

»Nein. Das kommt von drei anderen Partnern. Ingesamt 200 000 Euro, unter anderem von der Region Bretagne.«

»Ist das Projekt bei der Explosion in Mitleidenschaft gezogen worden?«

»Nein. Aber die Halle, in der es gebaut wird, liegt ganz in der Nähe. Ich denke, es war reiner Zufall, dass sie verschont wurde.«

»Fragen Sie mal ein bisschen herum. Ob es zu diesem Projekt interessante Geschichten gibt. – Nächster Punkt«, Dupin hatte eben schon darauf zu sprechen kommen wollen:

»Der Bürgermeister war heute Abend auf dem Auftaktkonzert in der *Ville Close*. Ich hätte gerne ein paar Zeugenaussagen. Die wichtigste Frage ist, ab wie viel Uhr er auf dem Konzert war. Und ob er alleine war. – Wir wissen im Moment nur, dass er das Konzert um ungefähr zwanzig nach zehn verlassen hat.«

»Sie halten den Bürgermeister für verdächtig?« Nevou schien – es kam selten genug vor – beeindruckt.

»Ihn genauso wie einige andere. Und ich will wissen, wo sich Priziac aufgehalten hat. – Haben Sie eigentlich noch etwas von Madame Chaboseau gehört?«

»Nein«, Le Menn übernahm wieder. »Wahrscheinlich ist sie bereits im Bett.«

»Wir …«

»Wollt ihr noch etwas essen?« Paul Girard war zu ihnen an den Tisch getreten. »Etwas trinken?«

»Eine große Flasche Wasser, bitte. *Plancoët*.« Le Menn reagierte als Erste.

»Für mich eine Cola«, sagte Nevou.

»Ich …«, es ging nicht anders, »ich nehme ein Glas weißen *Gascogne*«, genau das, was Dupin jetzt brauchte. Ein leichter kühler Landwein, der ohne Zweifel beleben würde. Kurz hatte der Kommissar an einen *Pernod* gedacht, es dann aber wieder verworfen.

Dupin blickte die Kolleginnen aufmunternd an.

»Ich bin dabei«, sagte Le Menn freudig.

»Ich bleibe bei der Cola.«

Kein Kaffee, kein Wein, Dupin machte sich langsam Sorgen um Nevou.

»Es gab heute Abend gegrillten Steinbutt. – Ich habe noch zwei wunderbare Exemplare da.«

Pauls *Turbot* war legendär. Gegrillt auf einem Holzkohlefeuer. Die knusprige Haut mit den Grillstreifen, das feste weiße Fleisch. Etwas *Fleur de sel*, etwas Piment, etwas Pfeffer, wer mochte, nahm dazu noch etwas von der wundervollen Ingwersoße. Einer der besten Fische überhaupt. Wenn der *Turbot* auf Pauls Tageskarte stand, verzichtete Dupin sogar auf sein Entrecôte.

»Einverstanden – unbedingt«, stimmte Nevou zu, Dupin war erleichtert.

Auch Le Menn nickte.

»*Pommes sautés* dazu«, komplettierte Dupin die Glücksvorstellung für den Moment. Paul machte sie aus aus den besonders schmackhaften bretonischen *La-Ratte*-Kartoffeln. In einer Mischung aus gesalzener Butter und Olivenöl in der Pfanne geschwenkt, mit einem Hauch *Piment d'Espelette*. Die Schale wurde fest, das Innere ganz weich.

Weder Le Menn noch Nevou widersprachen.

Zufrieden zog Paul von dannen.

»Ich habe«, im Handumdrehen war etwas Kraft in Nevous Stimme zurückgekehrt, »Informationen zu diesem Boot. Das Plastik zurück in Öl verwandelt. Da steckt Chaboseau nicht mit drin. Ich habe selbst mit einem der Besitzer telefoniert.«

Wieder ging es abwechselnd, Le Menn übernahm nun:

»Docteur Chaboseau ist bei *So Breizh* beteiligt gewesen. Und er sitzt im Beirat von *Produit en Bretagne*.«

Produit en Bretagne war eine Vereinigung von mehreren Hundert bretonischen Herstellern – von Kleidung über Essen bis Kosmetik –, die neben schlagkräftiger Werbung und gemeinsamem Vertrieb ein Label geschaffen hatten, das besondere Qualität garantierte und die höchste Adelung eines Erzeugnisses darstellte. Für Bretonen der Fixpunkt im endlosen Meer der Konsummöglichkeiten.

»*So Breizh?*« Davon wiederum hatte Dupin noch nichts gehört.

»Das ist ein Verein, der bretonische Unternehmen fördert, die sich besonders nachhaltigen und ökologisch vorbildlichen Wirtschaftsinitiativen und -projekten widmen. Wie beispielsweise dem Hanfanbau in Concarneau.«

Dupin hob fragend die Augenbrauen.

»Legaler Hanfanbau. Für die Lebensmittelproduktion. Öl und Mehl.«

Was es nicht alles gab. »Und sehen Sie bei diesen beiden Engagements von Chaboseau irgendwo einen möglichen Bezug zum Fall?«

»Noch nicht. Aber es könnte, sagen wir, Interessenkonflikte gegeben haben. Oder anders: Vielleicht wurden seine eigenen Firmen ebenso von den Förderungen bedacht? Wer weiß? – Ich schaue mir das mal an.«

Bretonische Mafia, dachte Dupin. Le Menn hatte völlig recht. »Machen Sie das.«

»Was ist eigentlich mit dieser Angestellten der Chaboseaus? Haben Sie ihr noch mal auf den Zahn gefühlt?«

»Habe ich. – Doch eher unverdächtig. Wasserdichtes Alibi.«

»Und Chaboseaus Immobilien? Haben wir darüber etwas Interessantes erfahren?«

Dupin blickte auf eine Doppelseite in seinem Heft, die er – beinahe unleserlich – mit »Die Themen« überschrieben hatte.

Le Menn gab Auskunft: »Er hat bloß in den Bau des Thalasso-Spa investiert, das dann ein halbes Jahr später mit einem beachtlichen Profit an eine Betreiberfirma verkauft wurde. Damit war er raus. – Bei der Genehmigung, den Hügel westlich der *Sables Blancs* zu Bauland zu machen, scheint übrigens alles mit rechten Dingen zugegangen zu sein. Ich habe mit zwei Maklern telefoniert, die ich kenne. Und auch im Netz war nichts zu finden, das auf irgendetwas Irreguläres hinweisen würde. Die Ausweitung lag im Interesse der Stadt, das gab den Ausschlag, aus Chaboseaus Land Bauland zu machen.« Le Menn sprach zuweilen wie ein alter Routinier. »Es gab eine breite politische Mehrheit auf allen Ebenen. Docteur Chaboseau hat, wie es aussieht, keinen erkennbaren Einfluss genommen.«

Wenn Dupin das Phänomen der *Notables* – der alteingesessenen, vermögenden Familien – richtig verstanden hatte, war exakt das gerade nicht nötig bei der Art Macht, die sie ausübten. Dennoch: Es war bekannt, dass die Stadt sich für neues Bauland einsetzte.

Nevou und Le Menn hatten gut recherchiert angesichts der wenigen Zeit.

»Immer noch«, auch das war eine Notiz in Dupins Heft, »keine Spur von Sieren Cléac, der Besitzerin der Konservenfabrik *Fête de la Mer?*«

»Sie ist nicht zu Hause. Von Françoise Gloux haben wir den Kontakt zu einer Freundin. Die leider auch nicht weiß, wo sie sich aufhält. Heute Morgen hatte sie aber noch SMS-Kontakt zu Madame Cléac. Die Freundin hat ihr geschrieben, dass sie sich bei ihr melden soll. – Aber ich konnte eine Mitarbeiterin ihrer *Conserverie* ausfindig machen, die berichtete, Madame Cléac sei morgen ab sieben in der Fabrik. Sie haben eine Ladung frischer Sardinen bekommen.«

»Voilà!«

Paul Girard kam mit dem Wasser, dem Wein – er brachte gleich eine ganze Flasche – und der Cola für Nevou an ihren Tisch.

Er stellte noch drei Gläser dazu und war schon wieder weg.

Dupin schenkte wortlos ein, erst Le Menn, dann sich. Nahm unverzüglich einen Schluck. Und noch einen.

Es tat unendlich gut.

Auch Le Menn und Nevou wirkten erleichtert. Ein entspanntes Schweigen breitete sich aus.

Dupin leerte das Glas. Goss sich ein zweites ein.

Schon Hunderte Male hatte er hier gesessen. Er hätte die Augen schließen und den Raum dabei im Detail beschreiben können. Gegenüber das Bild des schwarz-weißen Hummers auf knallrotem Grund. Entlang der Wand, zwischen den Fenstern, weitere Lithografien, Fische in atlantischen Farben und Tönen. Fabelhafte Poster von Valérie Le Roux, die ganz in der Nähe ihr Atelier besaß. Direkt neben Dupin hing die Reproduktion eines historischen Reklameplakats aus den frühen Dreißigerjahren, die, es war unglaublich, das *Amiral* exakt so beschrieb, wie es heute noch war: »*Gourmands, gourmets et bon buveurs! – Tables abondantes et variées*« – für Feinschmecker, Schleckermäuler und Freunde des Weines! – Eine reichhaltige und abwechslungsreiche Küche. – *Sans chichi ni flaflas – la bonne vie*. Kein Getue und Gehabe – bloß das gute Leben! Noch heute war das Pauls Maxime: aus dem Einfachen etwas Großartiges entstehen zu lassen. – *Venez un jour,* lautete der abschließende, krönende Satz des Plakates, *vous resterez une semaine!*: »Kommen Sie eines Tages vorbei – und Sie bleiben eine Woche!« Genau so war es Dupin ergangen, dachte er und musste lächeln.

Er schenkte Le Menn Wein nach.

»Genau hier spielt dieser Krimi mit dem gelben Hund.« Le Menn blickte sich im Raum um. Der Satz hing merkwürdig beziehungslos in der Luft. Neben dem Eingang zur Brasserie war in einem kleinen Rahmen ein Satz vom Anfang des Romans zu lesen: »Maigret stieg natürlich im *Hôtel de l'Amiral* ab, dem besten der Stadt. Es war fünf Uhr nachmittags, und die Nacht war schon hereingebrochen, als er das Café betrat …«

Anders als Kommissar Maigret hatte sein Erfinder, Georges Simenon, der 1930 und 1931 nach Concarneau reiste, in einer Villa am Strand *Sables Blancs* residiert. 1931 war das Buch *Der gelbe Hund* erschienen.

»Man behauptet sogar«, Le Menn trank genüsslich einen Schluck Wein, »dass das Restaurant seinen Namen dem Roman zu verdanken hat.«

Ein eifrig diskutiertes Thema – wie jede historische Herkunft in der Bretagne –, da es für alles und jedes mehrere variierende Geschichten gab.

Sie mussten sich auf die Arbeit besinnen, Dupin merkte, dass er erneut unruhig wurde. »Also, noch mal von vorn, welche Motive hätte es für einen Anschlag auf *Héros Naval* geben können?«

»Was mir bedeutsam erscheint«, Le Menn goss Dupin und sich Wein nach und zog dabei die Augenbrauen zusammen, »ist die Tatsache, dass offenbar bloß die Detonation des kleineren Tanks beabsichtigt war. Die zweite Explosion war vermutlich ein unglücklicher Zufall. Der oder die Täter«, Le Menn stockte kurz, »haben die zweite Explosion nicht einkalkulieren können.«

Sie wurden von lauten Polizeisirenen unterbrochen. Im nächsten Moment – man sah es gut durch die großen Fenster – bogen zwei Polizeiwagen in rasantem Tempo um die Ecke und bremsten vor der Terrasse des *Amiral.*

Le Menn, Nevou und Dupin sprangen gleichzeitig auf.

Sie stürmten in dem Moment zur Tür hinaus, als die Beifahrertür des zweiten Wagens aufflog. Im Nu stand sie zu Dupins großer Verblüffung vor ihnen.

Ein bühnenreifer Auftritt. Wie bei einer Zaubershow.

»Nolwenn!«, rief Dupin.

»Also wirklich, da ist man einmal kurz verreist und schon bricht hier das Chaos aus. – So ein Scheiß, wie Sie es ausdrücken würden, Monsieur le Commissaire!«

Dupins verrückte Idee hatte funktioniert. Die Gendarmen hatten Nolwenn ausfindig gemacht.

»Wie geht es den verletzten Werftarbeitern?«

»Keiner von ihnen schwebt mehr in Lebensgefahr. Sie werden es schaffen«, sagte Nevou.

»Das ist das Wichtigste! Kommen Sie«, Nolwenn lief energisch zwischen Dupin und Le Menn hindurch, »ich muss alles wissen. Haarklein, jedes Detail!« Sie verschwand in der Brasserie, Dupin und die beiden Polizistinnen beeilten sich, ihr zu folgen, immer noch mit verdutzten Mienen.

»Ausgerechnet in unserer Stadt!« Nolwenn steuerte automatisch auf Dupins Stammplatz zu. »Ein Mord! Ein Anschlag! So eine Unverfrorenheit!«

Alle vier setzten sich.

»Und wo ist Riwal?«

»Nicht zu erreichen.«

»Im Haus seiner Schwester?«

»Genau.«

»In Ordnung, ich kümmere mich darum.«

Das waren die Sätze, die Dupin vermisst hatte.

»Bonsoir, Nolwenn.« Paul Girard kam mit einem großen Tablett an den Tisch. Darauf drei Teller mit gegrilltem Fisch und Kartoffeln sowie – ungefragt, aber selbstverständlich – einer weiteren Flasche *Gascogne blanc.*

»So ist es richtig«, Nolwenn nickte nachdrücklich, *»da heul al labour emañ ar boued!«*

Eines der weisesten bretonischen Sprichwörter, die Dupin kannte: »Der Arbeit folgt das Essen«. Es hatte zwei Bedeutungen: Nach der Arbeit wird gegessen, schon diese Bedeutung war wichtig genug, die zweite aber übertraf sie noch einmal: Das Essen muss der Arbeit gemäß sein. Was so viel hieß wie: Hatte man hart und viel gearbeitet, stand einem ein besonders schmackhaftes Essen in besonders großen Portionen zu.

»Auch hungrig?« Paul hatte alles abgestellt und Nolwenn in den Blick genommen.

»Danke. – Wir haben vorhin noch ein ganzes Schwein gegessen. Aber ich trinke ein Glas mit.«

Paul nickte und holte ein weiteres Glas.

»Jetzt will ich aber alles hören, Monsieur le Commissaire«, eine ultimative Anweisung Nolwenns. »Lassen Sie kein Detail aus!«

Der Fisch und die Bratkartoffeln standen vor ihnen und dufteten himmlisch. Dupin nahm einen ersten großen Bissen. »Also …«, weiter kam er nicht, er nahm einen zweiten, noch größeren Bissen. Es schmeckte phänomenal: die Essenz des Meeres, zusammen mit dem salzigen Buttergeschmack der gebratenen Kartoffeln.

Es dauerte – einschließlich der Nachfragen – eine gute halbe Stunde, Nolwenn auf den aktuellen Stand zu bringen. Auch die zweite Flasche Wein war schnell geleert.

»Hm«, resümierte Nolwenn nach Abschluss des Berichts so ernst wie sibyllinisch.

Eine Weile verfiel sie in nachdenkliches Schweigen. Dann seufzte sie:

»Übel, wirklich übel. Das wird kompliziert. Wir werden alles geben müssen. – Und weitere Hilfe benötigen.«

Unversehens erhob sie sich.

»Aber alles morgen früh. – Heute Nacht können wir keinen Blumentopf mehr gewinnen«, sie warf einen Blick auf die Uhr. »Es ist Viertel nach eins.«

Dupin wollte widersprechen. Doch Nolwenn hatte recht.

Er konnte spüren, wie sich seit ihrer Rückkehr eine tiefe, eine fundamentale Erleichterung in ihm ausgebreitet hatte. Sie hatte ihm gefehlt, ihre Unterstützung, ihre unvergleichliche Art.

»Um sieben hier?« Nolwenn blickte in die Runde.

»Um sieben hier«, bestätigte Dupin.

Auch Nevou und Le Menn schienen froh zu sein über Nolwenns Intervention. Wenn er Glück hätte, würde er Claire noch wach antreffen. Und mit ihr zumindest ein paar Worte wechseln können, nach diesem verrückten Tag.

Das weiche Gras an der Pointe du Raz, sein entspanntes Liegen dort oben – kam ihm vor, als wäre es mindestens Wochen her.

Es war genau 1 Uhr 37, als Dupin die Haustür öffnete.

Es war kein Laut zu hören. Kein Licht zu sehen. Vielleicht brannte noch welches in dem hinteren Zimmer auf der ersten Etage – wo Claires Eltern untergebracht waren –, aber nicht im Wohnzimmer und auch nicht in ihrem Schlafzimmer, die beide nach vorne, Richtung Meer, lagen; das Wohnzimmer im Parterre, das Schlafzimmer darüber.

Anscheinend schlief Claire doch schon.

Ihr Haus lag etwas erhöht, dreißig Meter vom Meer entfernt. Ein kleiner fabelhafter Strand – *Coat-Pin*, neben dem

Plage des Dames –, die Kaimauer mit der breiten Meerpromenade, dann der Boulevard Katerine Wylie, eine dichte Hecke an einer alten Steinmauer, dann ein verwilderter Vorgarten und ihr Haus.

Dupin machte kein Licht. Der Mond schien hell durch die großen Fenster im Erdgeschoss und es war eine sternenklare Nacht, Dupin sah genug, um sich im Haus bewegen zu können. Er verstaute den geräucherten Fisch leise im Kühlschrank, obwohl er unsicher war, ob man ihn nach dem Tag im Auto noch essen konnte. Dann ging er zu dem Holztischchen im Wohnzimmer, das von seinem Urgroßvater stammte und das sie zur »Bar« umfunktioniert hatten – das einzige Erbstück, das Dupin besaß, dies und den dazugehörigen Stuhl, von dem er nie wusste, ob er nun sehr bequem oder sehr unbequem war –, nahm eine Flasche Whisky, goss sich ein Glas ein und setzte sich. *Armorik,* sein liebster Whisky, bretonisch natürlich.

Zu viel ging ihm noch durch den Kopf – trotz der bleiernen Müdigkeit. Der Whisky würde ihn hoffentlich beruhigen und das endlose Nachsinnen bis in den Schlaf hinein verhindern. Das so fruchtlos wie zermürbend war, wenn die Gedanken ihre Konturen verloren, ihre angemessenen Proportionen, wenn einzelne von ihnen unsinnige Dimensionen gewannen und der Verstand sich auf beliebige Details konzentrierte und quälende Schleifen produzierte.

Dupin ergriff die Flasche und das Glas, die leise klirrend zusammenstießen. Plötzlich zuckte er zusammen.

Er hatte etwas gehört.

Eine Stimme. Ein Flüstern.

»Georges … Hier.«

Claire – dieses Mal ein wenig lauter, aber immer noch sehr leise.

Es kam von draußen. Erst jetzt bemerkte Dupin die offen stehende Terrassentür.

Claire lag in einem der beiden Liegestühle, die Richtung Meer standen.

»Ich habe auf dich gewartet, aber ich muss kurz eingeschlafen sein. Setz dich zu mir.«

Dupin konnte sehen, dass sie lächelte. Er lächelte jetzt auch.

»Schau, dieser irre Himmel!«

Sie würden einfach nur dasitzen. Aufs Meer schauen und den Mond bestaunen, der tief über dem Atlantik stand und einen matt schimmernden Balken auf das makellos glatte Meer zauberte. Es waren nicht bloß einzelne helle Sterne zu sehen, sondern gigantische Sternennebel. Man sah die Milchstraße, so plastisch und umfassend, dass man sich auf einmal vorstellen konnte, wie sehr die kleine Erde selbst ein Teil von ihr war und zu diesem gewaltigen Wunder gehörte. Es waren so viele Sterne, als gäbe es gar keine Leere, kein Schwarz.

DER ZWEITE TAG

Es war 6 Uhr 32.

Dupin saß seit ein paar Minuten im *Amiral.* Mit dem Sonnenaufgang hatte er das Haus verlassen und war Richtung Innenstadt gefahren. Er mochte es, so früh morgens unterwegs zu sein, die langsam erwachende Stadt zu beobachten, die langsam erwachende Welt.

Es war eine kurze Nacht gewesen. Mit wirren Träumen. Um halb sechs war er hellwach gewesen. Um Viertel vor sechs hatte er seinen ersten *petit café* getrunken. Auf der Terrasse, wo er mit Claire noch bis Viertel vor drei gesessen hatte. Auf dem Weg ins Bett hatten sie kurz das weitere »Programm« für Claires Eltern am Wochenende besprochen, Dupin war es leichtgefallen, Claires Vorschlägen nachdrücklich zuzustimmen, er würde ohnehin nicht dabei sein.

In den Träumen, er konnte sich bloß bruchstückhaft erinnern, war es um den fremden dunklen Zauberer gegangen, den Françoise gestern in der Galerie erwähnt hatte. Der Fall und die uralte Legende aus der *Ville Close* hatten sich in absurder Weise vermischt, der Zauberer hatte in der ganzen Stadt Feuer gelegt, Explosionen verursacht, am Ende war Concarneau in lodernden Flammen versunken.

Es war eine verrückte Geschichte, die von Siprian und der übernatürlich schönen Emilia, einem jungen Liebespaar, das eines Tages in ein teuflisches Dilemma gerät. Die Stadt wird von einem Schiff wilder Piraten bedroht, der einzige Ausweg besteht darin, das perfide Angebot eines plötzlich erscheinenden mysteriösen Fremden anzunehmen, der verspricht, die Stadt zu retten, wenn Emilia für eine Nacht die seine wird. Die junge Frau nimmt an. Der Fremde gibt sich als mächtiger Zauberer zu erkennen und als die Piraten angreifen, lässt er entlang der Insel massive Steinmauern in die Höhe schießen. Nachdem Emilia den finsteren Zauberer mit einem Schlaftrunk ausgetrickst hat, um gefahrlos die Nacht mit ihm verbringen zu können, spricht dieser am nächsten Morgen einen fürchterlichen Fluch aus: Unsterblich sollen Siprian und Emilia sein und sich unsterblich lieben. Emilia aber wird die *Ville Close* mit ihren Stadtmauern nie mehr verlassen und Siprian sie nicht mehr betreten können. Tragischer ging es nicht, fand Dupin. Auch Siprian und Emilia waren in seinen wirren Träumen vorgekommen.

Der Kommissar hatte sich draußen ans Ende der Terrasse gesetzt. Wo er auch gestern schon mit Le Menn und Nevou gesessen hatte.

Noch war es frisch, aber man spürte schon, dass auch dieser Samstag ein herrlicher Frühsommertag werden würde. Die Sonne ließ die hübschen Pflastersteine glänzen, der Platz vor ihm würde sich erst nach und nach beleben; im Fischerei- und Werfthafen hingegen herrschte bereits eifriger Betrieb.

Dupin aktualisierte die Liste der Personen, mit denen er sprechen musste. Er versuchte auch, die Dinge neu zu systematisieren; zu bestimmen, was im Moment die akutesten Fragen und Punkte waren. Nolwenn und die beiden Polizistinnen würden gleich kommen, sie würden sich kurz besprechen. Trotz der kurzen Nacht war Dupin voller Energie.

»Morgen, Chef!«

Dupin traute seinen Augen nicht.

»Da bin ich.«

Er sprang auf.

»Wo …«, er brach ab.

Inspektor Riwal stand direkt vor ihm!

»Wie – ich meine … Wo kommen Sie plötzlich her?«

»Um vier Minuten nach fünf hielt ein Polizeiwagen vor dem Haus meiner Schwester. Mit Sirene und Blaulicht. – Sie haben mich zum Hafen nach Le Palais gefahren, wo das Boot schon wartete.«

Unglaublich. Nolwenn musste alles noch gestern Nacht organisiert haben.

»Nolwenn und ich haben bereits telefoniert – ich bin einigermaßen im Bilde, Chef.«

»Sehr gut. Ich bin«, wie sollte er es sagen, ohne dass es zu sentimental klang, »froh, dass Sie da sind, Riwal!«

Riwal konnte nicht ahnen, *wie* froh er war. Dupin hatte schon nicht mehr daran geglaubt. Nach Nolwenns plötzlicher Rückkehr die zweite wunderbare Wendung.

Der Inspektor setzte sich umstandslos. Er wirkte hellwach. Tatendurstig.

»Guten Morgen, Riwal! – Auch einen *café?*«, Ingrid kam auf die Terrasse.

»Unbedingt!«

So langsam fühlte sich alles wieder normal an – soweit man das unter diesen Umständen sagen konnte. Und zusammen mit den beiden Polizistinnen und der weiteren Unterstützung im Kommissariat war jetzt ein schlagkräftiges Team beisammen.

»Finden Sie das nicht ein bisschen unheimlich, Chef? Ein Mord im *Amiral?* Und dass es ausgerechnet um einen Apotheker und einen Arzt geht? Ganz wie im *Gelben Hund,* Simenons berühmtem Kriminalfall. – Da gibt es auch einen Apotheker und einen Arzt. Auch wenn der Arzt gar kein praktizierender Arzt ist. Und der Apotheker streng genommen nicht zu den Hauptfiguren gehört.«

»Nein«, eine sehr klare Antwort. »Ich finde es nicht unheimlich. Und der Mord fand ja gar nicht im *Amiral* selbst statt.«

Der Inspektor kratzte sich am Kopf: »In dem Buch gibt es übrigens auch einen Weinhändler. Der allerdings direkt am Anfang angeschossen wird und in der Folge keine große Rolle spielt.« Das Detail hatte auch Françoise schon erwähnt. »Dafür aber einen Journalisten, der in unserem Fall wiederum fehlt.«

»Verstehe.«

Dupin schwirrte der Kopf.

»Georges Simenon hat übrigens nicht bloß den *Gelben Hund* in Concarneau spielen lassen, Commissaire Maigret reist gleich in mehreren Bänden zu uns! Auch zum Ferienmachen. Und einige von Simenons anderen Romanen sind hier ebenfalls verortet, so auch die *Demoiselles de Concarneau,* ein …«

»Wir brauchen nähere Informationen zu *Héros Naval,* Riwal. Irgendetwas muss da im Argen liegen. – Und«, Dupin zögerte, »mehr Informationen über alle anderen gemeinschaftlichen finanziellen Engagements der drei Freunde.«

»Vielleicht geht es um krumme Geschäfte der Firma? – Vielleicht haben die drei sich aber auch untereinander zerstritten?« Riwal hatte umgehend einen ernsten Ton angeschlagen. »Es geht offenbar um viel Geld, um Macht, um Ansehen. Vielleicht hat einer versucht, die anderen zu übervorteilen? Und nun bekriegen sie sich untereinander?«

Eine handfeste Erwägung, die Dupin so, in dieser Ausdrücklichkeit und Konsequenz, noch nicht für sich formuliert hatte.

»Möglich.«

Ein solches Szenario würde theoretisch alles abdecken. Dann hätten Priziac oder Luzel den Arzt getötet. Und, aus welchem Grund auch immer, den Gastank zur Explosion gebracht.

»Eines spricht dagegen«, auch das höchst rationale Abwägen war eine Spezialität von Riwal, das »Mit-sich-selbst-Diskutieren« sozusagen: »Die drei machen schon lange gemeinsame Geschäfte und kennen einander gut. Das schweißt zusammen. Daher würden sie sich, wenn irgend möglich, vermutlich vielmehr gegen andere verbünden, um Vorteile daraus zu schlagen, als ihre Fertigkeiten gegeneinander zu richten.«

Dennoch, Dupin hatte schon alles erlebt. Der wichtigste ermittlerische Grundsatz war, nichts auszuschließen.

»Kennen Sie Docteur Evette Derrien persönlich, Riwal?«

»Nur vom Sehen. Und eine Freundin meiner Frau ist ihre Patientin. Die Freundin ist, sagen wir, sehr anspruchsvoll – und sehr zufrieden mit Derrien. Sie muss ausgesprochen nett und kompetent sein. Passionierte Surferin.«

»Und Docteur Chaboseau, kannten Sie ihn?«

»Ich war mal mit akuten Rückenschmerzen bei ihm, als Docteur Garreg im Urlaub war. Vor vier Jahren oder so. Er hat mir eine Spritze gegeben. – Ein unnahbarer Mensch. Und ein äußerst diskreter Geschäftsmann, habe ich gehört. Aristokratisch diskret. War der Überzeugung, dass man über Geld nicht redet. Erst recht nicht, wenn man viel davon besitzt. Hatte als Arzt einen tadellosen Ruf.« Riwal zuckte mit den Schultern: »Andere Kreise halt.«

»Und diese Sieren Cléac, die Besitzerin der *Conserverie?*«

»Meine Frau kennt sie, sie hält große Stücke auf ihre Konserven. Ich übrigens auch. Wir waren mal zusammen in ihrer Fabrik, sie hatte meine Frau eingeladen. Sie müssen unbedingt die *Rillettes de Sardines aux trois Algues* probieren! Sardinen aus der Küstenfischerei, Dulse-, Nori- und Wakame-Algen, dazu Salz aus der Guérande und bretonische Crème fraîche – vorzüglich …«

Er brach ab und kam von selbst auf die Frage zurück: »Cléac wirkt sehr freundlich. Ist erst seit ein paar Jahren in Concarneau, glaube ich.«

Einen kurzen Moment schwiegen sie. Dann setzte Riwal erneut an.

»Und dass Chaboseau einen Sohn hat, wusste ich nicht einmal. Aber dennoch interessant: Hinter dem Ganzen könnte sich vielleicht auch eine dramatische Familiengeschichte verbergen. Eine komplizierte Ehekrise? Oder es ging um das Erbe?«

»Was halten Sie von Madame Chaboseau?«

»Man darf sie nicht unterschätzen. Ich kenne sie von ein paar Vernissagen bei den Gloux'. Ihr Mann hat sie fast nie begleitet. Sie ist eisern, hat einen unbedingten Willen. Zäh und ausdauernd. – Der Apotheker, Priziac«, Riwal schien alle Personen einmal durchgehen zu wollen, Dupin war es recht, »ist ein eiskalter Taktiker. Ohne Skrupel. – Ihm traue ich alles zu.«

Dupin ebenso.

»Der Weinhändler ist ein klassischer Filou. Sehr gesellig. Und ebenso geschäftstüchtig. In der Hinsicht kann er aggressiv werden und anderen das Leben schwer machen. Die meisten kennen ihn allerdings nur als generösen Lebemann.«

Das waren klare Aussagen.

»Was ist mit dem Bürgermeister? Wissen Sie von dem Streit zwischen ihm und Luzel?«

»Was die Öffentlichkeit mitbekommen hat, sind ein paar Scharmützel, die aber harmlos schienen. Jodoc Luzel liebt es, das Gerücht zu streuen, er ginge in die Politik.«

»Das hat er schon früher getan?«

»Ja, schon ein paarmal, bisher hat er damit aber nie ernst gemacht. Viel ernster hingegen war der Streit zwischen Chaboseau und dem Bürgermeister. Mein Großcousin hat ja selbst eine Mikrobrauerei. Sie kaufen den großen Brauereien gerade den Schneid ab. *Roi Gradlon* und ein paar andere haben es schwer. Nur *Britt* wächst. Dazu kommen die Kohlensäure-Engpässe in diesem Sommer.«

Dupin würde nicht nachhaken. Es würde bei ihrem Fall vermutlich nicht um Kohlensäure-Engpässe gehen. Wenn er *Britt* hörte, musste er immer an die amüsante Entstehungsgeschichte des Unternehmens denken: Anfang des 20. Jahrhunderts hatte Célestin Heurtaud eine Rezeptur für einen »Trank« ersonnen, der »gesundheitsfördernde, an Wunder grenzende« Eigenschaften besaß, insbesondere für Seeleute, die längere Zeit auf dem Meer verbrachten. Der Alkohol war das Wunder, vermutete Dupin. Es war tatsächlich massenhaft »medizinisch verordnet« und freudig getrunken worden. Auf dieses Urrezept ging noch das heutige Bier zurück.

»Befindet sich *Roi Gradlon* in ernsthaften Schwierigkeiten?«

»Mein Großcousin sagt Ja.«

Das war interessant.

»Gehen Sie dem einmal nach. – Was ist mit dieser Unterseekapsel, die *Héros Naval* baut? Gibt es dazu eine ungewöhnliche Geschichte?«

Riwals Augen leuchteten.

»Diese Kapsel ist erst der Anfang! Was die Forscher

eigentlich vorhaben, ist der Bau einer ganzen Unterwasserstation. In der ein komplettes Team Monate leben kann. Ein echtes Jules-Verne-Projekt.«

Dupin wartete vergeblich auf den Nachsatz, dass Jules Verne ebenfalls Bretone gewesen war.

»Die Trümmer der Explosionen letzte Nacht hätten wohl genauso gut die Halle treffen können, in der die Unterwasserkapsel gebaut wird. Wissen Sie von irgendwelchen Streitigkeiten, die es im Zusammenhang mit diesem Projekt gab?«

»Nein.«

»In Ordnung. Le Menn und Nevou kümmern sich darum.«

Riwal hätte es mit Sicherheit zu gerne selbst getan, Dupin sah es ihm an, aber er brauchte ihn für anderes.

»Wozu genau wird die Kapsel eingesetzt?«

»Eine Mission startet im Pazifik, da geht es um den Einfluss des Mondzyklus auf die Unterwasserwelt. Eine andere wird vermutlich in der Bucht von Concarneau stattfinden«, in Riwals Stimme lag jetzt ein gefährlicher Enthusiasmus. »Apropos«, so begannen seine Exkurse für gewöhnlich, »Unterwasserwelt und Forschung. – Haben Sie eigentlich schon die neuesten Nachrichten von *Six cent soixante-deux* gehört? Sie ist bereits um die Südküste Irlands geschwommen und befindet sich wahrscheinlich bald auf der Höhe von Limerick. Nach nur zehn Tagen!«

Das war in der Tat beeindruckend – und Dupin war froh, zu hören, dass es der kleinen Robbe gut ging, es tat aber leider nichts zur Sache.

»Und was will die Mission hier in unserer Bucht erforschen?«

Eine unvorsichtige Nachfrage, aber es interessierte ihn wirklich.

»Wissenschaftler vom *Ifremer* aus Brest haben in der Bucht

eine geologische Sensation entdeckt, ein weltweit einzigartiges Phänomen auf dem Meeresboden. Die Unterwasserlandschaft ist von unzähligen tiefen Kratern durchsetzt, die über eine Spanne von zehntausend Jahren durch die Freisetzung von großen Gasmengen entstanden sein müssen. Krater im Meeresboden gibt es überall auf der Welt, aber nicht in dieser enormen Dichte. Das will man mithilfe der Kapsel erforschen.«

Die Krater am Meeresgrund hatte ihm neulich schon Claire näher erläutert, die von wissenschaftlichen Phänomenen dieser Art fasziniert war. Die Bucht von Concarneau gab es – geologisch gesehen – erst seit kurzer Zeit, seit rund zehntausend Jahren, entstanden durch den rapiden Anstieg des Meeresspiegels infolge einer starken Erderwärmung. Vor Concarneau hatte in grauer Vorzeit ein fünfundzwanzig Kilometer langes Tal gelegen, die jetzigen Glénan-Inseln waren Hügelketten an ihrem Ende gewesen. Ein dicht bewaldetes, fruchtbares Tal, durch das gleich mehrere Flüsse verliefen, die Unmengen an organischem Material mit sich trugen. Und aus genau diesem hatten sich dann später, von vielen Sedimentschichten begraben, im Meeresboden Gase gebildet, die durch seismische Bewegungen an die Oberfläche drangen und Krater bildeten. Manche Wissenschaftler, schon war man wieder bei Jules Verne, vermuteten eine sich über hundert Quadratkilometer ausdehnende Gasblase unter der Bucht, was zu den aberwitzigsten Theorien führte, zwangsläufig auch zu der, dass die Blase unmittelbar vor der Explosion stünde und eine solche Concarneau in den Weltraum schießen würde.

»Sie wissen ja«, es wirkte, als hätte Riwal seine Gedanken gelesen, »dass die Gasblase die Erklärung für die zahllosen mysteriösen maritimen Katastrophen der letzten Jahrhunderte sein könnte. Für das plötzliche Verschwinden von

Schiffen, kurz nachdem sie aus unserem Hafen ausgelaufen waren. Alles genau wie im Bermudadreieck …«

»Guten Morgen!«

Nolwenn stand bestens gelaunt vor ihnen.

»Sie wissen ja: *Abred ne goll gwech ebet.* – Früh verliert nie.«

Sie war der Inbegriff von Elan, Tatendrang, wilder Entschlossenheit – von der sehr kurzen Nacht war ihr nicht das Geringste anzumerken.

»Willkommen zurück, Inspektor Riwal! – Und direkt eine weitere gute Nachricht: Die Arbeiter befinden sich alle auf dem Weg der Besserung, habe ich soeben erfahren. Die zwei leicht Verletzten werden wahrscheinlich schon morgen entlassen. Sie haben leider nichts Auffälliges gesehen oder gehört, nichts, was hilfreich sein könnte. Der Zustand der beiden anderen hat sich trotz hoher Blutverluste endgültig stabilisiert.«

Das war wirklich eine gute Nachricht.

Dupin warf einen Blick auf die Uhr. Es war fünf nach sieben. Die beiden Polizistinnen fehlten noch.

»Nevou und Le Menn«, Nolwenn hatte den Blick des Kommissars gesehen, sie machte keine Anstalten, sich zu setzen, »sind bereits im Kommissariat. Wo ich auch gleich sein werde.« Nolwenn brauchte Telefone, am besten mehrere, und Computer, ebenso am besten mehrere, wusste Dupin.

»Die Renovierungsarbeiten werden bis auf Weiteres unterbrochen«, sie setzte eine grimmige Miene auf. »Ich habe das eben angewiesen.«

Dupin musste unwillkürlich grinsen. *Das* nannte man Macht.

»Ich habe ebenfalls bereits mit Sieren Cléac gesprochen. Sie erwartet Sie um halb acht in ihrer *Conserverie.*«

Dupin blickte zu Riwal. »Das machen wir zusammen.«

»In Ordnung, Chef.«

»Und Félix Chaboseau wird heute Morgen nach Concarneau kommen. So gegen zehn wollte er bei seiner Mutter eintreffen.«

Seit Nolwenn zurück war, erhöhte sich das Tempo, stellte Dupin glücklich fest.

»Sehr gut. – Und Priziac muss ich ein weiteres Mal sprechen.«

»Das sollte kein Problem sein.«

Auch das einer der Sätze, die Dupin liebte.

Nolwenn räusperte sich. »Der Präfekt hat eben versucht, Sie zu erreichen. Ich habe ihm, sagen wir, lebhaft geschildert, was hier gerade los ist. Er bittet Sie, sich einmal zu melden, aber nur, wenn Sie es einrichten können, soll ich ausdrücklich sagen. Der Präfekt ist selbst den Tag über beschäftigt.«

Dupin reagierte nicht.

»In Quimper wird heute das neue Schild an der Abfahrt von der *Route Nationale* feierlich eingeweiht. Im Stundentakt folgen dann die Einweihungen weiterer Schilder.«

Ein hochemotionales Thema: Die – in Ermangelung einer echten Autobahn – äußerst wichtigen *Routes Nationales,* die vierspurigen Hauptverkehrsadern der Bretagne, standen unter der Ägide der zentralen Pariser Behörde. Die nun entschieden hatte, endlich die Maßnahmen der 2015 beschlossenen Konvention zur *Transmission des langues de Bretagne et le développement de leur usage dans la vie quotidienne* umzusetzen. Eine Konvention, die dafür sorgen sollte, die zentralstaatlich so lange unterdrückte bretonische Sprache wieder in den Alltag zurückzubringen. Was – psychologisch gesehen höchst bedeutsam – schon mit den Ortsnamen begann, den Eigennamen. Concarneau beispielsweise hieß nicht Concarneau, sondern *Konk-Kerne,* Quimper *Kemper.* An allen kommunalen und regionalen Straßen, die bretonisches Eigentum waren, standen die zweisprachigen Ortsschilder selbstverständlich längst, nur eben an den Hauptverkehrsstraßen nicht. Viel zu spät und erst nach einem öffentlichen Aufschrei hatte man begonnen, die Schilder endlich auszutauschen. Skandalöserweise mit der Vorgabe, zunächst nur die Schilder auszuwechseln, die aufgrund ihres »hohen Alters oder erheblicher Schäden« ohnehin erneuert werden mussten. Woraufhin plötzlich sämtliche Ortsschilder entlang der *Nationale* Beschädigungen aufgewiesen hatten, schwere Schrammen, Dellen. Die neuen Schilder, hart errungene Siege, gehörten daher selbstredend gebührend gefeiert.

»Kurz: Sie können es heute also unbesorgt bei ihm versuchen und eine Nachricht hinterlassen, Sie laufen keine Gefahr, dass er rangeht«, sagte Nolwenn mit einem vielsagenden Lächeln.

Die *Conserverie* war in einer alten steinernen Scheune mit hübschem Schieferdach untergebracht. Am Stadtrand von Concarneau, Richtung Trégunc, direkt an einem idyllischen Meeresarm, dem *Anse de Manoic,* im Osten der Stadt, der sich mäandernd ins Landesinnere zog. Bei Ebbe wurde das Flussbett eine Fläche aus endlosem feinem weißen Sand, weiter landeinwärts zunehmend aus dunklem Schlamm. Die Stimmung dort war sofort eine andere, man war dann in der *Campagne,* auf dem Land, im Wald. Felder mit Steinmäuerchen, Wiesen mit hohem, wildem Gras, dichte Wäldchen – verwachsen und verwunschen –, Bäche kamen von hier und dort, verschlungene Einbuchtungen der *Anse,* die wie Seen wirkten. Ein kleines Paradies, friedvoll und ruhig. Von der Scheune waren es höchstens dreißig Meter bis zum Wasser, man sah es am Ende des Grundstückes durch eine dichte Reihe von Eichen schimmern.

Eine Mitarbeiterin hatte Dupin und Riwal geöffnet, blitzweißer Kittel, blitzweiße Haube, und sie hineingeführt, direkt ins Zentrum der Produktion. In einen hellen Raum mit Betonboden. Hier fand anscheinend die gesamte Herstellung statt.

»Madame Cléac wird gleich bei Ihnen sein.«

Die Mitarbeiterin ließ den Kommissar und den Inspektor mitten im Raum stehen und begab sich zu einem der langen Aluminiumtische, die im Raum verteilt standen. Zwei große Boxen waren auf ihrem Tisch zu sehen, eine in Blau, eine in Gelb, beide randvoll mit Sardinen, Hunderte mussten es sein. Die schillernden silberweißen Bäuche, der dunkle Rücken, wunderschöne Fische. Und sehr schmackhaft. Eine Zeit lang hatten sie als »einfach« und »billig« gegolten, waren lieblos zubereitet worden, wie der Kabeljau, bis man sie als außerordentliche Delikatesse wiederentdeckt hatte. Die Mitarbeiterin streifte Plastikhandschuhe über und nahm kommentarlos ihre Arbeit wieder auf. Neben ihr eine Kollegin. An jeder Station waren es zwei, ausschließlich Frauen; niemand ließ sich von Dupin und Riwal stören, alle gingen sie unbeirrt ihrer Arbeit nach. Dupin war noch nie in einer *Conserverie* gewesen, anscheinend begann alles damit, den Sardinen auf dem ersten Tisch mit einem imposanten Messer den Kopf abzuschneiden und sie dann in ein großes Edelstahlbassin mit fließendem Wasser zu geben.

»Sie wollen mich sprechen?«

Dupin hatte sich – besonders interessiert – dem Tisch, auf dem der offensichtlich letzte Arbeitsschritt vollzogen wurde, genähert. Dort standen Dutzende Gläser, in denen jeweils fünf, sechs Sardinen steckten – und in die eine Mitarbeiterin mit einer Schöpfkelle umsichtig eine köstlich riechende Soße hineingab. Ein frischer und würziger Geruch erfüllte den Raum.

»Unbedingt, ja.« Dupin hatte sich zu Madame Cléac umgedreht.

Auch sie trug einen weißen Kittel und eine Haube, die an ein Papierschiffchen erinnerte. Ein offenes, zugewandtes Lächeln, das das gesamte Gesicht erfasste. Eine schmale Nase, dunkle Augen – ein intensiver Blick –, die schulterlangen dunkelblonden Haare schauten wild unter der Haube hervor. Eine stolze Körperhaltung, sie wirkte sehr mit sich im Reinen.

»Ich würde gerne wissen, worum es bei Ihrem Telefonat gestern früh mit Docteur Chaboseau ging«, kam Dupin ohne Umschweife zur Sache. »Sie haben ihn um kurz nach elf Uhr angerufen. Nur ein paar Stunden bevor er ermordet wurde.«

Es war ein kurioser Ort für ein Ermittlungsgespräch, aber so war es Dupin am liebsten, er traf die Menschen am liebsten dort, wo sie zu Hause waren, mitten in ihrem Leben.

Sieren Cléac war in die andere Ecke des Raumes gegangen – Dupin und Riwal waren ihr gefolgt. Dort stand eine große Fritteuse, darüber war eine hochmoderne, leise Abzugshaube angebracht, die ihre Arbeit exzellent zu erledigen schien, vom Frittierfett war nichts zu riechen.

»Sehr gut«, sagte Cléac an eine ihrer Mitarbeiterinnen gewandt, die zwei eckige Spezialsiebe mit Fischen präpariert hatte und sie in das Öl hinabsenkte. Dupin hatte diesen Vorgang schon einmal auf historischen Fotos gesehen: Je Sieb waren sicher hundert Sardinen aufgestellt, eine neben der anderen, die Fischschwänze steil nach oben ausgerichtet, in engen Reihen.

Riwal konnte sich nicht länger zurückhalten, es war ohnehin bemerkenswert, dass er so lange geschwiegen hatte: »Die Herstellung erfolgt wie vor hundert, hundertfünfzig Jahren. Alles Manufaktur. Die Fische werden kurz frittiert und dann in die Gläser gefüllt. Danach geschieht das Entscheidende: Jeder Koch gibt seine eigene, häufig geheime Gewürz-und-Öl-Mischung hinzu, manchmal auch Gemüse oder Obst. Die Basis ist immer die gleiche: reines Öl und reines Meersalz. Hier ist es Erdnussöl, so haben die Sardinen in meiner Kindheit geschmeckt.« Riwal stand ein nostalgischer Ausdruck ins Gesicht geschrieben. »Heute nimmt man oft für alles Olivenöl, vollkommener Unfug. Zumeist dann auch noch Billigöle, dabei hängt so viel vom Öl ab.«

Sieren Cléac warf Riwal einen anerkennenden Blick zu, um dann auf Dupins Frage zurückzukommen:

»Ich kann es immer noch nicht glauben«, sie wirkte jetzt sehr mitgenommen. »Ich habe mit einem Menschen gesprochen, der wenige Stunden später tot war.« Einen Moment stand sie regungslos da, dann drehte sie den Knopf für die Temperatur der Fritteuse aufs Maximum. »Monsieur Chaboseau hatte angeboten, mir die *Conserverie* abzukaufen. Ich habe gesagt, ich müsse nachdenken. – Ich habe nachgedacht. Und ihn dann gestern angerufen. – So kam es.«

»Er wollte Ihnen *Fête de la Mer* abkaufen?«, Riwal klang empört.

»Ja.«

Dupin holte sein Notizheft hervor. »Wann hat er Ihnen das Angebot unterbreitet?«

Sieren Cléac schien nachzudenken. »Vor vier Wochen.«

»War es ein konkretes Angebot? Hat er Ihnen eine Summe genannt?«

»Nein, er hat keine Summe genannt. Er kannte auch keine

Geschäftszahlen. Aber«, Sieren Cléac ging auf einen der kleineren Arbeitstische zu, »er hat gesagt, er würde einen extrem guten Preis zahlen. Er wolle im Bereich der *Conserverien* weiter expandieren.«

Auf dem Arbeitstisch standen runde Edelstahlbehälter, die meisten, soweit Dupin sehen konnte, voller Algen. In den übrigen: getrocknete Tomaten, dünne Zitronenscheiben, Schalotten. Daneben Schälchen mit grobem Meersalz. In der Mitte drei Schüsseln mit Öl, offensichtlich wurden hier die Mischungen gefertigt.

»*Fête de la Mer*«, sie gab Salz in eine der Ölschüsseln, »ist einigermaßen klein, wir haben uns auf sehr hochwertige Konserven spezialisiert, nur ausgewählte Fische und Meeresfrüchte, alles streng aus nachhaltiger Küstenfischerei. Wir werden mittlerweile über Feinkostläden und Traiteurs im ganzen Land vertrieben, nicht nur in der Bretagne. Monsieur Chaboseau fand, wir seien eine attraktive Ergänzung zu seiner *Conserverie*.«

»Wie hat er Sie kontaktiert? Kannten Sie sich?«

»Vom Sehen, ja. Aber wir hatten nie ein Wort gewechselt. – Er hat mich mittags beim Essen angesprochen, in der Brasserie vom *Amiral*. Zunächst hat er nur gefragt, ob wir uns einmal treffen wollen, um über etwas Geschäftliches zu sprechen«, nun griff sie zu einer stattlichen Pfeffermühle, »und das haben wir getan. Letzte Woche im Restaurant *Sables Blancs*. Wir haben dort einen Apéritif getrunken.«

Die Terrasse des Restaurants war einer der schönsten Orte, um einen Apéritif zu trinken. Direkt über dem Strand gelegen, zum wunderschönen Hotel gehörend. Schiffsartige Holzplanken, ein paar Meter erhöht, was einen sagenhaften Blick über die Bucht von Concarneau ermöglichte.

»War jemand dabei, als er Sie um das Treffen gebeten hat?«

Riwal stand dicht neben Sieren Cléac und schaute ihr zu, war aber zugleich ganz auf das Gespräch konzentriert.

»Nein. Er hat mich abgepasst, als ich gerade gegangen bin. Er hat mich ein Stück begleitet, ich war auf dem Weg nach Hause.«

»Wo wohnen Sie, Madame Cléac?«

»Place du Général de Gaulle. Direkt über dem *Hops.* Das weiße Haus.«

Das *Hops* war zu einem lieb gewonnenen Treffpunkt von Claire und Dupin geworden, hier sahen sie sich häufig nach der Arbeit. Katell, die Besitzerin, hatte vor dem Laden ein paar Bistrotische aufgestellt, ein perfekter Platz für einen perfekten Apéritif. Sie hatte hervorragende Biere aus der Region im Angebot. Die Kreationen der kleinen Brauereien, die *Roi Gradlon* ein Dorn im Auge waren. Wie das *Storlok* von Katells Bruder Erwann, das Claire und Dupin neulich erst dort getrunken hatten, während sie einem korsischen Ziegenkäse verfallen waren.

Der Kommissar besann sich:

»Wissen Sie, ob Pierre Chaboseau die *Conserverie* allein gehört? Oder ob einer seiner Freunde und Geschäftspartner mit daran beteiligt ist?« Dupin hatte in seinem Notizbuch geblättert.

»Soweit ich weiß, nur ihm.«

»Wie ist er mit Ihnen umgegangen, als Sie sich getroffen haben? Wie ist er aufgetreten?«

»Er war durchweg freundlich«, Sieren Cléac zerdrückte derweil Zitronen mit einer Art größerem Stößel in der Schüssel mit dem Öl, Salz und Pfeffer, »verbindlich. Er wollte ja auch etwas von mir – und nicht ich von ihm.«

»Haben Sie denn erwogen, zu verkaufen?«, fragte Riwal ernst.

»Nein.« Eine deutliche Auskunft. In der ihr ganzer

zurückhaltender Stolz lag, ein Flackern war in ihren Augen zu sehen. Man glaubte es ihr. Riwal quittierte die entschiedene Reaktion mit einem zufriedenen Lächeln.

»Ich habe es ihm schon bei unserem ersten Treffen gesagt, er hat mich daraufhin sehr freundlich darum gebeten, noch einmal in Ruhe nachzudenken. Ich habe ihm gesagt, dass dies sicher nichts ändern würde, ich mich aber noch einmal melde.«

»Und das«, folgerte Dupin, »haben Sie dann gestern getan?«

»Genau.«

»Wie hat er es aufgenommen?«

»Sportlich. Er meinte, er wäre immer offen, falls ich es mir eines Tages doch anders überlegen sollte. Ich solle ihm einfach ein Zeichen geben.«

Dupin betrachtete die Wand hinter Cléacs Aluminiumtisch, an der ein paar Dutzend Konservendosen hingen.

Sie schien seinen Blick bemerkt zu haben. »Das sind unsere Kreationen. Unser Archiv sozusagen.« Wieder der Stolz in ihrer Stimme, aber diskret, angemessen.

Die Dosen waren mit Zeichnungen der Meerestiere versehen, die sie enthielten, jede in einer anderen atlantischen Grundfarbe, der Dosenrand mit einer zweiten Farbe abgesetzt, schlichtes und einprägsames Design. *Makrelen in Sancerre mariniert*, las Dupin, *Makrelen mit zwei Senfsorten. Muscheln mit Birne und Wakame-Algen. Thunfisch mit Pflaumen und Rosinen.* Köstliche Versprechen. Und typisch für die neue Kreativität der *Conserveries.*

»Wie hat Docteur Chaboseau auf Sie gewirkt während des Telefonates?«, meldete sich Riwal wieder zu Wort.

»Was meinen Sie?«

»Ich meine, wirkte er nervös? Angespannt?«

»Ich kannte ihn ja kaum. Aber, nein. Er wirkte ganz normal. Es war allerdings auch kein langes Telefonat.«

»Verstehe – haben Sie bei Ihrem Treffen im *Sables Blancs* noch über weitere Themen gesprochen?«

»Nein.«

»Kennen Sie Monsieur Priziac, den Apotheker? Und Monsieur Luzel, den Weinhändler?«

»Vom Namen her, natürlich. Und vom Sehen. – Aber nicht persönlich.«

»Und den Bürgermeister?«

»Er setzt sich sehr für die kleinen Unternehmen ein. Gerade für *Conserveries*«, sagte sie wohlwollend.

»Inwiefern genau?«

Einen kurzen Moment lang schien sie verunsichert. Sie fing sich aber sofort wieder.

»Eigentlich hätten wir in eines der Industriegebiete gesollt. Das wollte ich aber nicht. – Da wir unter anderem auch Besichtigungen für Touristen anbieten, gab es einen Spielraum in den Vorschriften. Er war es, der mich darauf aufmerksam gemacht hat. Und so haben wir diese Scheune gefunden.«

Dupin machte sich eine Notiz.

»Sind Sie befreundet?«, fragte Riwal.

»Das nicht, nein. – Wir haben uns nie privat getroffen.«

»Gehört die *Conserverie* ganz alleine Ihnen, Madame Cléac, oder haben Sie einen Partner?«

»Größtenteils gehört sie noch der Bank. Aber der Rest nur mir, ja.«

Sie hatte den Stößel zur Seite gelegt, um ihre Haube zurechtzurücken.

»Sie sind mit Françoise Gloux bekannt.« Dupin wusste selbst nicht genau, aus welchem Grund ihm diese Bemerkung in den Sinn gekommen war.

»Ich mag sie sehr«, auf Cléacs Gesicht war ein besonders warmes Lächeln erschienen, »und ich liebe die Galerie.«

»Kennen Sie Docteur Evette Derrien?«, schaltete sich Riwal wieder ein.

»Sie ist meine Hausärztin.«

»Wirklich?«, rutschte es Dupin heraus.

Das war interessant, stets ergaben sich neue Verbindungen. Andererseits – es war eben eine kleine Stadt. Und von Cléacs Wohnung war es nicht weit zu Chaboseaus Praxis, fünf Minuten vielleicht.

»Sind Sie in der Praxis auch Docteur Chaboseau begegnet? Waren Sie auch einmal bei ihm in der Sprechstunde?«, setzte Riwal nach.

»Nein. Ich bin noch nicht lange bei ihr. Eine Freundin hat sie mir empfohlen.«

»Und kennen Sie Madame Chaboseau? Ich meine, persönlich«, fragte Dupin.

»Nein. Ich habe sie ab und zu gesehen, in der Galerie zum Beispiel. – Sie hat mich nie so richtig wahrgenommen.«

Das war es eigentlich – mehr Punkte hatte Dupin derzeit nicht auf seiner Liste.

»Ich danke Ihnen für Ihre Zeit, Madame Cléac.« Er wandte sich zum Gehen, blieb aber noch einmal stehen und drehte sich um. »Nur eine Sache noch. Wo genau haben Sie sich gestern Nachmittag aufgehalten, zwischen fünfzehn und sechzehn Uhr?«

Sie schien nicht im Mindesten irritiert. »Ich war in meinem Büro, wie jeden Freitagnachmittag. – Rechnungen, Lieferungen, Bestellungen bearbeiten.«

Sie gab ein Gewürz in die Schüssel, das Dupin an dem Geruch, der sich ausbreitete, erkannte: *Kari Gosse*, das bretonische Curry.

»Und wo genau liegt Ihr Büro?«

»Hier, im Anbau der Scheune.«

»Waren Sie alleine?«

»Ja. Ich hatte bis März eine Bürohilfe. Ich suche gerade eine neue.«

»Und am Abend, wo waren Sie da?«

Sie hatten ja vergebens versucht, sie zu erreichen.

»Bei meiner besten Freundin. Michelle Vigourt. Sie wohnt bei Trévignon.«

Trévignon lag eine Viertelstunde von hier entfernt. Ein winziger, unprätentiöser Hafen mit einer langen Kaimauer, wo ein paar Boote von Küstenfischern lagen, die jeden Tag gegen siebzehn Uhr ihren prächtigen Fang vor Ort feilboten. Dort befand sich auch eine von Dupins Lieblingskneipen, das *Le Noroît*. Dupin war bei Christine und Pascal auf Anhieb akzeptiert worden, als er, ganz zu Beginn seiner bretonischen Zeit, das erste Mal einen Fuß hineingesetzt hatte. Herkunft spielte für die beiden keine Rolle. Noch nicht mal eine problematische Pariser Herkunft.

»Surfen Sie, Madame Cléac?«, es war Dupin gerade in den Sinn gekommen.

»Nein.«

»Wir lassen Sie jetzt in Ruhe arbeiten. Au revoir, Mesdames.« Dupin hatte den Gruß in den Raum gesprochen – die ganze Zeit über hatten Cléacs Mitarbeiterinnen bedächtig weitergearbeitet –, hier und dort hallte ein leises »Au revoir, Messieurs« wider.

Sieren Cléac lächelte.

»Ich hoffe, Sie kommen mit Ihren Ermittlungen voran.«

»Danke. Und mein aufrichtiges Beileid zum Tod Ihrer Mutter.« Er hätte schon eingangs daran denken müssen.

»Das ist sehr freundlich, Monsieur le Commissaire. Ich danke Ihnen.«

Ihre Augen glänzten, schnell richtete sie sich erneut ihre

Haube und befasste sich wieder ganz mit den Schüsseln vor ihr.

Einen Moment später standen der Kommissar und der Inspektor draußen in der Frühsommersonne. Riwal orientierte sich auf dem Kiesweg Richtung Straße.

»Einen Moment.«

Dupin ging an der Längsseite des Gebäudes entlang und bog um die Ecke. Hier lag der Anbau. Er war aus Holz, nicht groß, vielleicht vier mal drei Meter. Ein großzügiges Fenster, eine schmale, rot gestrichene Tür an der Seite. Durch das Fenster konnte man die Tür erkennen, die in den Produktionsraum führte, in dem sie sich gerade aufgehalten hatten. Um den Anbau herum erstreckte sich eine wilde Wiese fast bis zu den Eichen am Wasser.

»Sie hätte«, Dupin zuckte zusammen, Riwal stand plötzlich direkt hinter ihm, »ihr Büro ungesehen verlassen können.«

Dupin nickte. Er warf einen Blick auf die Uhr.

»Weiter geht's. Wir ...«

Sein Handy klingelte.

Nolwenn.

»Sie wollten doch unbedingt Monsieur Priziac treffen. Er befindet sich gerade im Hafen. In den Geschäftsräumen von *Héros Naval*. Wenn Sie schon fertig sind, können Sie schnell bei ihm vorbeischauen, bevor Sie zu den Chaboseaus fahren. Ich habe dort Ihr Kommen angekündigt.«

»Was will er im Hafen?«

»Er wollte den Schaden vor Ort persönlich inspizieren.«

»Trifft er dort Jodoc Luzel?«

»Das hat er nicht gesagt.«

»Danke, Nolwenn, bis gleich.«

Dupin steckte das Handy zurück in die Hosentasche.

Riwal sah ihn fragend an.

»Wir fahren zu *Héros Naval.*«

Der Sitz von *Héros Naval* befand sich in der Rue du Moros, nicht weit vom Ort der Explosion entfernt, im Hafengebiet.

Der Inspektor und der Kommissar waren am Rand der Werft vorbeigefahren, es war auch heute Morgen, bei Tageslicht und vom Auto aus betrachtet, ein erschreckender Anblick gewesen. Die Arbeiten an dem Schiff waren bis auf Weiteres eingestellt, das Dock abgesperrt, sie hatten mehrere Polizisten gesehen.

Die gesamte oberste Etage des viereckigen Gebäudes, vor dem sie gehalten hatten, gehörte *Héros Naval*. Vor dem Haus prangte ein Schild mit großen Lettern. Priziac würde sie im Büro des Geschäftsführers treffen, der an diesem Morgen die verletzten Arbeiter in der Klinik besuchte. Ein Mitarbeiter hatte Riwal und Dupin in Empfang genommen. Monsieur Priziac hatte, so die Mitteilung, gerade noch ein Telefonat zu führen.

Sie kamen in ein kleines, schlicht funktionell eingerichtetes Büro. Ein Schreibtisch, ein Drehstuhl, ein kleiner Besprechungstisch mit vier Stühlen, hellbrauner Kunststoff. Standardbüroeinrichtungen wie aus den Werbekatalogen, die das Kommissariat auch zuweilen geschickt bekam, seit dem Beginn der Renovierungsarbeiten »zufälligerweise« beinahe täglich. Ein überdimensional großer Computerbildschirm war das einzig Auffällige im Raum. An den Wänden Fotos von Schiffen in billigen Plastikrahmen. Vier kleinere Fenster, die allesamt offen standen. Vor einem war Dupin stehen geblieben. Es gab den Blick frei auf das wuselige Werftgelände, eine eigentümliche Welt, vor allem eine Welt Dutzender sich überlagernder Lärmarten: Hämmern, Schweißen, Schleifen, die Geräusche der Hochdruckreiniger auf Metall, bisweilen verstärkt durch die gewaltigen Resonanzkörper der Schiffe, an denen die meisten Arbeiten stattfanden; ein Zischen, Piepsen, Quietschen, alles unglaublich laut, vor allem, wenn große Metallteile gegeneinanderstießen, man dachte unwillkürlich an dumpfe Glockenschläge. Dupin sah auf einen imposanten Funkenflug, der beim Schleifen eines langen Metallträgers hinter dem Haus entstand. Ein chemischer Geruch hing in der Luft.

»Wie kann ich Ihnen helfen, meine Herren? Sie werden verstehen, dass ich nicht viel Zeit habe.«

Priziac hatte sein Telefonat offenbar beendet. Er trug wieder einen Anzug, dieses Mal mit weißem Hemd, akkurat bis zum obersten Knopf geschlossen, dazu eine rote Krawatte. Der Gesichtsausdruck war herrisch, heute noch etwas härter als am Vortag.

»Ihre Kollegen durchforsten hier bei uns ohnehin alles, was wollen Sie …«

»Aus welchem Grund verübt jemand einen Anschlag auf *Héros Naval?*«, fuhr ihm Dupin harsch ins Wort. »Wen haben Sie derart provoziert?«

Zu Dupins Erstaunen hielt Priziac einen Moment irritiert inne, seine Augen waren geweitet, die Augenbrauen gehoben, bevor er erwiderte:

»Lachhaft! *Wir* sind es, die Opfer eines brutalen Verbrechens wurden! *Wir* …«

»Worum geht es hier, Monsieur Priziac?« Dupin hatte Mühe, sich zu beherrschen. Der Apotheker war ihm durch und durch unsympathisch. »Vier Menschen wurden verletzt, zwei Arbeiter haben um ihr Leben gekämpft. Ich habe die Nase gestrichen voll, reden Sie endlich!«

Dupin war unvermittelt auf den schwergewichtigen Mann zugetreten, er überragte ihn um einen Kopf.

»Monsieur Priziac«, Riwal, der eine tätliche Auseinandersetzung zu befürchten schien, schritt energisch ein, »wenn es etwas gibt, das Sie uns verschwiegen haben, dann ist es jetzt an der Zeit, es uns zu sagen. Ansonsten wird es noch mehr Opfer geben.«

»Ich weiß es nicht. – Ich weiß nicht, aus welchem Grund das alles passiert ist.« Priziac schien keine weitere Eskalation mehr zu suchen, er hatte den Kopf gesenkt, ging auf den Schreibtisch zu und blieb unschlüssig davor stehen.

»Wir werden es herausfinden.« Dupin folgte Priziac demonstrativ, wieder kam er ihm ganz nahe. »Wir haben die Experten in Quimper, Rennes und Paris eingeschaltet, sie werden sämtliche Aktivitäten Ihres Unternehmens unter die Lupe nehmen, jeden Deal, den Sie je gemacht haben, jeden Zahlungsvorgang, jeden Geschäftskontakt. Alles. Wir werden mit jedem Ihrer Kunden sprechen, wir suchen so lange, bis wir etwas gefunden haben.«

Es würde schwer sein, jemandem wie Priziac Angst zu machen. Dennoch, eine massive Drohkulisse konnte nicht schaden.

»Und vor allem werden wir den Betrieb hier geschlossen halten, bis wir keine Gefahr mehr für einen weiteren Anschlag sehen. Hier rührt niemand mehr einen Finger, bis ich es sage. Was bedeutet: Es kann sehr lange dauern.«

Priziac fixierte den Kommissar mit stechendem Blick.

»Sie müssen tun, was Sie für richtig halten.«

Dupin ging Richtung Fenster und lehnte sich mit dem Rücken an die Wand.

»Welche Geschäfte, von denen wir noch nichts wissen, betreiben Sie gemeinsam mit Docteur Chaboseau? Mit Jodoc Luzel? – Wir werden hier nicht weggehen ohne eine vollständige Auskunft, Monsieur Priziac.«

Gestern hatte er kein Wort dazu gesagt. Und sie hatten darüber bislang nur mit Luzel gesprochen.

Priziac setzte sich auf den Schreibtischstuhl.

»Es sind bloß die zwei Unternehmungen, die Sie bereits kennen.«

Mit einem Mal sah er matt aus, kraftlos, wie in sich zusammengesunken, die Veränderung war schnell gegangen. Er rollte mit dem Stuhl zurück, der unter seinem Gewicht ächzte. »Mehr Investitionen habe ich auch gar nicht getätigt. – Mein Hauptgeschäft sind die Apotheken.«

»Aber mit der Schiffbaufirma und der Brauerei wollen Sie aggressiv expandieren«, bemerkte Riwal.

»Es gibt Pläne, ja, sagen wir es so.« Dieser Satz hatte wieder forscher geklungen.

»Auch Pläne, weitere Unternehmen aufzukaufen?«

»Durchaus. Eine Schiffbaufirma bei Arcachon. *Le Grand Large,* das Angebot steht. – Und wir interessieren uns für zwei normannische Brauereien.«

Endlich bekamen sie ein paar Details.

»Und bei dem Kaufangebot«, setzte Riwal nach, »für diese Schiffbaufirma – befinden Sie sich da in Konkurrenz mit jemandem?«

Plötzlich war ein ohrenbetäubender Lärm zu hören, ein infernalisches Scheppern, Priziac nahm keinerlei Notiz davon.

»Nein. Wir haben das Angebot sehr diskret unterbreitet. Und wissen von keinem weiteren Angebot.«

Das ließ sich alles recherchieren. Und genau das würden sie tun.

»Und Docteur Chaboseau? Wo hatte er noch zusätzlich investiert?«

»Nur noch in Fischkonservenfabriken, ein Markt, in dem er große Potenziale sah, vor allem im hochpreisigen Bereich.« Priziac nickte, als wollte er diese Ansicht persönlich bestätigen, Dupin hatte sein Notizbuch herausgeholt. »Und in die Kunst hat er ebenfalls viel Geld gesteckt, er war ein leidenschaftlicher Sammler.«

Das Thema war im bisherigen Verlauf der Ermittlungen an den Rand geraten, merkte Dupin. Im Gespräch mit Madame Chaboseau gleich gäbe es die Gelegenheit, es noch einmal zu vertiefen.

»Hatte Docteur Chaboseau Ihnen von seiner Absicht erzählt, Sieren Cléac …« Dupin brach ab. Und ärgerte sich. Er war es falsch angegangen, aber jetzt konnte er nicht mehr zurück. »Hatte Docteur Chaboseau Ihnen von seiner Absicht erzählt, Sieren Cléac *Fête de la Mer* abzukaufen?«

Auf Priziacs Miene war ein kurzer Moment der Unsicherheit zu erkennen, dann fing er sich wieder.

»Ja. Er hatte ein paar Kandidaten auf der Liste.«

»Welche noch?«

Das war neu. Wenn es stimmte.

»Die anderen beiden mittelgroßen *Conserveries* hier in der Stadt. *JB Océane* und *Gonidec*.«

Auch die beiden stellten köstliche Produkte her.

»Hat er auch dort bereits Angebote unterbreitet?«

»Nein.«

»Das wissen Sie genau?«

»Ich denke schon.«

Dupin ging es neben den Detailinformationen auch darum, herauszufinden, was der Apotheker tatsächlich alles über Chaboseau wusste. Ein Gespür dafür zu bekommen, wie sehr die Freunde einander vertraut und eingeweiht hatten.

»Was ist mit den Grundstücken?«

Priziac lehnte sich zurück. »Pierre hatte ungeheures Glück mit dem Land hinter den *Sables Blancs.* Das andere Stück, das ihm gehörte, in Richtung der *Anse de Saint-Jean,* steht unter Naturschutz, das wird niemals Bauland.«

Dupin machte sich trotzdem eine Notiz.

»Und das Thalasso-Spa?«

»Ein kurzes, gezieltes und äußerst erfolgreiches Investment, aber mehr Immobiliengeschäfte gibt es nicht.«

Dupin hatte alles mit den Aufzeichnungen in seinem Notizbuch abgeglichen. Die Aufstellung über Pierre Chaboseaus geschäftliche Aktivitäten schien mittlerweile vollständig zu sein, es sei denn, der Apotheker und der Weinhändler verschwiegen gezielt etwas oder hatten irgendetwas nicht gewusst. Diese Frage würde er gleich mit Madame Chaboseau erörtern.

»Überlegen Sie noch einmal, Monsieur Priziac«, übernahm nun Riwal. »Fällt Ihnen nicht doch noch etwas zu dem Anschlag gestern Abend ein? Was sagt Ihr Freund Jodoc Luzel dazu?«

»Er ist genauso fassungslos wie ich. Sie«, Priziac blickte den Kommissar an, »haben ihn ja selbst gesehen, gestern Nacht.«

»Zusammen mit seinem ungeliebten Kontrahenten Kireg. Den er gerne als Bürgermeister beerben würde.«

Priziac versuchte ein ironisches Lächeln.

»Schön wäre es in der Tat. – Sind Sie meinem Rat gefolgt und haben den Bürgermeister auf den Konflikt mit Pierre angesprochen, Monsieur le Commissaire? Auf seine parteiische Einflussnahme, die eindeutig *Roi Gradlons* Geschäfte schädigt?«

Dupin reagierte nicht. Er hatte genug.

»Hat sich Docteur Chaboseau Ihnen gegenüber zu Docteur Derriens energischem Ansinnen geäußert, einen Termin für die Übernahme der Praxis festzulegen?«

»Sie ist sehr durchsetzungsstark und hat ihn gedrängt. Pierre hatte aber keine Probleme damit. Ihm fiel es ein bisschen schwer, sich festzulegen. Das muss man verstehen. – Ich glaube allerdings nicht, dass sie ihn deswegen umgebracht hat, aber: Das entscheiden alleine Sie.«

»Wir danken Ihnen«, ein unverblümter Sarkasmus lag in Dupins Stimme, »für die wertvollen Informationen, Monsieur Priziac. Wie gesagt: Wir sehen eine akute Gefahr, dass in der Werft ein weiterer Anschlag verübt werden könnte, sodass der Betrieb bis auf Weiteres geschlossen bleiben wird.«

Dupin ging ohne weitere Verabschiedung zur Tür, Riwal hatte das Zeichen zum Aufbruch schon bei »Wir danken Ihnen« verstanden.

Sie waren fast draußen, als sie ein halblautes, gedämpftes »Warten Sie!« vernahmen.

Sie machten kehrt.

Priziac hatte sich zum Schreibtisch gebeugt und angefangen, auf der Tastatur des Computers zu tippen.

»Ich zeige Ihnen etwas.«

Priziac deutete auf den Bildschirm.

Nach einem kurzen Zögern stellten sich Dupin und Riwal hinter den Apotheker und schauten auf den Bildschirm.

»Das hier hab ich heute Nacht um 0 Uhr 30 erhalten.«

Eine E-Mail. Vier Sätze nur.

Sie bleiben der Jachtwelt besser fern.

Wir meinen es ernst.

Sie werden sich still und leise zurückziehen. Und

niemandem von dieser E-Mail erzählen, erst recht nicht der Polizei.

»Was soll das heißen?«

Es war nicht zu glauben.

»Und warum zeigen Sie uns das erst jetzt, Monsieur Priziac?«, empörte sich Riwal.

»Jodoc und ich waren uns – unsicher.«

»Unsicher?«

Dupin war fassungslos.

»Wir haben uns vor sechs Wochen um den Bau einer Jacht beworben. In der Vierzig-Meter-Klasse. Das erste Mal. Eine Luxusjacht. Für zehn Personen, sieben Mann Besatzung.«

»*Héros Naval* baut eine Jacht?«, fragte Riwal ungläubig.

»Wir haben eine Tochterfirma gegründet: *Rêves Maritimes.*« Priziac zögerte kurz. »Das Schiffbauunternehmen bei Arcachon, das wir kaufen wollen, *Le Grand Large,* baut exklusive Jachten. In verschiedenen Klassen, aber alle im Luxussegment. Boote nach Kundenwünschen.«

In seinem Stamm-Presseladen neben dem *Amiral,* wo Dupin jeden Morgen seine Zeitungen kaufte, gab es eine ganze Abteilung mit Magazinen über Boote und Jachten, auch Luxusjachten. Auch wenn sich Dupins Interesse für diese maritimen Sphären aufgrund seiner ausgeprägten Seekrankheit sehr in Grenzen hielt, sahen die Fotos auf den Hochglanzmagazinen imposant aus. Schwimmende Luxusappartements, ganze Villen. Die Welt der Reichen und Schönen.

»Sie wollen also in das Jachtgeschäft einsteigen«, schlussfolgerte Riwal, »und das scheint anderen ganz offensichtlich nicht zu passen.«

Genau so könnte es sich verhalten. Es wäre eine Erklärung für den Anschlag, auch dafür, dass es höchstwahrscheinlich nicht geplant gewesen war, Menschen zu verletzen, sondern eher einen überschaubaren Schaden, als Warnung. Aber wie hing der Mord an Chaboseau damit zusammen?

Riwal hatte offenkundig ähnliche Gedanken. »Hat Docteur Chaboseau gestern jemanden von einem anderen Schiffbauunternehmen getroffen? – Sagen Sie es uns, Monsieur Priziac!«

Priziac schaute ihn verwirrt an.

»Nicht, dass Jodoc oder ich wüssten, nein.« Er schien wirklich erstaunt. »Ich – ich denke, er hätte es uns gesagt. – Wer hätte das auch sein sollen?«

»Hat sich schon irgendjemand zu dem Vorstoß von *Héros Naval* ins Jachtgeschäft geäußert? Eine andere Firma, ein Konkurrenzunternehmen?« Riwal versuchte offenbar, ein genaueres Szenario zu entwickeln.

»Wir haben es bewusst nicht an die große Glocke gehängt. Wir …« Priziac brach ab, Schweiß lief ihm über die Stirn. »Aber natürlich könnte es die Runde gemacht haben. – Ich meine, natürlich kann es sein, dass ein anderes Unternehmen über den Kunden, dem wir das Angebot unterbreitet haben, davon Wind bekommen hat.«

»Denken Sie an ein bestimmtes Unternehmen?«

»Nein. Aber vielleicht«, er sprach jetzt langsam, »ist jemand gestern ohne Anmeldung bei Pierre aufgetaucht. Jemand, den er gar nicht kannte.«

»Um ihm zu drohen. – Und dann ist die Situation eskaliert«, vervollständigte Riwal die Hypothese. »Aber warum wäre derjenige ausgerechnet zu Pierre Chaboseau gegangen? Und nicht zu Ihnen oder Monsieur Luzel? Luzel gehören die meisten Anteile der Firma.«

»Das weiß ja niemand«, warf Priziac ein.

»Wahrscheinlich wissen ohnehin nur wenige Menschen, dass Sie drei die Eigentümer von *Héros Naval* sind, oder?«, formulierte Riwal einen wichtigen Gedanken. »Und diejenigen, die es überhaupt wissen, kommen selbst aus dem Schiffbaugeschäft.«

Priziac nickte. »Wahrscheinlich, ja.«

Dupin verspürte ein tiefes Unbehagen:

»Was soll das für ein Vorgehen sein? Jemand taucht bei Chaboseau auf, um ihn aufzufordern, dass sich *Héros Naval* aus dem Jachtgeschäft raushält? Um dann, nachdem er ihn, mutmaßlich ungeplant, umgebracht hat, in der Nacht noch einen Anschlag auf die Werft zu verüben? Um sich erst danach mit einem Drohschreiben zu melden?« Das ergab alles überhaupt keinen Sinn.

»Es war vielleicht kein besonders planvolles Vorgehen. Das kommt vor.«

Riwal hatte recht. Dennoch. Im Moment waren diese Art von Szenarien am Ende nichts als wilde Spekulationen.

»Wer ist der Kunde«, das war ihr bester Ansatzpunkt, fand Dupin, »für den Sie die Jacht bauen?«

Abermals kam es in unmittelbarer Nähe des Gebäudes zu einem mächtigen Schlag. Als hätte etwas heftig auf dem Boden aufgesetzt.

»Renan Budig. Aus Saint-Malo.«

Dupin hatte den Namen noch nie gehört. Riwal – natürlich – schon:

»Aus dem Umkreis der Goulfart-Familie.«

Der Name wiederum sagte Dupin etwas. Ein großes Logistikimperium, eine große Unternehmerfamilie, Olivier Goulfart, ein Urbretone, hatte es gegründet, jetzt war es weltweit tätig.

Riwal reagierte sofort. »Ich werde mich umgehend mit

Monsieur Budig in Verbindung setzen. Er wird uns sagen können, ob er jemandem von dem Angebot erzählt hat. Hatten Sie ihn gebeten, es vertraulich zu behandeln?«

Priziac schüttelte den Kopf. »Nicht ausdrücklich.«

»Wie viele Unternehmen gibt es in Frankreich, die im Jachtgeschäft tätig sind?«

»Vielleicht zehn.«

»Wir sollten Nolwenn bitten, uns eine Liste mit allen infrage kommenden Unternehmen zu erstellen«, sagte Dupin zu seinem Inspektor.

Riwals Stirn lag in Falten. »Es ist eine internationale Branche. Auch ein spanisches, holländisches oder englisches Unternehmen könnte sich über den neuen Konkurrenten ärgern. – Das wird eine lange Liste«, schloss er resigniert.

Dupin wandte sich erneut an Priziac: »Und Sie haben wirklich keine Ahnung, wer die E-Mail geschrieben haben könnte?«

»Die E-Mail wird von keinem gewöhnlichen Account verschickt worden sein«, Priziac fixierte den Bildschirm, in seiner Intonation lag mittlerweile wieder etwas Herablassendes, aufreizend Überlegenes. »Aber verfügt die Polizei nicht über Mittel, sie dennoch zurückzuverfolgen?«

»Unsere Experten werden das prüfen, aber wer es darauf anlegt, eine E-Mail anonym zu verschicken, der findet einen Weg. Der Absendername ist mit Sicherheit eine Fake-ID. Man …«

Dupin war gerade etwas eingefallen: »Wissen Sie, ob Renan Budig bereits eine Jacht besitzt? Oder jemand aus seiner Familie? Sodass er schon einmal Kontakt zu einem Schiffbauunternehmen hatte?«

Jemand hatte vielleicht bereits ganz konkret auf den Auftrag gehofft – und wäre durch *Héros Naval* hart aus dem Geschäft gedrängt worden.

Priziac machte eine nachdenkliche Miene. »Sein Bruder besitzt eine Jacht. Von einem Unternehmen bei La Rochelle gebaut. *Dauphin* heißt es.«

»Dann werden wir uns dieses Unternehmen als Erstes vornehmen. – Chef, ich gebe das alles gleich durch.« Riwal holte sein Handy hervor.

»Ich komme mit, Riwal. – Wir sind hier fertig.«

Priziac richtete sich auf. »Und was soll ich jetzt tun? Ich meine, wie sollen wir uns verhalten? Jodoc und ich – wir alle?«

»Sie werden gar nichts tun und sich völlig normal verhalten«, stellte Dupin klar. »Sie werden sich um Ihre verletzten Arbeiter kümmern. Um deren Familien.« Dupin war bereits auf dem Weg zur Tür. »Sie werden Ihnen großzügige Unterstützungen zukommen lassen. Und – Sie werden sich zur Verfügung halten. Die Stadt nicht verlassen. Wir sehen uns bald wieder.«

Riwal hatte das Telefon bereits am Ohr, als sie auf die Straße traten. Dupin konnte hören, wie er mit Nolwenn die neuen Aufträge durchging.

Der Wagen stand direkt am Kai, nur ein paar Schritte entfernt. Dupin sah sich um. An einem der Anleger lag ein Marineschiff. Keilförmig, schmal, charakteristisches Hellgrau, eine kleine Fregatte oder ein Patrouillenboot. Auf einer großen freien Fläche vor dem Kai waren drei parallel verlaufende rostige Schienenkonstruktionen auf dem Betonboden zu erkennen. Auf der mittleren lag ein Boot, zwanzig Meter lang, schätzte Dupin, technische Aufbauten, irgendein Nutzboot. Weiter hinten sah er gigantische Stahlrampen, die ins Meer führten. Das im Sonnenlicht erstaunlich leuchtende Braunrot des Rosts war, neben Weiß, die alles beherrschende Farbe hier. Gegenüber ein weitläufiger Betonanleger, der das Ende des Werfthafens markierte. Direkt daneben, es sah beinahe niedlich aus: schmale Holzstege für die Freizeitboote. Der *Port de Plaisance* im vorderen Hafenbecken reichte schon lange nicht mehr für die vielen Boote, im großen Becken um die *Ville Close* herum hatte die Stadt deshalb zusätzliche Liegeplätze für kleinere Segel- und Motorboote freigegeben.

»Das ist gut, ja. Sehr gut. – Le Menn soll sich direkt bei mir melden, ja …«

Sie waren inzwischen am Wagen angekommen, Riwal telefonierte immer noch.

Dupins Unzufriedenheit, die er schon im soeben geführten Gespräch empfunden hatte, steigerte sich zu tiefem Verdruss. Die beiden Ereignisse passten, egal wie fiebrig sein Verstand auch versuchte, Verbindungen herzustellen, nicht richtig zusammen, zumindest sah er nicht, wie. Der Mord an Chaboseau und dieser Anschlag, der nun zumindest einen – anonymen – Bekenner wie auch ein mögliches Motiv bekommen hatte. Aber was hieße das, wenn sie wirklich nicht zusammenpassten? Hatten sich zwei voneinander unabhängige Verbrechen ereignet? Zwei eigenständige Geschichten, die immer noch ihren Gang nahmen? Und sich »zufällig« durch bestimmte Personen überschnitten? Äußerst unwahrscheinlich. Aber auch nicht ausgeschlossen. Es gab alles, man konnte, eine der Lieblingsweisheiten von Claire, Flöhe *und* Läuse haben. Ein guter Arzt wusste das, egal für wie unwahrscheinlich es der »gesunde Menschenverstand« hielt, und genau dieses Wissen hatte schon unzähligen Menschen das Leben gerettet, Claire konnte dazu viele konkrete Beispiele benennen. Hatten sie es mit einem solchen Fall zu tun? Traten hier Flöhe und Läuse zugleich auf?

Dupin startete den Motor. Riwal telefonierte immer noch mit Nolwenn.

In diesem Teil des Hafengeländes glich das Netz der Wege einem Labyrinth. Besonders verwirrend war, dass nichts abgesperrt war, dass alle Baustellen und Anlagen offen zugänglich waren. Man musste langsam fahren, sehr langsam, und höllisch aufpassen. Sie kamen an einem weiteren Kriegsschiff vorbei, dieses Mal auf einer Trockenwerft. Dupin setzte den Blinker – nur um im nächsten Moment jäh auf die Bremse zu treten und rechts ranzufahren.

Er hatte schon auf dem Weg zum Wagen daran gedacht, als er den *Quai des Seychelles* und den kleinen Freizeithafen auf der anderen Seite des Hafenbeckens gesehen hatte. Er hatte keine Wahl. Und es würde nur ein paar Minuten dauern. Sein Kopf arbeitete nicht richtig, der Kommissar benötigte Koffein. Er würde einen Kaffee im *Le Pas Sage* trinken, direkt am Anleger des kleinen Fährboots, das zwischen den beiden Teilen Concarneaus verkehrte.

Riwal – gerade ging es um den Bürgermeister – drehte sich kurz fragend zu Dupin, aber im nächsten Moment verriet sein Gesichtsausdruck, dass er verstanden hatte. Die vielen Jahre der Zusammenarbeit gingen nicht spurlos an einem vorüber, er kannte seinen Kommissar.

Drei Minuten später saßen sie am äußersten Tisch auf der Terrasse, die von großen Blumentöpfen eingerahmt war, aus denen prächtiger Bambus und Oleander hoch aufragten. Kleine schwarze Tische, nicht einmal zehn davon, bequeme dunkelrote Stühle. Die *petits cafés* waren bereits bestellt. Das Restaurant war ein altes Fischerhaus – Dupin mochte das ganze Viertel hier, es hieß *Quartier Lanriec.* Das Haus war in

Hellrosa gestrichen, die Tür und die Fenster waren mit Granit umrandet. Am kunstvollsten aber waren die abgesetzten filigranen Stuckarbeiten, die die gesamte vordere Front einnahmen.

Der Ausblick war sagenhaft. Der ganze Ort war es, die gesamte Atmosphäre.

Man schaute auf die *Ville Close* im großen Hafenbecken, auf die hohen Wehrmauern, die seit dem Mittelalter allem und jedem getrotzt hatten, den wütenden Feinden, dem tosenden Atlantik, apokalyptischen Fluten. Dupin musste unwillkürlich an den finsteren Zauberer denken, der sie aus dem Boden hatte schießen lassen, an den perfiden Fluch, die tragisch-verzweifelte Liebesgeschichte.

»Alles besprochen, alles in Auftrag gegeben«, sagte Riwal zufrieden. Nach dem Gespräch mit Nolwenn hatte er noch mit Nevou telefoniert. Mit einem schwer zu deutenden Seufzer lehnte er sich zurück.

»Mit den Nachforschungen zu dem Jachtunternehmen beginnen wir ja grade erst. Aber Nolwenn hat bereits ein Dutzend Leute aufgescheucht, um mehr über *Héros Naval* und die Geschäfte der drei Freunde herauszufinden. Bislang keine Skandale, keine schmutzigen Geschäftspraktiken, keine Korruptions- oder Steuergeschichten. Nolwenn hat ein paar diskrete Anrufe gemacht«, einer der Sätze, die Dupin liebte, weil sie für gewöhnlich Erkenntnisgewinn bedeuteten, »aber leider nichts Interessantes erfahren. Die drei gelten als gewiefte Geschäftsleute – als hart, offensiv, mitunter aggressiv, aber bisher haben sie anscheinend keine Grenze überschritten.«

Dupin nickte resigniert.

»Kler Kireg und Evette Derrien sind offenbar vor drei Wochen gemeinsam zu Vorsitzenden eines Vereins namens *Les Amis de la Torche* gewählt worden«, fuhr Riwal fort.

»Was ist das für ein Verein?«

»Er ist an der Organisation größerer Surfereignisse beteiligt, hauptsächlich kümmert er sich um die PR.«

»Et voilà!« Marie-Ophélie – die Chefin des *Pas Sage* – stellte die *cafés* vor ihnen ab. »Noch etwas? – Ein Frühstück vielleicht?«

Dupin schüttelte den Kopf, dafür bliebe leider keine Zeit. Was umso bedauerlicher war, da man hier vorzüglich aß. Marie-Ophélie und Valentin hatten das Restaurant zusammen eröffnet. Zuvor hatten sie gemeinsam sechs Jahre die Welt bereist. Valentin, ein gebürtiger Concarnese, hatte in der Karibik, in Brasilien, Irland und Nordafrika als Koch gearbeitet. Auch das war sehr bretonisch: mutig in die große weite Welt zu ziehen. Nicht weniger allerdings, als die gegenteilige Lebensentscheidung: auf einem kleinen Fleckchen bretonischer Erde zu verharren bis zum Ende seiner Tage – und das sehr glücklich. Die Reisen in die exotischen Länder hatten die Küche Valentins geprägt. Erst vor zwei Wochen hatte Dupin hier mit Claire gesessen und Claire hatte sich an einem Tandoori-Rindertatar erfreut.

»Für mich auch nicht, danke«, lehnte Riwal ebenso betrübt ab. Er war noch länger auf den Beinen als Dupin selbst.

»Auch hier hat Georges Simenon übrigens gerne gesessen«, sagte er unvermittelt.

Ähnlich wie das *Amiral* besaß auch das *Pas Sage* eine berühmte Vergangenheit und war reich an Geschichten. *Le café de la Marine* hatte es damals geheißen, geführt von zwei Schwestern. Ein Treffpunkt der Fischer. Simenon hatte die Protagonisten aus seinem Roman *Die bösen Schwestern von Concarneau* hier wohnen lassen.

»Was wissen wir noch über diesen Verein?«, fragte Dupin, um einem Exkurs seines Inspektors zuvorzukommen.

»Alleine in den nächsten acht Tagen finden zwei wichtige Wettbewerbe statt, die zweite Runde des *Coupe de France* im Shortboard, Qualifikationen für die nationalen Meisterschaften, und der *E. Leclerc Junior Pro La Torche,* einer der bedeutendsten europäischen Wettbewerbe für Surfer unter achtzehn Jahren.«

Es war unglaublich, wie gut Riwal über das Geschehen in der Region informiert war. »In beiden Wettkämpfen haben bretonische Surfer die allerbesten Chancen, die …«

»Haben Docteur Derrien und der Bürgermeister dann nicht häufig Kontakt?«, unterbrach Dupin Riwals Vortrag.

Derrien, die die Praxis lieber heute als morgen übernommen hätte, und der Bürgermeister, der mit Chaboseau wegen der Brauerei-Lizenzen aneinandergeraten war. Beides – nach jetzigem Kenntnisstand – weder in der Dimension noch in der Dramatik hinreichende Motive für einen Mord. Andererseits wusste man nie, ob solche Verbindungen nicht noch tiefer gingen.

»Nicht unbedingt.«

Dupin erinnerte sich an das Gespräch mit dem Bürgermeister über Evette Derrien, er hatte ausdrücklich gefragt, ob sie sich näher kannten. Ab und zu würden sie freundliche Worte wechseln, mehr nicht, war die Antwort gewesen.

»Es sind ja eher formelle Positionen«, präzisierte Riwal. »Als Vereinsvorsitzende sind sie höchstwahrscheinlich nicht ins Tagesgeschäft involviert.«

»Verstehe.«

Dupin trank den ersten Kaffee in drei Schlucken. Ausgezeichnet wie immer. Dann den zweiten.

Riwal nutzte die Pause, um auch seinen zu trinken.

Dupins Blick fiel auf die Zeitung, die der letzte Gast auf dem Tisch liegen gelassen haben musste – auf ein Interview mit einem Biologen. »Pinguine sind totale Egoisten« lautete die Überschrift. Der Wissenschaftler bekundete zwar seine große Faszination für die Fähigkeiten von Pinguinen – dass sie zum Beispiel fünfundzwanzigtausend Kilometer schwimmend zurücklegen konnten, ohne je an Land zu gehen, oder dass jeder Pinguin eine ausgeprägte eigene Persönlichkeit besaß –, kam dann aber überwiegend auf Details zu sprechen, die Pinguinliebhaber wie Dupin nicht hören wollten: »Eine Pinguinkolonie riecht wie ein Fischmarkt am Abend«, lautete eine der Aussagen. Und eine weitere, völlig unwissenschaftliche: »Als Teenager sehen Kaiserpinguine zwar aus wie kuschelige Kaffeewärmer, doch wenn sie flügge werden, bekommen sie Wutanfälle, rennen ziellos umher und verkloppen jeden Kollegen, der ihnen im Wege steht.« Als wäre das bei pubertierenden Menschenkindern anders, dachte Dupin empört. Dann, zum krönenden Abschluss, folgte die Bemerkung zum Egoismus. Pinguine lebten in einer Eishölle bei minus fünfzig Grad, selbstverständlich musste man unter solchen extremen Bedingungen auf sich achtgeben, außerdem: Standen sie nicht meist höchst sozial eng zusammen, um sich gegenseitig zu wärmen? Konsequente Fehlinterpretationen, das war immer das Problem mit dem Menschen und seinem Blick auf Tiere. Dupin stellte seine leere Kaffeetasse schwungvoll auf die Seite mit dem Interview.

Riwal erhob sich:

»Ich werde versuchen, Renan Budig und seinen Kontakt bei *Dauphin* zu erreichen. Und spreche mit einem Kollegen von der Polizei in La Rochelle. Vielleicht kennen sie die Firma. Am besten fahren die Kollegen dort einmal vorbei.«

Es schien alles ein wenig übertrieben, doch nach dem Auftauchen der Drohmail sprach einiges dafür, dass der Anschlag auf *Héros Naval* auf das Konto eines skrupellosen

Konkurrenten gehen könnte. Und vielleicht gab es doch irgendeinen Zusammenhang mit dem Mord. Irgendeine Verbindung, die sie nur noch nicht sahen.

Riwal nahm sein Telefon.

»Fahren Sie ruhig schon los, Chef. Es werden mehrere Telefonate. Ich komme nach.«

Schon hatte Riwal das Telefon am Ohr und ging ein paar Meter in Richtung Wasser.

Dupin kramte Kleingeld hervor und legte es auf das Tellerchen mit dem Kassenbon. Dann verließ er die Terrasse.

Gerade legte das kleine Fährboot – *Bac de Passage* – von der *Ville Close* ab. Seit dem Mittelalter schon gab es den Fährverkehr zwischen den beiden Seiten der Stadt. Die Concarnesen hatten eine stolze Bezeichnung für die Fahrt: »La plus petite croisière du monde.« »Die kleinste Kreuzfahrt der Welt.«

Bis vor einigen Jahren war es ein kleines grünes Boot gewesen, dessen Dieselmotor den Strömungen trotzte. Das gesamte Boot hatte gewaltig vibriert und mit ihm jeder Knochen der Passagiere. Mittlerweile hatte die Fahrt *Le Vachic* übernommen, ein flüsterleiser weißer Katamaran mit Elektromotor und einer kleinen französischen Flagge am Heck. Es war die einzige Bootsfahrt, die Dupin verkraftete. Ja mehr noch, er mochte sie sogar.

Dupin hatte sich Félix Chaboseau anders vorgestellt. Nicht nur in Hinblick auf sein Äußeres – er sah weder seinem Vater noch seiner Mutter besonders ähnlich –, sondern auch, was den Charakter betraf. Er hätte gar nicht genau sagen können, wie, aber Dupin hatte angenommen, einen Menschen anzutreffen, dem man anmerkte, wie sehr er sein Leben lang hatte kämpfen müssen. Er hatte die vernichtenden Einschätzungen des Vaters noch im Ohr, von denen Priziac am Vortag berichtet hatte.

Aber Félix Chaboseau schien kein gebrochener Mensch zu sein. Dupin gegenüber stand ein in sich ruhender, selbstsicherer Mann, der ganz offensichtlich trauerte, ja, aber auch nicht darin unterging. Dupin schätzte ihn auf einen Meter achtzig, aber nicht so dünn wie sein Vater, längere, glatte Haare – dunkelblond –, die ihm ein wenig ins Gesicht fielen. Ein Gesicht mit weichen, friedlichen Zügen. Er trug Jeans, dazu ein dunkelblaues Leinenhemd, die oberen Knöpfe offen.

Sie befanden sich im großzügigen Salon im zweiten Stock. Madame Chaboseau hatte nicht ins Dachgeschoss gewollt, Dupin wäre es lieber gewesen.

Félix Chaboseau war nur ein paar Minuten früher eingetroffen als Dupin. Der Kommissar hatte auf dem Weg zu den Chaboseaus selbst noch einmal mit Nolwenn gesprochen. Einfach nur, weil es jetzt wieder möglich war. Und weil es ihn beruhigte.

»Ja, wir hatten wenig miteinander zu tun. – Im Grunde nichts. Es ist bedauerlich.« Félix Chaboseau saß in einem der ausladenden Sessel, Dupin auf dem Sofa gegenüber, zwischen ihnen befand sich ein eleganter niedriger Tisch aus naturbelassenem Eichenholz. Die Sitzgruppe war aus schwarzem Leder. Genau wie das Dachgeschoss glich auch dieser Raum einem Museum, Dutzende Bilder hingen an den Wänden.

»Es hat mich immer sehr traurig gestimmt«, Félix Chaboseau wirkte kein bisschen theatralisch, es klang echt, ernst, erschüttert. »Und ich habe nie wirklich meinen Frieden damit gemacht«, er sprach leise, aber mit fester Stimme. »Doch es hindert mich auch nicht mehr daran, mein eigenes Leben zu führen. – Mein Vater war, soweit ich das beurteilen kann, ein zufriedener Mensch. Und das bin ich auch. – Ich bin mit meinem Leben einverstanden.«

Dupin hatte Félix Chaboseau als Erstes nach dem Verhältnis zu seinem Vater gefragt – und eine ehrliche und souveräne, wenn auch tieftraurige Antwort bekommen. Madame Chaboseau hatte sich für einen Moment entschuldigt, nachdem sie eine Flasche Mineralwasser mit drei Gläsern auf einem kleinen silbernen Tablett auf dem Sofatisch abgestellt hatte. Félix Chaboseau besaß ein starkes Alibi, mehrere Menschen hatten ihn am gestrigen Nachmittag in der Mühle gesehen, sie hatten es überprüft. Allem Anschein nach konnte er nicht der Mörder sein.

»Dass sein Leben auf diese Art enden musste, ist grausam.« Félix Chaboseau schaute Dupin geradewegs an, sanft, aber durchdringend. »Wer könnte das getan haben, Monsieur le Commissaire? Und aus welchem Grund? Haben Sie schon eine Spur? Eine erste Idee, worum es geht?«

Es war bemerkenswert, Chaboseaus Sohn war in dieser Mordermittlung der Erste, der diese – eigentlich sehr naheliegende – Frage stellte, mit der Dupin während eines Falles für gewöhnlich ununterbrochen traktiert wurde.

»Leider nichts Konkretes. Es könnte sein, dass der Mord an Ihrem Vater in einem Zusammenhang mit dem Anschlag auf die Schiffbaufirma *Héros Naval* steht. – Wenn es so ist, muss es eine gemeinsame Geschichte hinter beiden Verbrechen geben.«

Félix Chaboseau ließ das Gesagte auf sich wirken. Er trank einen Schluck Wasser.

»Wann haben Sie Ihren Vater das letzte Mal gesehen?«

»Im Januar. Er war in Douarnenez. Er hatte in der Stadt zu tun. Wir haben zusammen zu Mittag gegessen. Im *Ty Mad*.«

Dupin hatte sein Notizbuch herausgeholt und schrieb etwas hinein.

»Er hatte ziemlich genau vierzig Minuten Zeit für mich. Er hat mir angeboten, mein Mehl über einen seiner Freunde im großen Stil vertreiben zu lassen. Er war der Meinung, dass ich dringend meine Produktion steigern müsse. Das Übliche.«

»Wie war die Beziehung Ihrer Eltern?« Dupin entschied sich für den direkten Weg. »Natürlich gehört Ihre Mutter zu den Verdächtigen.«

Félix Chaboseau verstummte für eine Weile.

»Wenn ich ehrlich bin, kann ich Ihnen nichts dazu sagen. Und hätte es zu keinem Zeitpunkt meines Lebens gekonnt. Eine Zeit lang dachte ich, dass ich ihre Beziehung verstehe, und ich habe es gehasst. Aber dann wurde mir klar, dass ich überhaupt nichts verstehe.«

»Und als Sie dachten, Sie verstünden die Beziehung – wie hat sie sich Ihnen dargestellt?«

»Dass ihre Ehe ein Gefängnis ist, eine erzwungene Zweckgemeinschaft. Und sie sich lieber trennen sollten.«

»Und dann?«

»Dann habe ich gemerkt, dass sie es genau so wollten. Beide. Weil es für beide von Vorteil war.«

»Hat Ihr Vater andere Frauen gehabt? Affären?«

»Oh ja, zumindest während meiner Kindheit. Nicht viele, aber jeweils über längere Zeit.«

»Von denen Ihre Mutter wusste?«

»Sie hat eine sehr eigene Art, etwas zu wissen und zugleich nicht zu wissen. Sie verdrängt die Dinge nicht vollständig, aber sie verdrängt sie in ihrer Bedeutung. Das ist viel effektiver.«

Es waren kluge Beobachtungen. Dupin verstand genau, was er meinte.

»Hat sie ihn gehasst?«

»Das wäre zu einfach ausgedrückt.«

Auch das verstand Dupin.

»Wichtig ist: Meine Mutter war nie nur die Passive.«

»Hatte Ihr Vater in letzter Zeit eine Affäre?«

Natürlich wäre das eine wichtige Spur.

»Ich weiß es nicht. Ich bin mit vierzehn in ein Internat gegangen. Seitdem habe ich meine Eltern nur selten gesehen.«

»Wissen Sie etwas über die Geschäfte Ihrer Eltern, Ihres Vaters? Über die getätigten Investitionen?«

»Nur sehr wenig. Früher war meine Mutter an allen Entscheidungen beteiligt. Ich erinnere mich an das Thalasso-Spa-Projekt zum Beispiel.«

»Was wissen Sie über *Héros Naval?*«

»Das war eher die Sache meines Vaters, aber wie gesagt, genau weiß ich es nicht. – Mein Großvater mütterlicherseits besaß Anteile an einer der großen Schiffbaufirmen in Saint-Nazaire.«

»Besitzt Ihre Mutter sie immer noch?«

»Nein. Meine Mutter hat sie zwar geerbt, aber veräußert. Schon vor fünfundzwanzig Jahren, schätze ich.«

»Sind Ihnen irgendwelche Geschäftspläne Ihres Vaters in Bezug auf die Schiffbaubranche bekannt, hat er im Januar etwas Besonderes erwähnt? Vielleicht nur nebenbei? Dass er expandieren will zum Beispiel?«

»Nein. – Wenn ich es richtig verstehe, stecken seine beiden Freunde in den meisten Geschäften mit drin. – Sie werden mit Ihnen gesprochen haben.«

Dupin nickte.

Er schrieb erneut in sein Notizheft. Sie mussten immer daran denken: Wenn es stimmte, was Félix Chaboseau sagte – und sie hatten keinen Anlass, daran zu zweifeln –, dann war er einer der schlechtesten Auskunftgeber für sie, weil er am wenigsten wusste.

»Erben Sie«, wechselte Dupin abrupt das Thema, »jetzt eigentlich direkt? Einen direkten Anteil von Ihrem Vater, meine ich? Oder erbt alles Ihre Mutter?«

Ein wichtiger Punkt. Dupin hatte ein paarmal daran gedacht, sich aber noch nicht weiter darum gekümmert.

»Es tut mir wirklich leid, ich habe nicht die geringste Ahnung.«

»Besitzen Ihre Eltern einen Ehevertrag, ich meine, wie ist es mit dem Vermögen, den Bildern, den Firmen, gehört all das …«

»Ich wüsste nicht, was das die Polizei anginge, Monsieur le Commissaire!«

Madame Chaboseau war durch die Flügeltür in den Salon getreten. »Es handelt sich hierbei um gänzlich private Angelegenheiten.«

»Ich kann Ihnen genau sagen, was uns das angeht«, Dupin erhob sich, er würde sie heute zum Reden bringen. »Alles. Einfach alles.« Er ging auf sie zu, er hatte Mühe, sich zu mäßigen. »Wir versuchen, den Mord an Ihrem Mann aufzuklären, und Sie sind eine der Verdächtigen. Und werden uns jetzt, hier und heute, alles sagen und vorlegen, was wir für diese Untersuchung benötigen. Wenn nicht, haben wir in fünf Minuten einen Durchsuchungsbefehl und nehmen alles mit. Sie haben die Wahl.«

Madame Chaboseau bedachte Dupin mit einem zutiefst verächtlichen Blick. Dann ging sie zu einem halbhohen Barschränkchen. Schnell griff sie nach einer Kristallkaraffe – Cognac, vermutete Dupin –, goss sich ein dickbäuchiges Glas beachtlich voll und trank einen großen Schluck.

»Nun gut«, sagte sie mit eisigem Klang in der Stimme und

ging zu dem Sessel neben dem ihres Sohnes. Félix Chaboseau warf ihr einen nicht zu deutenden Blick zu. Wie in Zeitlupe nahm sie Platz. Sie strich ihr schwarzes Seidenkleid glatt – ein Blumenmuster, das so dunkel war, dass man es auf dem schwarzen Stoff fast nicht erkennen konnte – und nahm einen weiteren Schluck. Die Frisur saß nicht ganz so perfekt wie am Vortag, dafür wirkte Madame Chaboseau heute stärker geschminkt.

»Was wollen Sie wissen?«

Dupin setzte sich ebenfalls wieder. Er ließ sich Zeit mit seiner Antwort.

»Unter anderem genau das, was ich Ihren Sohn gerade gefragt habe: wie Ihr Ehevertrag – wenn Sie über einen verfügen – die Erbschaft regelt. Und allgemein: wie die Besitzverhältnisse zwischen Ihnen geregelt sind. Wem gehört zu welchen Anteilen der Besitz, das Vermögen? Die Firmen und Firmenanteile?«

»Wir haben keinen Ehevertrag, das ist neumodischer Mist. Alles, was wir bei unserer Eheschließung an Werten miteingebracht haben, sowie alles, was seitdem zusammen oder von einem von uns erwirtschaftet wurde, gehört zu gleichen Teilen uns beiden. Das bezieht sich auch auf die Firmen und Anteile. – Und mehr gibt es dazu nicht zu sagen.«

»Und wie sieht die Erbregelung aus? Gibt es ein Testament? Ich nehme an, Sie kennen es?«

Dupin hatte beide, Mutter und Sohn, fest im Blick.

Empört zog Madame Chaboseau die Augenbrauen hoch.

»Selbstverständlich gibt es eines, und selbstverständlich kenne ich es.« Abermals ein scharfer Ton. »Félix erbt ein

Viertel vom Anteil meines Mannes an unserem gemeinsamen Vermögen, allerdings an gewisse Auflagen geknüpft. Der übrige Teil geht an mich.«

Drei Viertel also.

»Was für Auflagen?«

»Sie stehen ihm für Investitionen zur Verfügung.« Kein Blick zu ihrem Sohn.

Dupin hatte sich Félix Chaboseau zugewandt in der Erwartung, dass er etwas sagen würde. Aber er schwieg.

Nach einer Weile trat die Andeutung eines Lächelns auf seine Gesichtszüge. Kein zynisches, kein sarkastisches Lächeln. Eher ein befreiendes Lächeln. Er schloss kurz die Augen, öffnete sie wieder. Dupin würde nichts mehr dazu fragen. Das mussten Mutter und Sohn untereinander klären.

»*Héros Naval*«, Dupin musste vorwärtskommen, »wer hat sich um die Firma gekümmert, Madame Chaboseau? Sie, Ihr Mann, Sie beide?«

»Mein Mann. Ich habe mich lediglich anfänglich für die Investition ausgesprochen.«

Félix Chaboseau war aufgestanden. »Ich denke, Sie brauchen mich jetzt nicht mehr.« Er schritt, ohne eine Reaktion abzuwarten, auf die Tür zur kleinen Bibliothek zu, die neben dem Salon lag.

Madame Chaboseau nickte, auch wenn ihr Sohn es nicht mehr sah.

Dupin schwieg einen Moment, dann kam er zu seiner Frage zurück. »Warum haben Sie sich für *Héros Naval* ausgesprochen?«

»Der Schiffbau ist ein lukratives Geschäft.«

»Haben Sie Ihrem Mann den Vorschlag gemacht?«

»Nein. Brecan Priziac.«

»Was ist mit den Investitionsplänen? Dem Einstieg ins Jachtgeschäft? Der Gründung von *Rêves Maritimes?*«

»Ich halte beide Entscheidungen für richtig. – Der Bedarf an Luxusgütern wächst.«

Eine erstaunlich bereitwillige Auskunft ihrerseits.

»Haben Sie diese Fragen mit Ihrem Mann zusammen erörtert?«

»Das haben wir.«

»Und die Geschäftsgespräche«, noch eine Sache, die Dupin interessierte, »zwischen Ihrem Mann und seinen beiden Freunden? Waren Sie dabei auch zugegen?«

»Nein.«

Es war ein eigentümliches, ein sonderbares Beziehungskonstrukt, das die Chaboseaus für ihr Leben gefunden hatten. Vorausgesetzt, Madame Chaboseau sagte ihnen die Wahrheit.

»Fällt Ihnen etwas Konkretes ein, worum es bei dem Anschlag auf *Héros Naval* gegangen sein könnte?«

»Nein.«

Madame Chaboseau hatte mittlerweile das ganze Glas geleert, hielt es aber trotzdem noch in der Hand.

»Sie können uns sicher sagen, ob wir nun alle Geschäftsaktivitäten von Ihnen und Ihrem Mann kennen – oder ob es noch mehr gibt?« Er las vor: »Die *Conserverie,* der Schiffbau, die Brauerei, die Grundstücke, das Investment in das Thalasso-Spa, die Kunstsammlung – und natürlich die Arztpraxis.«

Madame Chaboseau nickte unmerklich.

»Das ist alles.«

»Was ist mit der Unterwasserkapsel und dem Boot der drei Forscher, das Öl aus Plastik macht?«

»In beiden Projekten steckt kein Geld von uns. *Héros Naval* baut die Unterwasserkapsel bloß, aber wir haben mit der Finanzierung nichts zu tun.«

»Etwas anderes«, Dupin warf einen Blick in sein Heft, »Ihr Mann hat Sie gestern Nachmittag um 14 Uhr 20 angerufen – ein Anruf, von dem Sie uns nichts erzählt haben. War das Ihr letztes Gespräch mit ihm?«

»Ja. Er wollte mich nur an etwas erinnern.«

»Woran?«

»Ich musste in der *Galerie Gloux* etwas klären. Sein Anruf war vollkommen überflüssig, ich hatte es sowieso auf meiner Liste.«

Dupin spürte, wie seine Ungeduld zunahm.

»Es ging bei Ihrem Besuch um *zwei* Bilder – Sie sprachen gestern nur von einem.«

»Ach!« Ein verächtliches Achselzucken.

»Aber es waren zwei.«

Sie schaute ihn demonstrativ ratlos an. Es war müßig. Dupin vermochte aus dem Punkt selbst nichts weiter abzuleiten.

Er stand auf und bewegte sich auf die Fenster Richtung Hafen zu. Er hielt es auf dem Sofa nicht mehr aus. Vor einem Bild direkt neben dem Fenster blieb er stehen, mit dem Rücken zu Madame Chaboseau.

»Das Bild wird Ihnen nichts sagen.« Ihre Stimme klang verächtlich.

Paul Signac. *Concarneau, 1931.* Das Jahr, aus dem auch der Maigret-Krimi stammte, der im *Amiral* spielte, fiel Dupin ein. Auf dem Bild war im Vordergrund ein Boot mit zwei stattlichen Masten zu sehen, aus der Zeit, als Concarneau der bedeutendste Thunfischhafen der Welt gewesen war. Hinter dem Boot die gewaltigen Festungsmauern der *Ville Close.* Es war ein Bild voller Farbexzesse. Das Boot tiefblau, die Segel orange. Das Meer grün mit einzelnen Farbinseln, die einen ganz trunken machten: ein Weiß-Hellblau, das leuchtete, beinahe phosphoreszierend. Genau so sah es manchmal aus, das Meer in der Bretagne. Der Himmel rosa in verschiedensten Nuancen. Die Dächer der alten Häuser bleigrau. Die Bäume der *Ville Close* ein schier übernatürliches Grellgrün. Die Welt als Farbe. Das Verrückte war: Der Künstler sah die Welt, wie sie wirklich war.

Dupin wandte sich abrupt wieder Madame Chaboseau zu: »Was haben Sie Ihrem Mann zu Docteur Derriens Vorstoß geraten? Sie hat ihn offensichtlich ganz schön unter Druck gesetzt.«

»Infam! Was sich dieses impertinente Frauenzimmer erlaubt hat!« Die Reaktion war heftig ausgefallen. »Unsere Haltung dazu war, dass wir alleine den Zeitpunkt bestimmen, und zwar, wann *wir* es für richtig halten.«

»Wie oft hat sich Ihr Mann mit Docteur Derrien getroffen, um darüber zu sprechen?«

»Das ist vollkommen unerheblich«, schnaubte sie.

»Wie sehr ist der Streit zwischen den beiden eskaliert?«

»Mein Mann hat ihr viel zu sehr nachge…« Sie brach ab. »Wir haben bisher keinerlei verbindliche Regelung getroffen.«

»Werden Sie die Praxis nun ganz an Docteur Derrien verkaufen? Sie wird mit Sicherheit bald mit diesem Ansinnen an Sie herantreten.«

»Das werden wir sehen.«

»Ich muss Sie etwas fragen, Madame Chaboseau«, Dupin wusste selbst nicht, warum er diese Frage so umständlich einleitete, »hatte Ihr Mann in der letzten Zeit eine Affäre?«

Wieder traf ihn ein giftiger Blick.

Dupin setzte nach: »Hatte er?«

»Nein. Bestimmt nicht.«

»Wissen Sie das mit Sicherheit?«

»Das tue ich, ja.«
»Würden Sie es uns sagen, wenn es anders wäre?«
»Niemals.«
Dupin war nicht überrascht.
»Wie auch immer. – Ihr Mann hat sich mit einer weiteren geschäftstüchtigen jungen Dame getroffen.«
Madame Chaboseau runzelte die Stirn.
»Mein Mann hatte immer viele Geschäftsideen, nicht bloß im Bereich des Schiffbaus.« Ein kluger Konter.
»Auch auf dem Gebiet der *Conserveries?*«
»Worauf wollen Sie hinaus?«
»Es gab ein Treffen zwischen Ihrem Mann und Madame Sieren Cléac.«
Sie zuckte demonstrativ mit den Schultern. »Er hat alle möglichen Menschen getroffen.«
»Sie wussten nicht, dass er ihr die Firma *Fête de la Mer* abkaufen wollte?«
Madame Chaboseau war sichtlich daran gelegen, so beiläufig wie möglich zu antworten. »Wir haben, wie gesagt, immer wieder Erweiterungen erwogen. Die *Conserveries* sind stark im Aufschwung, vor allem die hochwertigen.«
»Sie wussten davon nichts, stimmt's?«
Dupin war sich ganz sicher. Pierre Chaboseau hatte, wie es aussah, seinem Freund Priziac davon erzählt, jedoch nicht seiner Frau.
Sie schwieg.
Es musste Madame Chaboseau hart treffen, hatte sie doch gerade mit aller Kraft zu vermitteln versucht, dass ihr Mann und sie sämtliche geschäftlichen Entscheidungen zusammen getroffen hatten.
»Madame Cléac hat Ihren Mann wenige Stunden vor seinem gewaltsamen Tod angerufen. Um sein Angebot

auszuschlagen. – Ein Anruf, von dem Sie ebenso wenig wussten, nehme ich an.«

»Sie scheinen ein ausgeprägtes Vergnügen an Lappalien und bedeutungslosen Details zu haben, Monsieur …«

Dupins Telefon unterbrach sie. Er zog es aus der Hosentasche.

Nolwenn.

»Einen Moment bitte.«

Dupin ging in den großzügigen Flur und schloss die Tür hinter sich.

»Etwas durchaus Interessantes, Monsieur le Commissaire, auch weil Sie sich gerade mit Madame Chaboseau unterhalten«, sie legte sofort los, so kannte er sie. »Es geht um den Bürgermeister und Docteur Chaboseau.«

»Ja?«

»Sie wurden vor zwei Wochen im *Café de l'Atlantic* zusammen gesehen, spätabends, um etwa dreiundzwanzig Uhr, an einem Donnerstag. Anne hat es erzählt, ich habe es mir von Aurélie bestätigen lassen. Anne saß nur zwei Tische von ihnen entfernt.«

Die Ermittlungsmaschine lief. Dupin hatte zwar keine Ahnung, wer Anne war, aber er kannte die beiden Inhaberinnen des *Café de l'Atlantic,* die Schwestern Aurélie und Diane Gavoué.

»Sie hat gehört, dass sie sich heftig gestritten haben. Sie konnte nicht alles verstehen, aber Chaboseau hat anscheinend gedroht, all seine Zuwendungen für städtische und kommunale Zwecke zu stoppen und sogar *Roi Gradlon* aus der Stadt abzuziehen, wenn Kireg mit der Vergabe der Brauerei-Lizenzen so weitermache.«

Es war unglaublich. Warum hatte Madame Chaboseau ihnen nicht von der Zuspitzung dieses Konfliktes erzählt? Hatte sie auch davon nichts gewusst? Und warum hatte der Bürgermeister es ihnen verschwiegen? Und Priziac? Und Luzel? Es war doch anzunehmen, dass Chaboseau seiner Frau und seinen beiden engsten Freunden davon erzählt hatte.

»Wie hat Kireg reagiert?«

»Sie hat es nicht gehört, er hat sehr leise gesprochen, sagt sie. Von der Mimik her eher beschwichtigend.«

»Hat Anne sonst noch etwas mitbekommen?«

»Nein.«

»Gibt es schon etwas zu *Dauphin,* dieser Jachtfirma?«

»Sobald es etwas dazu gibt, melde ich mich. – Noch etwas«, Nolwenn schlug einen seltsam heiteren Ton an. »Nach Ihrer Pressemeldung treffen weiterhin sehr viele Hinweise aus der Bevölkerung im Kommissariat ein. In der Nacht wurden offenbar fünf Dixi-Toiletten am Strand von *Sables Blancs* geklaut, die für das Konzert heute aufgestellt worden waren. Außerdem hat sich jemand erinnert, gestern Nacht einen auffälligen Unbekannten gesehen zu haben. Er sei leider nicht näher zu erkennen gewesen.«

»Das ist doch Irrsinn.«

»So ist es. – Vor allem für die Veranstalter. Wenn die Dixi-Klos nicht wieder auftauchen, muss das Festkomitee für den Schaden aufkommen, tausendfünfhundert Euro. – Bis später.«

Mit diesen Worten hatte Nolwenn aufgelegt.

Dupin kehrte zurück in den Salon.

»Madame Chaboseau, ich höre, Sie haben uns eine höchst bemerkenswerte Information verschwiegen: Ihr Mann hat sich vor zwei Wochen mit dem Bürgermeister getroffen, um ihm massiv zu drohen. Er hat angekündigt, *Roi Gradlon* einschließlich aller Arbeitsplätze aus der Stadt abzuziehen. Das sind mehr als – wie Sie es nannten – Lappalien. Warum haben Sie uns das vorenthalten?«

Für einen Augenblick schien sie wirklich aus dem Konzept gebracht. »Ich – im Prinzip haben wir das besprochen. – Ja! Und zwar genau so.«

»Wer? Sie und Ihr Mann?«

»So meinte ich es.« Sie schien wieder halbwegs sortiert. »Ich wollte sagen, dass wir gemeinsam festgelegt haben, in dieser Sache eine harte Linie zu verfolgen. Und …«

»Warum haben Sie uns gestern nichts von diesem Konflikt erzählt?«

Was auch der Bürgermeister nicht getan hatte!

»Vielleicht erinnern Sie sich, Monsieur le Commissaire – ich hatte meinen Mann gerade zerschmettert auf dem Asphalt gefunden, da ist man gelegentlich etwas konfus.« Sie setzte sich aufrecht auf die Kante des Sessels, der Stoff ihres Kleides raschelte.

»Mir ist zu Ohren gekommen«, Dupin war nicht bereit, so schnell klein beizugeben, »dass sich die Brauerei in wirtschaftlichen Schwierigkeiten befindet.«

Ein wohlüberlegter Schuss ins Blaue.

Madame Chaboseaus Augen weiteten sich.

»Das ist ungeheuerlich. Eine Beschädigung des guten Rufs unserer Firma. Wer verbreitet solche dreisten Lügen? Ich würde allzu gern …«

Es klingelte an der Tür.

Madame Chaboseau erhob sich. Ohne weitere Worte eilte sie aus dem Salon, jetzt waren ihr deutliche Emotionen anzumerken – es war bloß schwer zu deuten, welche.

Dupin folgte ihr in den Flur.

Madame Chaboseau öffnete mit einer resoluten Bewegung die Tür.

Rosa Le Menn stand davor, sie war blass und rang nach Atem.

»Jodoc Luzel«, stieß sie hervor, »er – er ist tot. Ermordet.«

Einen Augenblick verharrten sie regungslos, Madame Chaboseau hatte die Türklinke noch in der Hand.

»Der Weinhändler?«, durchbrach Dupin den Bann. »Ermordet?«

»Ja. Er …«

»So ein Scheiß.«

Er fuhr sich heftig durch die Haare.

»Was ist passiert?«

»Vermutlich mit einer Flasche erschlagen. – In der Brauerei *Roi Gradlon*. Er …«

»In der Brauerei? In *seiner* Brauerei?«

»Exakt.«

»Wer hat ihn gefunden?«

»Monsieur Priziac. Vor wenigen Minuten erst.«

»Priziac?« Es wurde immer verrückter. »Wir haben ihn doch gerade noch gesehen. Im Büro von *Héros Naval*. Warum ist er in die Brauerei gefahren?«

»Darüber besitze ich keine Informat…«

»Ist die Brauerei denn heute geöffnet?«

»Nein.«

Dupin wandte sich zu Madame Chaboseau. Ihr Gesichtsausdruck war schwer zu lesen. Entsetzen lag darin, aber nicht nur das, noch etwas anderes. Dupin vermochte es nicht zu erfassen.

»Der Freund Ihres Mannes, Madame. – Der Zweite aus dem Dreierbund. – Was fällt Ihnen dazu ein?«

»Nichts.«

Für ihre Verhältnisse hörte sie sich resigniert an.

»*Können*«, Dupin sprach mit gepresster Stimme, »oder *wollen* Sie uns immer noch nicht sagen, was sich hier abspielt? Offenkundig doch etwas, das mit den dreien zu tun hat. – Und die Geschäfte Ihres Mannes sind ebenso Ihre Geschäfte. – Ich meine, auch Sie selbst könnten sich unter Umständen in Gefahr befinden. In Lebensgefahr.«

Genauso war es.

Madame Chaboseau reckte das Kinn nach oben: »Ich habe Ihnen alles gesagt, was ich weiß.« Sie hatte ihre herrische Art zurückgewonnen.

»Wie Sie meinen«, Dupin hatte sich in Bewegung gesetzt, »wie Sie meinen, Madame Chaboseau. Wir müssen los.«

Ohne sich noch einmal umzudrehen, stürmte er die Treppe hinunter.

»Kommen Sie, Le Menn.«

Eine überflüssige Aufforderung, die junge Polizistin war direkt hinter ihm.

»Weiß Inspektor Riwal schon Bescheid?«

»Bei ihm ist die ganze Zeit besetzt.«

»Wo genau liegt die Brauerei?«

Neun Minuten später kam der Citroën des Kommissars auf dem leeren Parkplatz direkt vor dem modernen Gebäude zum Stehen.

Sie hatten die Fahrt über geschwiegen. Dupin war in ein fiebriges Nachdenken verfallen, das ihn jedoch einer Lösung des Falles kein Stück näher gebracht hatte.

Eines aber schien nun erwiesen: dass es um die drei Freunde ging – das Trio –, von denen bereits zwei tot waren. Das ganze brutale Geschehen hatte mit ihnen zu tun, das war das Einzige, worauf sich Dupin festlegen würde.

Nevou erwartete sie am Eingang der Brauerei, sie hatte einen Vorsprung von ein paar Minuten gehabt.

»Sie haben …«

»Wie lange ist er bereits tot? Wann ist es passiert?«

»Das wird Ihnen nur der Gerichtsmediziner sagen können. Er muss jeden Moment eintreffen.«

»Wo ist Priziac?«, fragte Dupin ungeduldig.

»Drinnen, mit zwei Kollegen.«

Dupin stürmte hinein, Nevou und Le Menn folgten ihm auf dem Fuße.

»Direkt links«, wies Nevou an. »Er liegt im *Espace Création.*«

»Bitte wo?«

Es klang abstrus.

»Das ist eine separate kleine Brauereianlage. In der die neuen Biere entwickelt werden«, erklärte Nevou fachmännisch, während sie den Gang entlangeilten. »Ich habe schon mit dem Chef der Brauerei telefoniert. Samstags und sonntags wird bei *Roi Gradlon* nicht produziert. Von den Mitarbeitern war heute also niemand zugegen. Aber Luzel besitzt natürlich einen Generalschlüssel.«

»Auch Priziac?«

»Er sagt Nein. Die Brauerei sei vor allem Luzels Sache. Ich meine«, fügte Nevou trocken hinzu, »gewesen. Seine Sache gewesen.«

»Jodoc Luzel hatte also entweder etwas in der Brauerei zu tun und der Mörder wusste, dass er hierherkommen würde – vielleicht ist er ihm auch gefolgt –, oder Luzel und der Mörder waren hier verabredet«, schlussfolgerte Le Menn.

So war es.

»Wer auf jeden Fall wusste, dass er sich hier aufhielt, ist Monsieur Priziac«, ergänzte Nevou trocken.

Einer der ältesten, simpelsten Tricks der Kriminalgeschichte: Man »fand« den Toten, den man selbst ermordet hatte. Dreist, kaltschnäuzig und immer noch und immer wieder äußerst effektiv. Wenn man keine Spuren hinterlassen hatte und es keine Zeugen oder harte Indizien gab, konnte einem, selbst wenn die Tat beinahe evident schien, nichts nachgewiesen werden. Nichts, was für eine Verurteilung reichen würde. Die Chuzpe für ein solches Manöver besäße der Apotheker, da hatte Dupin keinen Zweifel.

Ein beeindruckend hoher Raum tat sich vor ihnen auf, große Fenster, durch die man auf ein Wäldchen blickte. Gewaltige runde Edelstahltanks – vier Meter hoch bestimmt – rechts und links, auch vor den Fenstern, in der Mitte ein Gang. Um die Tanks herum, ebenfalls aus Edelstahl, Treppen und Plattformen zum Stehen, die letzten auf Höhe der mächtigen Tankdeckel. Imposante, abenteuerliche Konstruktionen. Zwischen all den runden Tanks befand sich ein größerer rechteckiger Apparat, Bierflaschen mit leeren Etiketten davor auf dem Boden. Zwischen zweien der Tanks ein Stapel großer Säcke.

Ganz am Ende des Raums erblickte Dupin Brecan Priziac mit zwei Polizisten. Und den Toten. Jodoc Luzel. Er lag ausgestreckt im Gang.

»Was zum Teufel haben Sie …« Dupin ging geradewegs auf den Apotheker zu.

Priziac fiel dem Kommissar umgehend ins Wort: »Jodoc – er hat mich gebeten, ihn hier zu treffen. *Das* zum Teufel habe ich hier zu tun.«

Somit wäre er der Erste gewesen, der mit dem grausamen Anblick seines toten Freundes konfrontiert worden war.

»Er war bereits hier, als er mich bat zu kommen«, Priziac blickte sich um, er sah für einen Moment verloren aus. »Das hier ist Jodocs Spielplatz, sein Labor. Neue Bierkreationen sind seine große Leidenschaft.« Priziac hielt kurz inne. Es war warm im *Espace Création*, der Apotheker schwitzte in seinem Anzug, der Schweiß lief ihm über die Stirn. »Jodoc hatte die ganze Woche mit neuen Rezepten und Zutaten experimentiert. Ich vermute, dass es heute noch etwas zu tun gab, er eine neue Idee hatte und nicht wollte, dass etwas verloren ging.«

»Ihr gemeinsamer Freund und Geschäftspartner wird ermordet, wenig später ein Anschlag auf Ihre Firma unternommen, bei dem vier Männer teils schwer verletzt werden, Sie erhalten zudem eine akute Drohung – und da denkt Monsieur Luzel an seine neuen Bierrezepte?«

Priziac hatte ein Taschentuch aus seinem Jackett geholt und wischte sich die Stirn: »Was soll ich Ihnen sagen, Monsieur?«

»Wer hat wen angerufen, um sich hier zu verabreden? Und wann genau?«

Der Apotheker taxierte Dupin: »Wann sind Sie heute früh zu *Héros Naval* gekommen? Das Telefonat mit Jodoc war direkt davor. Kurz vor halb neun dann. Ich habe ihn vom Gemeinschaftsbüro in der Werft aus angerufen.«

Dupin erinnerte sich. Priziac hatte sie warten lassen wegen eines Telefonates.

»Sie haben ihn angerufen?«

»Ja. Wir haben noch einmal über den Anschlag gesprochen. Und über Versicherungsdinge. Am Ende hat er mich dann gebeten, zu ihm in die Brauerei zu kommen.«

»Und danach, bis Sie hier eingetroffen sind, haben Sie nichts mehr von ihm gehört? Kein Telefonat, keine SMS, nichts?«

»Nein.«

»Der Tote«, schaltete sich Nevou mit grimmiger Stimme ein, »hat kein Handy bei sich. Ich habe schon nachgeschaut. Aber wir bekommen die Verbindungsnachweise. Dann werden wir sehen.«

»Ich nehme an«, auch Dupin begann in seinem Polohemd und der Jacke zu schwitzen, »Sie haben nach dem Vorfall sowohl gestern Abend als auch heute Morgen mehrfach miteinander telefoniert, Monsieur Priziac.«

»Selbstverständlich.«

»Jodoc Luzel hat keinerlei Bedürfnis verspürt, heute Morgen noch einmal in die Werft zu kommen?«

»Er hatte sich ja schon letzte Nacht ein Bild gemacht.«

»Wann sind Sie in der Werft angekommen?«

»Um acht. Es gibt viel zu tun, wie Sie sich vorstellen können.«

»Hat Sie jemand gesehen, gibt es Zeugen?«

»Die meiste Zeit war ich mit unserem Geschäftsführer zusammen. Bevor er zur Klinik gefahren ist.«

»Wir sind gegen 9 Uhr 30 bei Ihnen aufgebrochen, Sie haben den Toten gegen 10 Uhr 45 gefunden – was war dazwischen? Und wann genau sind Sie in der Brauerei eingetroffen?«

»Na, dann wohl gegen Viertel vor elf. – Vielleicht ein paar Minuten eher. Und bevor ich losgefahren bin, habe ich noch zwei Anrufe bei unserem Versicherungsagenten gemacht.«

Dupin ging in die Hocke, um die Leiche genauer in Augenschein zu nehmen.

Le Menn nahm unterdessen Priziac ins Verhör: »Hat Sie jemand gesehen, als Sie von *Héros Naval* aufgebrochen sind, und könnte die Uhrzeit bestätigen?«

Priziac sah die junge Polizistin herablassend an.

»Ich habe keine Ahnung.«

»Es ist im Grunde auch egal«, sagte Nevou scharf, »selbst wenige Minuten hätten gereicht, um Ihren Freund zu töten.«

»Der Todeszeitpunkt«, ergänzte Le Menn, sie waren mittlerweile ein gut eingespieltes Team, »lässt sich ohnehin nicht bis auf die Minute genau bestimmen. – Luzel ist, wenn es die Verbindungsnachweise bestätigen, zwischen 8 Uhr 30 und 10 Uhr 45 gestorben.«

Dupin betrachtete den gewaltigen Bluterguss an Luzels rechter Schläfe. Grässliche Verfärbungen, eine abscheuliche faustgroße Schwellung, an einer Stelle war die Haut aufgeplatzt und Blut über das Gesicht gelaufen, wenn auch nicht viel. Luzels Kopf war zur Seite gedreht, in sein Auge war ebenfalls Blut geflossen. Es sah grausam aus. Arme und Beine lagen kerzengerade, als würden sie noch unter äußerster Muskelanspannung stehen. Luzel trug ein langärmliges Poloshirt von Lacoste, ein blasses Hellgrün, dazu eine dunkelgrüne Stoffhose und Segelschuhe aus Leder.

Dupin hatte sich wieder erhoben.

Etwa zwei Meter von dem Toten entfernt, am Rande des mittleren Ganges, lag eine zerbrochene Flasche, ein paar große Scherben und viele kleine daneben. Bier war auf dem Betonboden verlaufen. Dupin hatte die Scherben schon beim Hereinkommen gesehen.

Nevou sah Dupins Blick.

»Die Flasche ist vermutlich nicht beim Aufprall auf Luzels Schädel kaputtgegangen. Die Scherben liegen zu weit entfernt. Der Mörder hat sie wahrscheinlich nach der Tat fallen lassen. Der Radius, in dem die Scherben liegen, ist einigermaßen begrenzt. – Es ist eine der Bierflaschen gewesen, die da vorne auf dem Boden stehen. Mit einem Blankoetikett zum Beschreiben. Da stehen volle und noch leere Flaschen. Das war eine volle.«

»Wo ist Luzels Brille?« Dupin hatte vergeblich nach ihr Ausschau gehalten.

Nevou zeigte auf eine der Edelstahlkonstruktionen: »Vielleicht unter dem Ding da. Vermutlich durch den Aufprall der Flasche weggeflogen. Überlegen Sie mal, wenn Ihnen jemand mit größter Wucht eine volle Bierflasche über den Schädel zieht. Und noch ziemlich genau die Schläfe trifft …«

Dupin drehte sich langsam um die eigene Achse und sah sich ein weiteres Mal aufmerksam im Raum um.

»Wir haben uns eben schon alles angesehen«, sagte Nevou. »Bislang nichts Auffälliges.«

Dupin bemerkte Priziacs Blick auf den leblosen Körper seines Freundes. Dupin beobachtete ihn. Er war kein Anfänger in der Kunst, Menschen zu lesen, dennoch hätte er in diesem Moment nicht zu sagen gewusst, was genau in Priziac vorging.

Dafür hatte er bemerkt, dass ihn selbst etwas beschäftigte. Es war lächerlich, aber auch kein Wunder – bei diesem so sonderbaren Fall hatte man eben sonderbare Einfälle. Aber er durfte sich von verrückten Einfällen nicht ablenken lassen, er musste sich auf Priziac konzentrieren.

»Was denken Sie, Monsieur?«, Dupin trat nahe an den Apotheker heran, der immer noch seinen toten Freund betrachtete. »Ist dies eine weitere Tat Ihres Schiffbaukonkurrenten? – Aber was frage ich? Natürlich haben Sie keine Ahnung, was hier geschehen sein könnte«, kam der Kommissar einer weiteren ausweichenden Antwort des Apothekers zuvor. »Wie auch immer, für den Moment war es das. Wenn wir noch Fragen haben, und das wird ganz sicher der Fall sein, melden wir uns.«

Priziac verstand die rabiate Aufforderung.

»Ich hoffe, Sie wissen, was sie tun.« Der Apotheker

versuchte ein trauriges Lächeln, das eher zu einer Fratze geriet. Er drehte sich um und ging in Richtung Ausgang.

Prompt wandte Dupin sich an die beiden Polizistinnen: »Ich will, dass wir auf der Stelle …«

»Was haben wir denn hier Schönes?«

Dupin hatte ihn nicht kommen sehen.

René Reglas. Der größte Gerichtsmediziner der Menschheitsgeschichte. Im Schlepptau seine beiden Assistenten sowie das Team der Spurensicherung. Dupin hatte auf den alten Lafond gehofft, der gestern im Einsatz gewesen war.

»Das sieht ja ganz übel aus.« Ein künstlicher Tonfall, ein gekünsteltes Mitgefühl. Alles – wie immer – die reine Show.

»Mesdames, Messieurs – wenn Sie diesen Bereich hier bitte räumen würden? Sodass ich mit meiner Arbeit beginnen kann. Und Sie vielleicht anschließend den Fall lösen, Commissaire?« Er stellte seinen angeberischen Aluminiumkoffer ab. »Mal sehen, ob wir dem ›großen Unbekannten‹ auf die Spur kommen, von dem man derzeit überall hört. Wenn, dann freilich nur mit den Mitteln der Wissenschaft.«

Es kostete Dupin ein Höchstmaß an Selbstbeherrschung, um auf keine der Unverschämtheiten des Gerichtsmediziners zu reagieren.

»Ich brauche den genauen Todeszeitpunkt, und ich meine genau, nicht ungefähr. Ungefähr passiert ist es wahrscheinlich zwischen 8 Uhr 30 und 10 Uhr 45.«

»Dupin, Ihnen wird doch wohl sehr bewusst …«

»Und zwar, so schnell es geht.«

Dupin beeilte sich, Nevou und Le Menn zu folgen, die sich bereits zum anderen Ende des Raumes bewegten, Richtung Ausgang. Nur mit einem halben Ohr hörte er, wie Reglas einen Schwall Beschimpfungen losließ. Zu Nevou und Le Menn gewandt sagte Dupin: »Wir müssen wissen, wo sich der Bürgermeister zur besagten Zeit aufgehalten hat. Das gilt ebenso für Madame Chaboseau, zumindest bis zu unserem Treffen mit ihr. – Und auch für ihren Sohn«, er war ja erst um kurz vor zehn bei seiner Mutter angekommen, »sowie für Docteur Derrien und Sieren Cléac.«

Nevou wirkte nicht überzeugt.

»Bei Derrien und Cléac ist ein Zusammenhang mit *Héros Naval* und den Investitionen der drei Freunde nur schwer vorstellbar. Ziehen Sie immer noch andere Motive in Betracht?«

»Ich ziehe alles in Betracht«, ein hehrer Grundsatz Dupins. »Prüfen Sie alles bis ins letzte Detail. Wir brauchen Zeugen, Belege. Ich …«

»Chef!«

Riwal stürmte ihnen entgegen, sie waren beinahe am Ausgang angelangt.

»Ich muss Sie sprechen. – Es gibt Neuigkeiten!« Riwal war in Fahrt, er legte umgehend los: »Erstens: Die Experten haben sich die anonyme Droh-E-Mail angesehen. Wie wir gedacht haben: Es ist unmöglich, sie zurückzuverfolgen. Wahrscheinlich hat sich der Verfasser im Tor-Netzwerk versteckt und von dort aus einen der vielen zweifelhaften VPN-Services kontaktiert, um über einen VPN-Tunnel wiederum …«

»Weiter, Riwal!«

Der Inspektor hatte den Plural benutzt. Neuigkeit*en.*

»Also, es war nicht leicht an einem Samstag, und es hat länger gedauert als gedacht, aber ich habe mit allen persönlich telefoniert. Mit Renan Budig, für den *Rêves Maritimes,* die Unterfirma von *Héros Naval,* die Jacht bauen will, sowie mit seinem Bruder, der sich von der Firma *Dauphin* bereits eine Jacht hat bauen lassen. Und zuletzt auch mit dem Inhaber von *Dauphin* selbst, der Kontakt zu Budigs Bruder hatte.«

Ein aufwendiger, aber dramaturgisch geschickter Spannungsaufbau. Riwal machte eine Pause, es sah aus, als müsste er seine Gedanken ordnen.

»Renan Budig hat sich *zwei* Angebote für die Jacht erstellen lassen, eines tatsächlich auch von *Dauphin* in La Rochelle. Sein Bruder hatte ihm dazu geraten. Den Leuten von *Héros Naval* beziehungsweise *Rêves Maritimes* hat er davon allerdings nichts erzählt. Dem Inhaber von *Dauphin* indessen schon. Renan Budig hatte, so stellt er es dar, zwischenzeitlich Zweifel, ob es eine gute Idee ist, der Erste zu sein, der sich von einer in diesem Segment unerfahrenen Firma ein Luxusschiff bauen lässt. Dann hat er sich aber doch für das Unternehmen von unserem Trio entschieden. Ihr Preis lag substanziell unter dem von *Dauphin*. Sie wollten sich auf diese Weise in den Markt einkaufen. Aggressiv, aber effektiv.«

Riwals Anrufe waren weitaus ergiebiger gewesen, als Dupin zu hoffen gewagt hatte.

»Was bedeutet«, folgerte Le Menn, »dass der Inhaber von *Dauphin* schwer verärgert gewesen sein dürfte.«

Die junge Polizistin hatte recht. Dennoch – war das ein hinreichender Grund, einen Mord zu begehen? Unter Umständen schon – selbstverständlich gab es das. Außerdem konnte es natürlich sein, dass sich hinter der Geschichte noch viel mehr verbarg, als sie momentan sehen konnten.

Riwal war noch nicht fertig: »Nolwenn recherchiert zu dem Unternehmen und seinem Besitzer, Denis Malraux. Sie hat auch schon mit den Kollegen in La Rochelle gesprochen. Die jetzt ebenfalls intensive Nachforschungen zu der Firma und ihrem Besitzer anstellen.«

»Sehr gut.« Dupin war zufrieden. »Vielleicht«, überlegte er, »sollten Sie selbst nach La Rochelle fahren, Riwal, und sich den Mann persönlich vornehmen. – Vielleicht sollten wir sogar zusammen fahren.« Im Prinzip war es tatsächlich angezeigt, nach der Faktenlage sogar dringend.

»Oder wir lassen ihn herkommen.« Nevous Vorschlag wäre selbstverständlich das Einfachste.

»Wenn er es nicht freiwillig tut, haben wir allerdings keinerlei Handhabe, ihn dazu zu zwingen. Und wahrscheinlich wird er einen Teufel tun …«

Wieder hatte Le Menn recht.

»Wie wollen wir es machen, Chef?«

Dupin war unentschieden.

»Eine Sache, Riwal«, ihm war etwas in den Sinn gekommen, das er schon eben hatte ansprechen wollen, »Priziac hat gesagt, dass Jodoc Luzel wahrscheinlich heute in der Brauerei noch etwas zu erledigen hatte. Dass er die Woche über neue Bierrezepte ausprobiert habe und eventuell deswegen hergekommen sei. Damit nichts *verloren* gehe oder so. Was könnte das sein?«

Ohne Zweifel kannte sich Riwal auch mit der Bierbrauerei aus.

Der Inspektor schien nachzudenken, dann ging er auf einen Aluminiumtisch rechts von der Eingangstür zu, unter dem ein Dutzend weißer Plastikbehälter standen. Auf dem Tisch eine Handvoll dickbauchiger Gläser. Er nahm eines und lief damit zu einem der Tanks, an dem sich ein kleiner Zapfhahn befand. Mit einer beinahe zeremoniellen Bewegung – und unter den faszinierten Blicken von Le Menn und Nevou – hielt er das Glas darunter und öffnete den Hahn.

Dupin, der ihm gefolgt war, sah vor allem eines: Schaum. Weißgräulichen Schaum.

Riwal schwenkte das Glas, beäugte den Schaum kritisch, nur ganz unten war eine bernsteinfarbene Flüssigkeit zu sehen. In aller Ruhe nahm er einen Schluck.

Er sprach noch immer kein Wort.

»Was tun Sie da?«

Dupin war ungeduldig. Aber er war selbst schuld, er hatte Riwal angestiftet.

»Beeindruckend! Sehr aromatisch, ein Geruch von Malz, Beeren und Pfirsich – vielleicht Aprikose. Unverhofft auch etwas Karamell. Im Mund delikat, ganz leicht bitter, angenehm erfrischend, mit«, er schien dem Geschmack nachzuspüren, »Noten von Pampelmuse, würde ich sagen. Wunderbar rund, eine schöne Textur im Mund.«

Riwal setzte das Bier jäh ab und schritt entschieden auf etwas zu, das wie eine Gefriertruhe aussah, schräg hinter dem Aluminiumtisch.

Es war tatsächlich eine Gefriertruhe. Er nahm einen der vielen Beutel heraus.

»Das Bierbrauen ist ein höchst kreativer Prozess, geradezu eine Kunst. Und die Bretonen haben diese Kunst perfektioniert! Das hier ist ein besonderer Hopfen aus dem Elsass. *Aramis*, ein sehr feiner Geschmack. Der Hopfen ist einer der wenigen Grundstoffe.« Riwal legte den Beutel zurück, schloss die Truhe und schritt auf die großen Säcke zwischen den Tanks zu. »Hier, der Malz, rein bretonisch, *Yec'hed Malt*, sehr gut, dazu Wasser, Hefe und eben der Hopfen. Das Wichtigste ist wie immer das *Savoir-faire*. Nehmen Sie den Bruder von Katell, Erwann! Der hat es raus mit seinem *Storlok*-Bier!«

Dupin musste einschreiten. »Sehen Sie einen plausiblen Grund, warum Luzel heute noch einmal für seine Bierexperimente herkommen musste, oder nicht?«

Statt einer Antwort schritt Riwal zwei weitere Tanks ab, er näherte sich dabei gefährlich dem Terrain, das der Gerichtsmediziner als das seinige markiert hatte. Riwal öffnete und schloss Klappen und Türen an den Tanks. Es machte den Anschein einer peniblen Prüfung. Dann beschied er:

»Nein. Ich sehe keinen zwingenden Grund. Dieses Bier ist fertig gebraut. Und exzellent. Ansonsten, ja, hätte es einen Grund gegeben. Denn wenn man sich an einem bestimmten Punkt des Brauens befindet, muss man innerhalb einer gewissen Zeitspanne weitermachen, sonst ist das Bier verloren. Was hier nicht der Fall ist. – Möglicherweise wollte er es einfach nur probieren. Oder ein paar Flaschen mitnehmen.« Riwal wies auf den größeren rechteckigen Apparat mit den Bierflaschen davor. »Ein Abfüllautomat, vielleicht wollte er die Kreation irgendwo testen lassen?«

»Verstehe.«

Wenn das Bierbrauen nicht der Grund gewesen war – warum war Luzel dann hierhergekommen? Es blieb rätselhaft. – Aber vielleicht war es tatsächlich so gewesen, wie der Inspektor gerade spontan erwogen hatte: Jodoc Luzel hatte sein neues Bier probieren wollen. Hier am Ort seiner Leidenschaft, der er – eine gewisse Kaltschnäuzigkeit des Charakters vorausgesetzt – trotz des gewaltsamen Todes von Chaboseau und des Anschlags auf *Héros Naval* hatte nachgehen wollen. Vielleicht, um auf andere Gedanken zu kommen? Alles vorstellbar. Wenn – das war die fragile Prämisse – Priziac ihnen überhaupt die Wahrheit erzählt hatte.

»Ich weiß ja nicht«, Nevou schien unzufrieden mit dem Ergebnis. »Wie auch immer. Ich habe auch noch etwas.«

Sie befanden sich mittlerweile wieder fast am Ausgang.

»Mittlerweile gibt es ein Dutzend weiterer Meldungen über den verdächtigen Unbekannten und wo man ihn überall gesehen haben will«, sie bemühte sich, entschieden zu klingen. »Ein paar stimmen erstaunlich überein. Ein Mann. Ungefähr ein Meter siebzig. Dunkle Haare, schlanke Statur. Eher eine dunkle Hose. Drei der Arbeiter aus den Fischhallen zum Beispiel haben eine solche Person gestern Abend aus einem weißen Wagen steigen sehen, er schien auffallend nervös. Er hat den Wagen am Ende der Fischhallen abgestellt, ungefähr da, wo der Werfthafen beginnt.«

Dupin schaute sie aufmerksam an: »Sie nehmen das ernst, habe ich recht?«

Riwal sprang der Kollegin bei: »Ich denke schon, dass wir das ernst nehmen sollten. Es bedeutet ja erst mal nur, in Betracht zu ziehen, dass hier eine uns bisher unbekannte Person mit im Spiel sein könnte«, er bemühte sich, es weniger mysteriös klingen zu lassen, »es könnte ja auch ein Handlanger einer der Personen sein, mit denen wir uns bereits beschäftigen.«

Dupin hatte unmittelbar widersprechen wollen, sich dann aber zurückgehalten. Auch wenn es natürlich nicht völlig von der Hand zu weisen war – es schien ihm zu absurd.

Der Kommissar wandte sich ab und ging zügigen Schrittes auf den Gerichtsmediziner zu.

René Reglas befand sich im Gespräch mit seinen beiden Assistenten. Er tat so, als sähe er Dupin nicht.

»Können Sie schon etwas über den Todeszeitpunkt sagen?«

»Wir werden die Leiche jetzt mit nach ...«

»Eher 8 Uhr 30 oder eher 10 Uhr 45?«

Es war zu sehen, dass in Reglas ein Kampf tobte zwischen dem Impuls, scharf zu protestieren, und jenem, pragmatisch nachzugeben. Er entschied sich – und das ließ ihn jetzt noch verdrießlicher dreinschauen – für Letzteres. Zu oft schon war er mit Dupin aneinandergeraten. Er seufzte dramatisch.

»Gegen 10 Uhr 30. Aber ...«

»Und zum Tod kam es durch den Schlag mit der Flasche?«

»Ja.«

»Anzeichen für einen Kampf?«

»Nein.«

Dupin ließ ihn ohne weitere Erklärung stehen und wandte sich dem Chef der Spurensicherung zu.

»Fehlanzeige bisher!«, gab er schon vor Dupins Frage Auskunft. »Wir nehmen die Scherben mit und schauen sie uns im Labor an.«

Dupin nickte.

»Danke!«

Mehr gab es hier zurzeit nicht zu erfahren.

Riwal, Le Menn, Nevou und Dupin standen wieder im modern gestalteten Eingangsbereich der Brauerei. In Regalen, die sich bis zur Decke erstreckten und sich aus vielen roten Designplastikboxen zusammensetzten, wurden stolz die verschiedenen Biersorten von *Roi Gradlon* präsentiert.

»Denis Malraux, der Chef von dieser Jachtbaufirma, sollen wir ihn bitten zu kommen, Chef?«, fragte Riwal.

»Ja, Nolwenn soll es versuchen.«

Riwal wirkte mit einem Mal müde, aber er war auch schon seit fünf Uhr auf den Beinen.

»Und wir kümmern uns jetzt um die Alibis«, sagte Le Menn.

Dupin nickte.

»Tun Sie das. Und halten Sie mich auf dem Laufenden.«

Nevou und Le Menn machten sich umgehend auf.

Dupin zögerte kurz, dann ging auch er nach draußen. Riwal folgte.

Der Kommissar musste nachdenken. In Ruhe nachdenken. Nichts passte bisher zusammen. Überhaupt nichts. Außerdem merkte er, dass ihm die Sache, die ihn eben schon beschäftigt hatte, immer noch keine Ruhe ließ.

Nicht zuletzt, das musste auch für Riwal zutreffen, hatte er schrecklichen Hunger. Er musste dringend etwas essen. Er spürte bereits die Gereiztheit und Dünnhäutigkeit, die immer dann einsetzten, wenn er seinen Magen zu lange ignorierte. Und – ein weiterer *petit café* konnte sicher nicht schaden.

Dupin blieb im Freien stehen.

»Wie wäre es mit einem kurzen Abstecher zu *La Corniche*, Riwal?«

Die beste *Sandwicherie* weit und breit. Eine Institution in Concarneau. Sowohl der Laden als auch seine Besitzer. »Jean-Yves et Dame Nicole«, wie auf einem Ruder zu lesen war, das dort an der Wand hing. Nur ein Katzensprung von Claires und Dupins Haus entfernt. Sie machten himmlische Sandwiches. Und vollendete Pommes frites. Im *La Corniche* trafen sich die Concarnesen, redeten, tauschten sich aus. Jean-Yves und Nicole kannten alle und alle kannten sie.

Auf Riwals Gesicht erschien ein zustimmendes Strahlen.

»Ich wollte«, Dupin zögerte, gab sich dann aber einen Ruck, Riwal wäre der Letzte, der sich über skurrile Einfälle lustig machen würde, »auch noch etwas mit Ihnen besprechen.« Er zögerte wieder. »Einen kuriosen Gedanken. Nicht einmal ein Gedanke, ich …« Dupin brach ab.

»Sehr gerne, Chef.«

Das Lächeln hielt sich auf Riwals Gesicht.

»Ich bin mit meinem Wagen hier, Chef. – Treffen wir uns dort?«

Es war nicht weit. Nichts in Concarneau war weit entfernt.

Und dennoch hatte man nie das Gefühl, beengt zu sein, ganz im Gegenteil.

»So machen wir es.«

Gleichzeitig liefen sie los, zu ihren Wagen.

Genau vier Minuten später stellte Dupin den Motor ab. Riwal würde sicher auch gleich eintreffen.

Die *Sandwicherie* war ein fabelhafter Ort. Sie lag an der Küstenstraße in Richtung *Sables Blancs* direkt am Meer. Ein strahlend weißes Haus, eine atlantikblaue Markise, darauf der Schriftzug »Sandwicherie« in Weiß, auf der Hauswand darüber in großen Buchstaben: »La Corniche«. Vor der Tür ein blaues Fahrrad. Blumenkästen auf beiden Seiten des Eingangs, rechts eine lange türkis gestrichene Bank, von der aus man einen traumhaften Blick auf Strände, Villen und hohe Kiefern hatte. Linker Hand sah man den Segelklub, das Aquarium, das Institut für Meeresbiologie, schräg gegenüber hatte Dupin früher gewohnt. Das Spektakulärste aber war der Blick direkt aufs Meer und den langen, schmalen *Quai Nul*, auch das ein bekannter Ort der Stadt. Ende des 19. Jahrhunderts war das direkt am Wasser gelegene *Quartier de la Croix* das berühmte Viertel der *Conserveries* gewesen. Mehr als zehn Fabriken hatte es dort gegeben, mit vielen Hundert Arbeiterinnen in dunklen Kleidern und weißen Hauben, die über Jahrzehnte ein bedeutendes Kapitel der modernen Stadtgeschichte geschrieben hatten. Zunächst hatten die täglich ankommenden Fischerboote – mehrere Hundert, es gab alte Fotografien, auf denen das Meer ein Meer aus Booten war – an den Stränden vor den kleinen Fabriken angelegt, was bei Stürmen und Fluten erhebliche Gefahren mit sich brachte. Also baute man einen Kai ins Meer hinein. Ohne Glück und Geschick allerdings, man brauchte zwanzig Jahre für seine Fertigstellung und zudem misslang er völlig. Falsch ausgerichtet vermochte er keinerlei Schutz zu bieten, weshalb er ein erbarmungsloses Prädikat erhielt: null. Zum Flanieren, zum Sitzen und Schauen hingegen gab es in der Stadt fast keinen schöneren, stimmungsvolleren Ort.

»Und?« Jean-Yves stand hinter der Theke und nickte ihm zu.

»Für den Inspektor, der gleich kommt, ein *Loch*, für mich das *Mataff*, wie immer.«

Dupins Standardsandwich: Schweinepaté, Tomate, knackige Cornichons und frischer Salat.

»Klar.«

Hinter der Theke hing ein großes Bild von drei Fischern, in groben Strichen gemalt, weiter oben eine echte Fischermütze.

»Und einmal Fritten.« Dupin waren Riwals Vorlieben so vertraut wie seine eigenen. »Und drei *petits cafés*. Und eine Flasche Wasser.« Es würde ein langer Tag. Wer weiß, wann sie wieder etwas zu essen bekämen.

Dupins Blick fiel auf die große Tafel: »Les Règles de la Plage«, die Strandregeln. Die, anders, als man hätte annehmen können, nicht aufführten, was verboten war, sondern im Gegenteil: was man unbedingt befolgen sollte. Strenge Vorgaben. Wozu »jouer avec les vagues« gehörte, mit den Wellen spielen, sowie »admirer les couchers du soleil«, die Sonnenuntergänge bewundern. Im Moment lagen all diese Dinge in weiter Ferne.

»Kommt ihr voran?«, fragte Jean-Yves beiläufig.

»Schwierig«, brummte Dupin.

»Tja. Gerade kam es im Radio. Jetzt hat es den Weinhändler erwischt.«

Er belegte Dupins Baguette mit besonders viel Paté.

»Der Bürgermeister hat verkündet, es gehe bei allem, was sich seit gestern ereignet habe, bloß um eine geschäftliche Angelegenheit ganz bestimmter Kreise«, eine Pause, er schnitt die Cornichons, »dass für die Allgemeinheit keinerlei Anlass zur Besorgnis bestehe. Und auch heute ganz ohne Angst gefeiert werden könne.«

»Wie bitte?«

Es war nicht zu glauben. Aber – natürlich, es passte zu Kireg und seiner Parole, die er ja schon gestern Abend verkündet hatte. Der Auftakt des *Été en Fête!* Gefeiert wird unter allen Umständen.

»Es kam im Anschluss an die Meldung vom Vorfall in der Brauerei. Der Bürgermeister hat sich direkt an die Einwohner der Stadt gewandt.«

Es gab zwei Möglichkeiten: die Fassung zu verlieren und einzuschreiten oder es runterzuschlucken.

»Hast du schon einen konkreten Verdacht?«

Jean-Yves klappte das Sandwich zu.

»Nein.«

»Esst ihr hier oder soll ich es einpacken?«

»Wir bleiben hier.« Riwal müsste jeden Moment eintreffen.

Jean-Yves reichte Dupin das Sandwich herüber.

»Und der große Unbekannte?« Jean-Yves holte die *Andouille* für Riwals Sandwich heraus, eine original bretonische Wurst für Fortgeschrittene, die hauptsächlich aus Innereien bestand, bestrich das Sandwich mit gesalzener Butter, legte Schinken, Gürkchen und Salat darauf. »Bloß ein Phantom?«

»Da bin ich, Chef.«

Riwal erspähte mit glänzenden Augen sein fast fertiges Sandwich.

»Also, er wird nicht nach Concarneau kommen. Er sieht es gar nicht ein.« Riwal meinte Malraux, den Chef der Firma in La Rochelle. »Er war bei diesem Telefonat, sagen wir mal, deutlich weniger freundlich als vorhin noch. Mittlerweile sind drei Kollegen vor Ort und fühlen ihm auf den Zahn. Er ist auf hundertachtzig. Ich denke, er wird nicht mehr – sehr kooperativ sein.«

Jean-Yves reichte Riwal das fertig belegte Sandwich.

»Setzt euch«, sagte er, »ich bringe euch den Rest.«

Umgehend saßen der Kommissar und der Inspektor auf der idyllischen Bank vor der *Sandwicherie.*

»Was wollen wir tun, Chef?« Riwal kaute bereits. »Fahren wir nach La Rochelle? Ich alleine? Wir zusammen?«

Dupin war sich immer noch unsicher. So ein Ausflug würde sie beinahe den Rest des Tages kosten. »Ich sollte unbedingt dem Bürgermeister einen Besuch abstatten.«

Wegen seiner hanebüchenen öffentlichen Verlautbarung. Vor allem aber wegen dem offensichtlich heftigen Konflikt in Hinblick auf das Brauerei-Thema zwischen ihm auf der einen Seite und Chaboseau und Luzel auf der anderen. Es wurde immer verwirrender. Der Brauerei-Streit schien wichtiger zu sein, als sie angenommen hatten. Aber auch der Schiffbau schien nach wie vor eine Rolle zu spielen. Daneben vielleicht noch eine weitere Sache, eine, die speziell mit Chaboseau zu tun hatte.

Was dann hieße: Es gäbe drei Themen. Konnte jemand gleichzeitig von Flöhen, Läusen und einem dritten Schädling befallen sein?

»Kein Problem, ich kann Monsieur Malraux auch alleine befragen.«

Der Inspektor biss erneut in sein Sandwich. Auch Dupin wollte einen weiteren Bissen nehmen, doch der penetrante

Ton seines Telefons hielt ihn davon ab. Unwillig warf er einen Blick auf das Display.

Kadeg, sein zweiter Inspektor. Es durfte nicht wahr sein.

»Kadeg – was ist los?« Er hatte doch erst gestern angerufen.

»Ich habe gerade vom Tod des Weinhändlers gehört. Ich sitze mit den Kindern am Strand, *Sables Blancs,* da, wo die Rutsche …«

»Was wollen Sie, Kadeg?«

»Wenn ich irgendwie helfen kann«, es klang – zumindest das – aufrecht verzweifelt, »dann sagen Sie es.«

»Ist Ihre Frau zurück?«

»Nein, noch nicht, aber ich wollte wissen, wie die Ermittlungen laufen.«

»Dann sprechen wir ein anderes Mal weiter, Kadeg. Au revoir.«

Im Nu hatte Dupin aufgelegt.

»Fällt ihm nicht leicht«, kommentierte Riwal trocken. »Verstehe ich.«

»Ich wollte Sie noch etwas fragen, Riwal.«

Das wiederum fiel Dupin nicht leicht.

»Ja?« Sein Inspektor blickte ihn neugierig an.

Der Kommissar holte sein Notizheft heraus.

»In diesem Kriminalroman von Georges Simenon, dem *Gelben Hund* – bei den Personen, um die es da geht«, wie sollte Dupin es formulieren, »Sie hatten gestern gesagt, es gebe darin einen Arzt, einen Apotheker und einen Weinhändler, richtig?«

»Richtig. Aber wie gesagt, der Apotheker spielt keine Hauptrolle, der Arzt ist bereits in Rente, und dann gibt es noch einen Journalisten, der für eine Zeitung in Brest schreibt. Der Apotheker kommt eher am Rande vor, er findet zum Beispiel in der ersten Nacht der Ermittlung heraus, dass der *Pernod* im *Amiral* mit Strychnin vergiftet ist.«

Dupin wusste selbst nicht, warum ihn die Sache so beschäftigte.

»Und auch der Weinhändler«, vervollständigte Riwal gewissenhaft, »gehört nicht zu den zentralen Figuren. Er wird ganz zu Beginn angeschossen und kommt dann nicht mehr vor.«

Dupin hatte eine ganze Reihe Maigret-Romane gelesen und sehr gemocht. Aber das war viele Jahre her. Und der *Gelbe Hund* war nicht darunter gewesen.

»Erzählen Sie etwas mehr, Riwal.« Er hatte den Stift in der rechten Hand, ab und an notierte er etwas. Es dauerte einen Moment, bis Riwal realisierte, was der Kommissar gesagt hatte. Dass er ihn über Kriminalromane ausfragte, kam nicht alle Tage vor.

»Diese drei, die zu den *Notables*, den reichen, mächtigen Familien der Stadt, gehören, bilden eine Art Männerklub. Sie treffen sich abends im *Amiral*, rauchen, trinken. Sie nennen es: ›das letzte Fleckchen für lustige Burschen aus Concarneau‹. Und sie machen dort auch Geschäfte.« Riwal hielt inne. »Wollen Sie auf etwas Bestimmtes hinaus, Chef?«

»Nein, nein, erzählen Sie einfach weiter.«

»Die eigentlichen Helden aber sind Emma, das Serviermädchen im *Amiral*, und ihr Geliebter, den die drei Männer ins Verderben schicken.«

»Verstehe.«

»Et voilà.« Jean-Yves stellte ein Tablett mit Kaffee, Wasser und einer großen Portion Pommes frites zwischen ihnen auf der Bank ab, daneben kleine Schälchen mit verschiedenen Soßen, Américaine, Barbecue und Mayonnaise.

Mit einer Geste deutete Dupin ihm an, dass Riwal zugreifen solle. Was dieser, ohne zu zögern, tat.

»Auch in dem Krimi wird übrigens nach einem ›großen Unbekannten‹ gefahndet.«

Dupin nahm sich ebenfalls ein paar Fritten.

»Glauben Sie an einen ›Unbekannten‹ in unserem Fall?«

»Nein«, erwiderte der Inspektor erstaunlich entschieden. »Aber in den Geschichten und Legenden Concarneaus nehmen Unbekannte einen großen Stellenwert ein.« Dupin musste an seinen wirren Traum denken.

»Hm. – Und wer hat in dem Buch am Ende wen ermordet?«

Riwal nahm einen Schluck Kaffee.

»Es gibt gar keine Toten. – Der Weinhändler überlebt, der Strychninanschlag scheitert und ein vermeintlicher Tatort mit Blut in einem Auto ist bloß eine Finte, der Journalist täuscht seine Ermordung nur vor. Ein Ablenkungsmanöver. – Übrigens taucht auch der Bürgermeister der Stadt auf, als restlos nervende Figur, die den Kommissar ständig unter Druck setzt. Was Maigret«, Riwal schien zu frohlocken, »aber nicht im Geringsten beeindruckt.«

Dupin schwieg eine Weile. Er seufzte:

»Ein wenig merkwürdig ist das schon.«

Riwal schaute den Kommissar unschlüssig an.

»Sie meinen die – Parallelen zu unserem Fall?«

Dupin nickte.

»Ja, schon. Aber in einer Kleinstadt gibt es diese Figuren immer. Es sind feste Institutionen: der Arzt, der Apotheker, der Bürgermeister ... Und vieles ist in unserem Fall doch völlig anders.«

Es war eine verkehrte Welt. Riwal, der Dupin zu verstehen gab, dass Realität und Fantasie zwei unterschiedliche Dinge waren.

»Vor allem«, setzte Riwal nach, »was sollte das bedeuten? Dass jemand nach Mustern des Buches mordet? Auf eine kranke Weise den *Gelben Hund* nachspielt. Was ja nicht einmal wirklich stimmen würde, man könnte es viel besser und genauer imitieren. – Und mit welchem Motiv?« Riwal gab sich größte Mühe, sachlich zu klingen. »Ein Wahnsinniger? Ein Psychopath? Ein Serienmörder?«

Dupin versuchte nicht einmal den Ansatz einer Antwort. Er hatte keine.

Riwal hatte recht, und zwar mit allem. Dupin hatte nur gemerkt, dass es ihn irgendwie beschäftigte, seit Françoise in der Galerie vom *Gelben Hund* und dem Mord am Weinhändler gesprochen hatte.

Dupin griff nach seinem *petit café*.

»Es ist, als ereilte die drei ein Fluch.«

»Einen Moment, Riwal.«

Dupin erhob sich – er hatte seinen Kaffee ausgetrunken – und bestellte einen weiteren.

Schon saß er wieder neben dem Inspektor. Beide versanken sie in intensives Nachdenken.

»Sie kennen doch die Geschichte von den Selkies. Dem uralten Meeresvolk, den Herrschern der Tiefe, die über die Elemente befehlen und in tiefer Harmonie mit den Wassern und Winden leben … – Vielleicht ist es eine Geschichte wie diese.«

Jetzt driftete Riwal doch noch ins Fantastische ab.

Die Geschichte gehörte zum Grundrepertoire der Stadt, ganz wie die von Emilia und Siprian, den verzweifelt Liebenden. Es ging um die hässlichsten Seiten der Menschen, um Eifersucht, Missgunst, Gier, Gefühlskälte, Dummheit, Hetze, Gewalt, Rache. Die Liebe, so die Kurzform der Legende, zwischen einem jungen Mann, Pierre, und einer wunderschönen Selkie namens Mauve endete in einer grausamen Katastrophe. Eine Gruppe von Einwohnern der *Ville Close*, die ihnen ihr Glück neidete, veranstaltete eine grausame Hetzjagd, an deren Ende Mauve von mehreren Harpunen brutal durchbohrt wurde. Die Selkies übten daraufhin mit beharrlicher Geduld Rache an jenen Menschen, die das Unglück zu verantworten hatten. Einer nach dem anderen starben sie.

»Der erbarmungslose Fluch war erst beendet, als der letzte der Schuldigen das Zeitliche gesegnet hatte«, schloss Riwal. »Zumindest wäre das Geschehen plötzlich kein Rätsel mehr, ich meine, wenn es sich auch bei uns um einen alten Fluch handelte. Übrigens gab es wirklich einmal ein Liebespaar in der Altstadt, sie hießen Mauve und Pierre, und ihre Geschichte ist tragisch geendet. Die Frau wurde grausam ermordet.«

Dupin schwieg.

»Also, Chef«, unterbrach Riwal nach einiger Zeit die Stille, »was meinen Sie? Nach La Rochelle sind es über drei Stunden.«

»Ich …«

»Salut, Georges!«

Dupin sah auf.

Claire. Und ihre Eltern.

Allesamt in luftiger Sommerkleidung. Claires Vater trug einen Strohhut mit schwarzem Band, Claires Mutter ein ausladendes schwarzes Modell mit extravaganten rosa Blumenmotiven. Dazu eine Art weiten schwarzen Leinenoverall und rote Espadrilles.

Ehe Dupin sich's versah, wurde er zur Begrüßung geküsst und umarmt.

»Na endlich, das wurde aber auch Zeit!«, beeilte sich Claires Mutter klarzustellen. »Wir sind gerade auf dem Weg in die Stadt. Ein bisschen bummeln und einkaufen. Und dann wollten wir zu Mittag essen. In diesem neuen Restaurant im Fischereihafen.«

Dupin war immer noch zu perplex, um überhaupt etwas zu sagen, immerhin war er aufgestanden.

»Ich dachte, es gibt einen Mordfall«, Hélènes Tonfall wurde streng, mit einer theatralischen Geste nahm sie ihren Hut ab. »Eben ist doch schon wieder jemand umgebracht worden. Solltet ihr da nicht hin?«

»Sie denken nach, Hélène!« Claires Vater, es war als ernsthafte Verteidigung gedacht gewesen. »Das ist auch Arbeit. Außerdem muss selbst die Polizei zwischendurch etwas essen.«

»Aber …«, setzte Hélène an, etwas zu entgegnen. Claire fiel ihr vorsichtshalber ins Wort: »Wir lassen euch jetzt in Ruhe, Georges.«

So schnell gab sich Claires Mutter nicht geschlagen: »Heute Abend essen wir aber zusammen. Sonst haben wir ja gar nichts von dir, Georges.«

»Das liegt leider nicht in Georges' Hand.« Claire setzte sich demonstrativ in Bewegung, Dupin war ihr äußerst dankbar.

»Aber wir …«

Dupins Telefon. Ein glücklicher Moment für eine Störung.

Es war Nolwenn.

Mit einem erstaunlich versöhnlichen »Na gut, ich sehe, die Arbeit ruft …« wandte sich nun auch Claires Mutter ab und folgte ihrer Tochter.

Riwal hatte sich die ganze Zeit über nichts anmerken lassen und keine Miene verzogen.

»Nolwenn, wir sind gerade dabei …«

»Wir haben es, Monsieur le Commissaire! Das ist die Lösung, glaube ich!«

Dupin traute seinen Ohren nicht.

Nolwenns Sätze waren derart laut durchs Telefon geschallt, dass auch Riwal sie deutlich hatte hören können.

»Zumindest kommen wir ihr ein großes Stück näher. Es ist ganz anders, als wir bislang gedacht haben.«

Nolwenn machte es spannend.

»Am Ende ist es sehr einfach.«

Dupin stellte den Lautspecher an, so würde er gleich nicht alles für Riwal wiederholen müssen.

»Nolwenn, rücken Sie raus mit der Sprache.«

»Über meinen Mann kenne ich Dorien Meheut, diesen Staranwalt für Wirtschaftsrecht aus Rennes.«

Sie ließ eine Pause für einen Kommentar Dupins. Der ausblieb. Dupin hatte den Namen noch nie gehört.

»Er isst ab und zu mit uns zu Abend.«

Bis heute wusste Dupin nicht genau, was Nolwenns Mann beruflich machte. Fest stand, dass er unentwegt mit den unterschiedlichsten Menschen zu tun hatte, von Austernfischern über Imker, Gastwirte, Feuerwehrchefs, Politiker bis hin zu, wie Dupin jetzt erfuhr, Anwälten. Manchmal hörte es sich nach »Import/Export« an, manchmal nach Berater oder Coach. Am Anfang, in den ersten Jahren, hatte Dupin das zuweilen Sorgen bereitet, aber er hatte sich daran gewöhnt.

»Er hat sich gerade im Vertrauen bei mir gemeldet. – Mit Sorge um seine Schweigepflicht. Ich habe ihm gesagt, dass er sich darüber keine Gedanken machen muss.«

»Und was …?«

»Jodoc Luzel hat ihn kontaktiert. Vor zwei Monaten. Chaboseau, Priziac und er waren zerstritten. Es gab erhebliche

Differenzen. Luzel hat erwogen, die beiden zu verklagen. Es ging um das neue Jachtunternehmen, *Rêves Maritimes.* Am liebsten hätte er es alleine aufgezogen. Luzel hat behauptet, dass es ganz allein seine Idee gewesen sei. Folglich forderte er die meisten Anteile, noch mehr als bei *Héros Naval.* – Die anderen beiden haben sich quergestellt. Die alte Geschichte also. Geld. Gier. Man will immer mehr.«

»Wahnsinn.«

Riwals Ausruf brachte es auf den Punkt. Hatten die drei sich untereinander bekriegt und war dieser Krieg nun dramatisch eskaliert?

»Wussten die beiden anderen denn, dass Luzel einen Anwalt kontaktiert hatte und sie verklagen wollte?«

Riwals Frage war entscheidend. Wenn sie nichts davon gewusst hatten, fiele diese Geschichte in sich zusammen.

»Das entzieht sich der Kenntnis von Monsieur Meheut.«

»Ich werde mich zügig mit unserem Apotheker unterhalten müssen.«

»Das denke ich auch.«

»Wann hat der Anwalt das letzte Mal mit dem Weinhändler gesprochen, Nolwenn?«

»Letzte Woche. Aber nur kurz. Da haben sie vereinbart, sich in der nächsten oder übernächsten Woche zu treffen, um das weitere juristische Vorgehen gegen Chaboseau und Priziac zu besprechen.«

»Danke, Nolwenn. – Ich melde mich wieder.«

»Nur ganz kurz noch: Zwei der Werftarbeiter sind aus dem Krankenhaus entlassen worden. Und auch den anderen beiden geht es ein ganzes Stück besser. Ihnen ist aber leider immer noch nichts eingefallen, was zur Aufklärung des Falles beitragen würde.«

Dupin war erleichtert, dass es ihnen besser ging.

»In Ordnung. Bis dann.«

Nolwenn hatte das Gespräch beendet.

Dupin ging um die Ecke, bezahlte und verabschiedete sich von Jean-Yves. Im nächsten Augenblick war er wieder bei Riwal.

»Eine Sache ist mir noch nicht klar«, die Stirn des Inspektors lag in Falten. »Wenn es um einen Streit zwischen den dreien geht – wie passen der Anschlag auf die Werft und die Drohmail da hinein? Die beiden Morde, okay. Vielleicht im äußersten Fall noch der Anschlag ... Aber die Drohmail?«

»Kommen Sie.«

Dupin überquerte die Straße, er hatte seinen Wagen nicht weit entfernt geparkt. Er hatte das Telefon schon wieder am Ohr.

Es dauerte ein wenig, bis die Verbindung hergestellt wurde.

»Hallo?«

Der Apotheker wirkte außer Atem.

»Hier Commissaire Dupin – wo halten Sie sich gerade auf, Monsieur Priziac?«

»Ich mache Erledigungen.«

»Was für Erledigungen?«

»Private Erledigungen.«

Dupin hatte ein Gefühl der Unrast ergriffen. So, als täten sie gut daran, schnell zu handeln.

»Ich frage Sie noch einmal, Monsieur Priziac: Wo befinden Sie sich im Augenblick?«

»Das geht Sie nichts an.«

Dupin hatte seinen Wagen erreicht, Riwal war dicht hinter ihm.

Dupin ärgerte sich, er hätte sich vorher überlegen sollen, wie er das Gespräch führen wollte. Sie mussten jetzt äußerst umsichtig sein. Nach dem, was sie gerade erfahren hatten, war alles denkbar. Auch, dass sich Priziac auf der Flucht befand. Oder sie zumindest plante.

»Wir haben«, setzte Dupin neu an, »noch eine Reihe von Fragen zu Ihrem Freund Luzel, Monsieur Priziac. Persönliche Fragen. Da er keine Familie hat, werden Sie es wahrscheinlich sein, der sie uns am ehesten beantworten kann.« Dupin versuchte weder zu dringlich noch zu vage zu klingen, dennoch war der Kontrast im Verhältnis zum harten Angang zu Beginn des Gespräches verdächtig.

»Ich habe in meiner Apotheke in Le Cabellou zu tun. Ich bin gerade auf dem Weg dorthin.«

Es hatte offenbar funktioniert.

»Dann treffen wir uns dort, Monsieur Priziac.«

Ein unbestimmtes Schweigen. Es waren keine Autogeräusche zu hören. Überhaupt keine Geräusche, die auf Priziacs Aufenthaltsort hätten schließen lassen.

»Gut.«

Die Zustimmung hatte ihn hörbar Überwindung gekostet.

»Wann werden Sie dort sein?«

»In fünfzehn Minuten, schätze ich.«

»Bis gleich.«

Das Gespräch war beendet.

»Sie kommen mit, Riwal.«

»Ich nehme meinen Wagen, vielleicht breche ich direkt von dort nach La Rochelle auf.«

»In Ordnung.« Dupin öffnete die Tür seines Citroëns.

Während er einstieg, hielt er plötzlich inne.

»Warten Sie, Riwal!« Schon war er wieder draußen. Ihm war ein Gedanke gekommen. Ein äußerst wichtiger Gedanke.

Riwal hatte seinen Wagen gerade erreicht.

»Das Haus des Weinhändlers – es liegt doch in Le Cabellou, oder?«

»Richtig.«

»Wissen wir, wo genau?«

»Avenue des Glénan, es ist die große Villa direkt am *Plage Cabellou*. Warum …«

Riwal hielt inne – er hatte verstanden, man sah es seinem Gesichtsausdruck an: »Natürlich! – Na klar, das könnte sein.«

»Ist schon jemand von uns dort?«

Dupin war bereits wieder eingestiegen. Er ließ den Motor an.

»Noch nicht, glaube ich. – Die Spurensicherung wollte dorthin, sobald sie in der Brauerei fertig sind.«

»Wir sehen uns dort, Riwal.«

»Apropos Spurensicherung«, Riwal zog die Augenbrauen hoch, »sie haben bei Luzel nicht bloß kein Handy gefunden, sondern auch keinen Schlüssel, keinen Schlüsselbund, nichts.«

Der Kommissar zog die Tür zu und setzte mit quietschenden Reifen zurück.

»Und Sie glauben, er befindet sich in Luzels Haus?«

Nolwenns Stimme schepperte laut und metallisch aus der Freisprechanlage des Autotelefons.

»Es wäre eine Möglichkeit.«

Vielleicht hatte Priziac genau dort »etwas zu erledigen«. Möglicherweise wollte er etwas holen. Etwas verschwinden lassen. Unterlagen, Dokumente, irgendwelche Beweise. Dupin hatte bei dem Telefonat ein komisches Gefühl gehabt. Der Apotheker hatte partout nicht sagen wollen, wo er sich aufhielt, dafür würde es einen Grund geben. Aber natürlich könnte Dupin sich irren.

»Wir brauchen einen Haftbefehl, Nolwenn, nur vorsichtshalber.«

Dupin hatte den letzten Kreisverkehr vor der langen geraden Straße erreicht, die auf die Cabellou-Halbinsel führte. Hier hatten einst vor allem die »Bessergestellten« residiert – genau wie in den Vierteln *Sables Blancs* und *Corniche* –, heutzutage besaßen sie hier ihre Ferienhäuser. Prächtige Villen zwischen alten Pinien, Seekiefern und Palmen, ein Leben inmitten üppiger Vegetation und exquisiter Ruhe. Verträumte Strände mit feinem weißen Sand zwischen schroffen Granitfelsen, außerdem ein großer Bilderbuchstrand mit altem, noblem Seebadcharme, viel Patina, hier konnte man sich die Sommerfrische, wie sie Ende des 19. Jahrhunderts aufgekommen war, genau vorstellen.

»Kein Problem.« Haftbefehle waren eine der – vielen – Spezialitäten Nolwenns. »Meinen Sie tatsächlich, Priziac war es, der Luzel ermordet hat?«

Dupin gab nach dem Kreisverkehr wieder Vollgas. Im Rückspiegel sah er Riwals Wagen.

»Sagen wir so, es ist vorstellbar.«

»Und auch den Anschlag verübt hat? – Oder hat verüben lassen? Und die angebliche Drohmail verfasst?«

»Möglich.«

Im Moment waren viele Szenarien vorstellbar.

Was Dupin noch eingefallen war – die Antwort auch auf Riwals Frage von eben, auf die Dupin nicht reagiert hatte: Riwal und er hatten über die Drohmail lediglich mit dem Apotheker gesprochen. Er war es, der sie ihnen gezeigt hatte. Vielleicht hatte Priziac sie selbst geschrieben, als Ablenkung, eine Art Nebelkerze.

»Dann wäre Priziac wahrscheinlich auch der Mörder von Docteur Chaboseau. – Oder«, Nolwenn spielte eine andere

Variante durch, »Luzel war es, der Chaboseau auf dem Gewissen hatte. Und ist dann heute selbst Opfer geworden … – Wie auch immer«, rief sie sich selbst zur Besinnung, »ich kümmere mich um den Haftbefehl.«

»Bis gleich, Nolwenn, wir müssen uns endlich zum Kern der Sache vorkämpfen …«

»Sie wissen ja, was den Siegern in den traditionellen Ringkämpfen der *Ville Close* als Prämie zustand, Monsieur le Commissaire?« Sie wartete keine Reaktion ab: »Ein ganzes großes Schwein!«

Schweine, so viel wusste Dupin, hatten über Jahrhunderte mit zum Wertvollsten gehört im kargen Leben der Einwohner. Es gab viele alte Fotos, auf denen Menschen in den Gassen der Altstadt Schweine an Leinen ausführten wie heutzutage Hunde. Auch von der historischen Leidenschaft der Concarnesen für den Ringkampf hatte Dupin bereits gehört – bislang allerdings noch nicht, wie die beiden Leidenschaften miteinander verbunden waren.

»Also! – Auf das Schwein!«

Es war als energische Anfeuerung gemeint gewesen, mit der Nolwenn das Telefonat beendet hatte. Eine Sache stimmte jedenfalls: Diese Ermittlung fühlte sich wirklich wie ein Ringkampf an.

Dupin bremste ab.

Er hatte die Halbinsel erreicht. Rechts der Strand *Belle-Étoile.* Er gelangte auf die Avenue des Glénan, er wusste, zu welchem Haus er musste. Eine prachtvolle Villa im Süden der Halbinsel, direkt am Meer gelegen. Ein von einer Steinmauer, meterhohen Büschen und Bäumen gesäumtes parkähnliches Grundstück. Ein schlichtes weißes Tor, kein Name daran.

Unmittelbar neben der Villa lag der Zugang zum traumhaften *Plage Cabellou* – deswegen kannte Dupin sie, er mochte diesen Strand besonders. Die Stimmung dort war familiär, das Meer war durchsetzt von dunklen Felsen. Ein großer Findling lag mitten auf dem Strand, schimmernd, nahezu fremdartig, als käme er aus dem Weltall und wäre schnurstracks vom Himmel auf den Sand geplumpst.

Schon von Weitem sah Dupin Priziacs Wagen. Ein silberner SUV, Dupin hatte ihn gestern am Haus des Apothekers bemerkt. Er hatte die richtige Eingebung gehabt.

»Verdammt!«, rutschte es ihm heraus. Wahrscheinlich war Priziac direkt von der Brauerei hergekommen. Dann hätte er viel Zeit alleine gehabt. Warum waren sie nicht früher auf diese Idee gekommen?

Dupin parkte den Citroën direkt vor dem geschlossenen hohen Tor. Riwal, immer noch unmittelbar hinter ihm, hielt ebenfalls, zeitgleich sprangen sie aus ihren Wagen.

Das Tor war nicht verschlossen.

Im nächsten Moment befanden sie sich in dem weitläufigen Park. Und wären dem Apotheker beinahe in die Arme gelaufen, der gerade aus dem Haus kam, auch er schien in Eile.

Priziac erstarrte, für einen Augenblick schien er fassungslos. Seine Gesichtszüge verrieten tiefe Irritation, die sonst streng geglätteten Haare waren zerzaust.

»Was haben Sie hier zu suchen?«

»Die Frage geht eindeutig an Sie«, Dupin hatte sich bedrohlich nah vor Priziac aufgebaut. »Was haben Sie in Luzels Haus verloren?«

In den Augen des Apothekers blitzte blanke Wut auf.

»Ich habe eben einen Freund verloren, ich …«

»Was wollten Sie in seinem Haus? Was haben Sie gesucht?«

Dupin hatte keine Lust auf Spielchen.

»Ich wollte Abschied nehmen von …«

Es war absurd. Er machte sich unverhohlen über sie lustig.

»Wie sind Sie in das Haus gelangt, Monsieur Priziac? Mit dem Schlüssel Ihres Freundes, vermute ich.«

»Es stand offen. Jodoc hat es selten abgeschlossen, das tun die Menschen hier allgemein selten, das sollten Sie eigentlich wissen, Commissaire. – Es steht auch jetzt offen.«

»Das glauben Sie doch selbst nicht.«

Dupin konzentrierte sich entschlossen auf das Wichtigste: »Wir wissen von dem Zerwürfnis zwischen Ihnen dreien. – Wir wissen, dass Luzel sich einen Anwalt genommen hat, um gegen Sie vorzugehen.«

Priziac fuhr zusammen. Doch sofort fing er sich wieder.

»Ach«, ein bemüht sarkastischer Tonfall, »Sie meinen unsere kleinen Meinungsverschiedenheiten hinsichtlich der Anteile bei *Rêves Maritimes?* Das ist doch lächerlich, junger Mann! Wir waren Geschäftspartner. Echte Geschäftspartner. – Es war nicht das erste Mal, dass wir unterschiedliche Ansichten hatten.«

»Kleine Meinungsverschiedenheiten?« Jetzt war es Riwal, der entgeistert war. »So nennen Sie zwei Morde und einen Anschlag, der …«

Ein lautes, aufgesetztes Lachen.

»Ach daher weht der Wind, ich verstehe. Und Sie glauben also …«

»Sie behaupten, Sie wussten, dass Ihr Freund und Geschäftspartner juristisch gegen Sie vorgehen wollte?«

»Er hat sich einen Anwalt genommen – ja und? Jodoc wollte das Geschäft alleine machen, wir wollten dem nicht zustimmen. – Eine echte Differenz, ja.« Er wurde ernst. »So ist das eben manchmal. Und ja, es hätte durchaus sein können, dass es am Ende zu einer gerichtlichen Auseinandersetzung gekommen wäre. Aber dem wäre ja zwangsläufig auch eine Einigung gefolgt! Wir hätten«, der Zynismus war nicht zu überbieten, »alle gewusst, wie die Rechtsprechung es sieht. – Ja, Jodoc hat uns gesagt, dass er so weit gehen würde. Er …«

Dupin unterbrach ihn: »Ich wiederhole: Jodoc Luzel hat Ihnen offen mitgeteilt, dass er juristisch gegen Sie vorgehen würde?«

»Was natürlich keine schöne Vorstellung war, beileibe nicht – aber auch kein Beinbruch. Wenn Freunde gemeinsan Geschäfte machen, müssen sie in der Lage sein, mit komplizierten Situationen umzugehen. – Und glauben Sie mir, das waren wir! Jodoc selbst war es, der vorgestern Abend zu unserem Treffen bei mir auf der Terrasse drei hervorragende Flaschen *Château Margaux 2005* mitgebracht hat, wir saßen lange beisammen – klingt das nach einem Zerwürfnis, Commissaire?« Es war eine seltsame Vorstellung, Dupin hatte die Liegestühle, auf denen die drei Männer es sich bequem gemacht hatten, drei Männer, von denen zwei jetzt tot waren, gestern noch gesehen. Priziac senkte die Stimme. »Nicht, dass Sie sich falsche Vorstellungen machen: Pierre und ich haben uns natürlich auch längst mit unseren Anwälten beraten.«

Wenn es so gewesen war, wie er es schilderte – und möglich war bei diesem Trio alles –, dann löste sich die Geschichte, die eben noch brisant genug schien, alles zu erklären, in Luft auf.

»Können Sie irgendetwas davon beweisen?«

»Dass er es uns gesagt hat?«

»Exakt.«

»Hat er es nicht seinem Anwalt erzählt? Diesem Meheut?« Priziac schnaubte herablassend. »Wenn nicht, ja, dann wird es natürlich schwer für mich. Jetzt – da …« Er brach ab, so, als wäre ihm ein neuer Einfall gekommen. »Ganz im Ernst. Glauben Sie mir, Commissaire, als wir drei gesprochen haben, sind wir der Lösung unseres Problems schon sehr nahe gekommen. Wir hatten sie noch nicht, gebe ich zu, aber wir hätten sie bald gefunden. Ganz ohne Anwälte.«

Warum hatte er das nicht gerade schon gesagt? Hielt er sie zum Narren?

»Wie hätte diese Lösung ausgesehen?«, fragte Riwal scharf.

»Wir hätten ein wenig nachgegeben. Wenn auch nicht viel. Harten Positionen muss man mit harten Positionen begegnen, auch unter Freunden. Und dann und wann«, Priziacs Augen blitzten, »gibt man ein kleines Signal.«

»Und für diese Behauptung, dass Sie gestern einer Lösung des Konfliktes bereits ein Stück näher gekommen sind, gibt es natürlich auch keinen Zeugen, nehme ich an?«

Dupin glaubte Priziac kein Wort.

»Ich habe selbstverständlich keine Ahnung, was Jodoc seinem Anwalt erzählt hat. Ob sie nach unserem Treffen noch einmal telefoniert haben.«

Jeder Satz war die reine Provokation.

Der Anflug eines fiesen Lächelns zeigte sich auf Priziacs Gesicht. »Aber jetzt drehen wir den Spieß mal um, junger Mann. Wie finden Sie neben all diesen unsinnigen Fragereien überhaupt noch die Zeit, sich um den Anschlag auf unsere Firma zu kümmern? Und um die Morde an meinen beiden Freunden? – Wer, das wäre einmal ein Ansatz, hat uns diese anonyme E-Mail geschickt?«

Die letzten Sätze hatten das Fass zum Überlaufen gebracht, Dupins Stimme wurde immer leiser, kälter. »Wir machen es jetzt einfach so, Monsieur Priziac: Wir nehmen Sie fest. – Erst einmal vorläufig, dafür aber auf der Stelle.«

Dupin ließ den Satz einen Moment wirken und fügte dann hinzu: »Sie, Monsieur Brecan Priziac, werden des Mordes an Jodoc Luzel verdächtigt.«

Der Apotheker lachte empört auf.

»Ohne Haftbefehl? Das ist die reine Farce – und das wissen Sie. Ich habe von den – *unkonventionellen* Methoden des Commissaire Dupin bereits gehört, aber das ginge, vermute ich, selbst für Sie zu weit.«

»Machen Sie sich keine Sorgen. Der Haftbefehl wird jeden Moment da sein«, pokerte Dupin. »Und ich bräuchte ihn nicht einmal. Nicht für eine vorläufige Festnahme. In diesem Fall muss bloß ein akuter Verdacht vorliegen und akute Fluchtgefahr beispielsweise. Und beides ist gegeben, stelle ich hiermit fest.«

Priziac starrte ihn ungläubig an.

»Sie meinen es ernst.«

»Sie glauben gar nicht, wie ernst.«

Mehrere Autos näherten sich der Villa. Im nächsten Augenblick waren sie durch das offene Tor zu sehen: Nevou, Le Menn und die Spurensicherung.

»Ich frage Sie ein letztes Mal: Was haben Sie in Jodoc Luzels Haus gemacht? Es ist ohnehin vorbei – kooperieren Sie.«

Priziac holte ein Handy aus seiner Hosentasche. »Ich denke, ab sofort werden Sie nur noch mit meinem Anwalt sprechen.«

Ohne eine Reaktion Dupins abzuwarten, trat er ein paar Meter zur Seite.

Nevou und Le Menn eilten herbei.

»Lassen Sie Haus und Grundstück genauestens durchsuchen!«, empfing Dupin sie.

Riwal behielt den Apotheker im Blick, der im Garten auf und ab lief und telefonierte.

Le Menn sah Dupin – es kam selten vor – ratlos an: »Und wonach genau sollen wir uns auf dem Grundstück umschauen?«

»Vielleicht wollte Monsieur Priziac etwas verschwinden

lassen. Und hat es aus dem Haus gebracht, aber vor uns versteckt. Genug Zeit hätte er gehabt.«

»In Ordnung.«

Die Polizistin machte kehrt und ging zu den Kollegen der Spurensicherung, um die Instruktionen weiterzugeben.

Dupin wandte sich an Nevou: »Was ist mit den Alibis?«

»Im Prinzip hat keiner von ihnen ein wasserdichtes Alibi. Kein Einziger. – Ich gehe sie einmal durch, also Docteur Derrien ...«

Priziac kam zu ihnen und fiel der Polizistin rabiat ins Wort: »Mein Anwalt sagt, ich solle mich von Ihnen in keiner Weise beeindrucken lassen, deswegen werde ich nun in meine Apotheke fahren, Monsieur le Commissaire. Er wird sich bei Ihnen melden. – Au revoir.«

Schon steuerte er auf das Tor zu.

Riwal war auf dem Sprung, Dupin nickte ihm zu. Noch vor dem Tor fing der Inspektor den Apotheker ab.

»Sie werden mich unverzüglich aufs Kommissariat begleiten, das ist alles, was Sie im Augenblick tun werden, Monsieur Priziac«, belehrte Riwal ihn, ohne mit der Wimper zu zucken. »Rufen Sie Ihren Anwalt ruhig noch einmal an.«

»Ungeheuerlich! Sie machen sich der Freiheitsberaubung schuldig ...«

Dupin hatte sich abgewandt. Er hatte keine Lust, auch nur ein einziges weiteres Wort der nun folgenden Tirade zu hören.

Die Stimmung des Kommissars war von Minute zu Minute verdrießlicher geworden, während er sich in Luzels Haus umgesehen hatte.

Es war nichts, aber auch gar nichts Auffälliges festzustellen. Sie hatten zwar ein Netzgerät, aber kein Notebook gefunden – auch keine externen Datenträger, keine USB-Sticks –, ebenso wenig ein Handy. Auch hier bloß das Ladegerät. Wenn es Priziac gewesen war, der Notebook und Handy hatte verschwinden lassen, hätte er ausreichend Zeit gehabt. Am allerverdrießlichsten stimmte Dupin jedoch, dass sie zumindest in Erwägung ziehen mussten, dass Priziac gerade die Wahrheit gesagt hatte. Mehr oder weniger zumindest. Dass die drei Freunde offen mit dem Konflikt umgegangen waren. Wenn dem so wäre, ginge es vielleicht doch um externe Konkurrenz beim Jachtbau. Womit sich das Treffen mit Monsieur Malraux, dem Inhaber von *Dauphin*, das erst einmal auf Eis gelegt worden war, wieder ganz oben auf der To-do-Liste befände. Und wieder mit dieser Geschichte beschäftigt zu sein, hieße, und das war noch viel niederschmetternder: wieder mit dem Gefühl konfrontiert zu sein, dass nichts richtig zusammenpasste. Schon die Ereignisse in ihrer Reihenfolge nicht.

Dupin hatte das Haus verlassen und war durch den Garten Richtung Meer gelaufen. Wenn Priziac etwas aus dem Haus geholt hätte, um es loszuwerden, wäre das Meer ein passender Ort dafür gewesen.

Das Grundstück war durch einen hohen Zaun vom Strand getrennt, ein schmales Tor ermöglichte den Zutritt. Man hatte die Wahl: Abschnitte feinsten Sandstrandes oder hellgraue flache Granitfelsen, die sich wunderbar zum Liegen eigneten.

Dupin lief den Strand einmal auf und ab, mit besonderem Interesse für felsige Nischen und Untiefen. Natürlich entdeckte er nichts.

Er blieb neben einem größeren Felsen stehen.

Der Blick war phänomenal. Er reichte bis zum magischen

Archipel de Glénan, der heute unfassbar nah schien. Man sah die einzelnen Inseln, Penfret am genausten, den Leuchtturm, die grell blendende, karibisch anmutende Insel Saint-Nicolas. Es gab Tage, an denen das Meer optische Effekte wie ein Fernglas oder Teleobjektiv hervorrief. Und solche, an denen Nahes plötzlich weit entfernt schien. Wie in sensationellen Zaubertricks brachte das Meer – im Zusammenspiel mit Temperatur, Luftdruck, Luftfeuchtigkeit und Lichteinfall – Dinge zum Verschwinden und Wiederaufscheinen.

»Die Spurensicherung kommt gleich ebenfalls zum Strand herunter.«

Le Menn war neben Dupin getreten, er hatte sie nicht kommen hören.

»Sie haben leider immer noch nichts Interessantes entdeckt. Sie …«

Dupins Handy klingelte.

Nolwenn. Vielleicht hatte wenigstens sie gute Nachrichten.

»Ja?«

»Wir kriegen ihn nicht, Monsieur le Commissaire!« Nolwenn war empört. »Keine Chance.«

»Was meinen Sie?«

»Den Haftbefehl. – Gegen Priziac. Es war dem Haftrichter zu wenig, nicht einmal ich konnte ihn umstimmen. Und auch seine Frau nicht, eine gute Freundin von mir. Wie gesagt: keine Chance.«

In all den Jahren der Zusammenarbeit mit Nolwenn hatte er diese Worte nur sehr, sehr selten aus ihrem Mund gehört.

»Machen Sie sich keinen Kopf, Nolwenn. Ich weiß ehrlich gesagt nicht einmal, ob …«

Dupin brach ab. Er schaffte es im Augenblick nicht, seine Gedanken vernünftig zu ordnen. Er brauchte Zeit zum Nachdenken. Und Ruhe.

»Halten Sie den Apotheker schon gar nicht mehr für den Mörder?«

Dupin seufzte. »Ich weiß es nicht. Ich habe das Gefühl, wir stehen wieder ganz am Anfang.«

»Jetzt ist nicht die Zeit, zu resignieren, Monsieur le Commissaire. Wir müssen nur weiter konsequent den Spuren nachgehen, die wir schon haben.«

Dupin hatte begonnen, um den Felsen herum im Kreis zu laufen. Das klare Wasser ein paar Meter weiter funkelte smaragdfarben.

»Denken Sie mal an *Six cent soixante-deux!* Was die kleine Robbe zu bewältigen hat! Und das ganz alleine.«

Nolwenn fuhr schwere Geschütze auf.

»Was jetzt als Nächstes ansteht«, ihr Ton ging ins Pragmatische über, »ist das Treffen mit diesem Inhaber von *Dauphin.* Ich habe eben noch mal mit den Kollegen in La Rochelle gesprochen. Auf jeden Fall lässt sich eines jetzt schon sicher sagen: dass Malraux eine ausgeprägte cholerische Ader besitzt. Er hat wohl ein Riesentheater veranstaltet. Und auch seinen Anwalt eingeschaltet. Der wäre bei dem Treffen mit Riwal auf jeden Fall dabei. – Bleibt es dabei, dass der Inspektor alleine fährt?«

»Ja.«

»Gut. Dann organisiere ich alles. – Und ich sage Riwal, dass er Priziac laufen lassen muss. Bedauerlich.«

Nolwenn hatte aufgelegt.

Dupin stand wieder bei Le Menn. Gemeinsam setzten sie sich in Bewegung. »Also, wie war das mit den Alibis? Sie sagten, keiner hat ein wasserdichtes?«

»Evette Derrien hat heute ausgeschlafen, behauptete sie, alleine, bis zehn Uhr, dann gefrühstückt bis elf, auch alleine.«

Le Menn las die Notizen von ihrem Handy ab.

»Und was ist …« Dupin beendete den Satz nicht. Ihm war

etwas eingefallen. Daran hätte er eben schon denken sollen! Ohne eine weitere Erklärung griff er zu seinem Telefon.

»Monsieur le Commissaire, ja?«

»Nolwenn, ich will, dass sich jemand an den Apotheker dranhängt. Und ihn auf Schritt und Tritt verfolgt. Er kann es ruhig merken.«

»Ist bereits angewiesen, das macht Nevou. Sie bricht gerade auf.«

Er wusste wirklich nicht, was er ohne Nolwenn täte.

»Ich … Danke. Dann bis später.«

Le Menn setzte ihre Ausführungen fort.

»Der Bürgermeister hat heute zahlreiche Termine. Repräsentative Termine. Die ihm gerade angesichts der aktuellen Situation äußerst wichtig sind. Die ersten Veranstaltungen von *Été en Fête* sind übrigens ganz gut besucht. Wir Concarnesen lassen uns unsere Feste nicht so leicht verderben.«

Recht hatte sie.

»Also«, Le Menn besann sich wieder auf die Alibis, »der Bürgermeister war pünktlich um 8 Uhr 30 bei der feierlichen Eröffnung der *Édition 2018 des Vieilles Coques*.« Die jährliche Parade Dutzender prächtiger alter Holzboote, die aus der ganzen Bretagne kamen und begeistert gefeiert eins nach dem anderen in den Hafen einliefen.

»Um elf war er dann bei den *Chants des Marins*, dem berühmten Seemannschor, und hat da ebenfalls kurz begrüßt. – Er behauptet«, sie rollte genervt mit den Augen, »er sei bis exakt 9 Uhr 35 bei der Bootsparade gewesen, was wir bisher noch nicht nachprüfen konnten. Nur, dass er ohne Verspätung um elf beim Chor gewesen ist, wissen wir. Zwischen den beiden Ereignissen sei er kurz zu Hause gewesen, um sich umzuziehen. So seine Angaben. Das mit dem Umziehen stimmt wohl, er trug andere Kleidung bei der zweiten Veranstaltung.«

Gut, dass sie das gleich überprüft hatte.

»Wie lange er wirklich zu Hause war, ist ohne Zeugen schwer herauszufinden, seine Frau war unterwegs. – So oder so: Er hätte es in der Zwischenzeit locker zur Brauerei geschafft und wieder zurück.«

»Vollkommen richtig. – Mit ihm wollte ich ohnehin noch einmal sprechen.«

»Das können Sie zum Beispiel um 14 Uhr 30 bei der großen *Poissonnade* auf dem Parkplatz vor der Fischauktionshalle, da wird er eine Rede halten. *Die Fischerei: Concarneaus Vergangenheit, Gegenwart und Zukunft!* lautet das Thema.«

Dupin kannte die wichtigsten Fischsorten der Blauen Stadt mittlerweile alle, er hatte sie unter Nolwenns und Riwals strenger Ägide auswendig lernen müssen: Schellfisch, Seehecht, Sardine, Seeteufel, Langustine und Thunfisch.

»Eine gute Gelegenheit also, den Bürgermeister abzupassen«, fügte Le Menn hinzu.

Dupin warf einen Blick auf die Uhr. Es war 13 Uhr 35. Er hätte noch fünfundfünfzig Minuten. Das käme gut hin.

»Gut. – Und die anderen Personen?«

»Madame Chaboseau war alleine zu Hause, sagt sie. Die ganze Zeit. Bis ihr Sohn und dann Sie kamen. – Es gebe nach dem Tod ihres Mannes ›einiges zu tun‹.«

So war es immer: Mit dem Tod begann die Administration.

»Und Félix Chaboseau ist nach eigenen Angaben gegen 9 Uhr 25 zu Hause aufgebrochen. Seine Frau hat es uns bestätigt. – Sieren Cléac war seit heute Morgen um sieben Uhr in der *Conserverie,* schon eine halbe Stunde, bevor Sie da waren. Sie hat ihren Arbeitsplatz wohl gerade eben erst verlassen. Hier gilt nach wie vor: dass sie aus ihrem Büro jederzeit unbemerkt für einige Zeit weggekonnt hätte.« Eine kurze Pause. »Und das war es. – Sie sind also alle noch im Rennen.«

»Ich muss ein bisschen nachdenken, Le Menn, ich brauche etwas Zeit.«

»Verstehe.« Die junge Polizistin blieb souverän.

»Um 14 Uhr 30 werde ich pünktlich bei der *Poissonnade* sein.«

»Soll ich Sie dorthin begleiten?«

»Ich ... Gerne, ja.«

»Bis gleich dann.«

»Eine Frage noch, Le Menn«, Dupin fuhr sich durch die Haare, »haben Sie den *Gelben Hund* gelesen?«

»In der Schule bereits. Ich bin hier geboren.«

»Erinnern Sie sich an die Handlung?«

»Nur vage, ehrlich gesagt.«

»Was für Verbrechen haben diese drei mächtigen Männer eigentlich begangen? Riwal sagte etwas davon, dass sie Schwerstkriminelle gewesen seien.«

»Sie haben einen jungen Mann ins Verderben geschickt. Sie haben ihn nach Amerika segeln lassen, mit verbotener Ware, glaube ich. Es ging um Schmuggel. Oder Drogen. Ich weiß es nicht mehr. Auf alle Fälle kommt er irgendwie zurück, und dann geht es um Rache oder so. Man müsste es noch mal lesen. Es ist lange her.«

Drei Männer der Spurensicherung waren aufgetaucht, sie suchten den Strand ab, die Blicke gen Boden gerichtet.

Dupin setzte sich in Bewegung. Er würde am Meer entlanggehen und über den Strandweg zu seinem Wagen gelangen.

Es war einer von Dupins – zugegebenermaßen vielen – Lieblingsorten in Concarneau. Wobei diese Vielzahl keineswegs in der Wahllosigkeit Dupin'scher Begeisterungsfähigkeit begründet lag, sondern lediglich der objektiv sehr großen Anzahl an außergewöhnlichen Orten der Gegend geschuldet war – was natürlich am Ende hieß: der gesamten Bretagne.

Wann immer er in der Nähe war, kam er hierher. Manchmal auch mittags, mit einem Sandwich von Jean-Yves oder einer Speckquiche von Maurite aus den Markthallen. Es war der ideale Ort, um ungestört nachzudenken. Genau das, was er jetzt brauchte. Kein Mensch war weit und breit zu sehen, auch heute an diesem traumhaften Frühsommersamstag nicht. Es war eine spontane Entscheidung gewesen, hierherzukommen, an den kleinen wilden Strand, der nur ein paar Hundert Meter von Luzels Haus entfernt lag. Er wurde von zwei Landzungen eingefasst, eine betörend schöne Landschaft, eine Szenerie wie für einen Maler.

Man blickte auf das gegenüberliegende Ufer, einen alten Weiler namens Pouldohan, dann über den langen Naturstrand bis Trévignon. Im flachen Wasser waren die von den Sonnenstrahlen geschaffenen tanzenden Muster auf dem Meeresboden zu sehen, die Dupin so mochte.

Man konnte über die Felsen am Rand bis zum nächsten kleinen Strand laufen und von dort weiter bis zu den Sandbänken an der Mündung des Meeresarmes.

Dupin hatte die erste Sandbank beinahe erreicht und kletterte über besonders zerklüftete Felsen, ein paarmal wäre er fast gestolpert. Was vor allem daran lag, dass er beim Laufen in seinem Notizheft blätterte. Er hätte sich einfach auf einen der Felsen setzen können, aber nichts half ihm beim Denken so sehr wie das Gehen. Die Bewegung war schon immer sein Element gewesen, erst recht, seitdem Claire ihm nach der Lektüre eines ihrer Wissenschaftsmagazine erörtert hatte, dass die Zeit für etwas oder jemanden in Bewegung langsamer verging als für bewegungslose Dinge oder Menschen. Dass er also beim Spazierengehen oder Joggen sogar Zeit gewann. An die genaue Herleitung des Phänomens konnte er sich nicht mehr erinnern. Aber die Essenz hatte er sich gemerkt.

Sein Telefon klingelte. In der Stille klang es noch viel lauter.

Es war Riwal.

»Ich wollte nur sagen, dass ich schon unterwegs bin. Es ist alles organisiert. – Ach ja, und ich habe den Apotheker laufen lassen, saublöde Sache. Er ist jetzt zu seiner Filiale unterwegs.«

Der winzige Moment der Unachtsamkeit beim Annehmen des Gesprächs hatte gereicht, um in eines der vielen kleinen Wasserbecken zu treten. Dupins rechter Fuß war augenblicklich nass.

»Sonst noch etwas, Riwal?«

»Nein.«

Das hatte sich ja richtig gelohnt.

»Wann treffen Sie diesen Malraux?«

»Um siebzehn Uhr. Mal sehen, wie ich durchkomme. – Gerade haben sie im Radio übrigens gesagt, dass *Six cent soixante-deux* sich in der Nähe von Limerick befindet. Sogar ein Stück darüber, sie …«

»Wir sprechen später wieder, Riwal.«

Das konnte kein Zufall sein – die Robbe, Nolwenn und Riwal hatten sich abgesprochen …

Dupin brauchte jetzt seine Ruhe.

»Gut, Chef, dann bis gleich.«

Dupin hatte die Sandbank erreicht.

»Georges!«

Er fuhr zusammen. Eine Stimme. Von der Seite.

»Ein kleiner Spaziergang zur Entspannung?«

Claires Mutter war hinter einem Felsen aufgetaucht und kam nun über die Sandbank auf ihn zu. Jetzt sah er auch Claire und ihren Vater, die – ins Gespräch vertieft – linker Hand an den Felsen entlangschlenderten.

Es durfte nicht wahr sein.

»Ich muss sagen«, sie war jetzt bei ihm, »ihr habt es gut bei der Polizei.«

Der nächste laut gerufene Satz war an Claire und ihren Mann adressiert: »Schaut mal, wer hier gemütlich spazieren geht!«

Claire und ihr Vater drehten sich um und kamen auf sie zu.

»Wir haben dort drüben«, Dupin deutete in die Richtung, in der Luzels Villa lag, »gerade ein Haus durchsucht – nach einem weiteren Mord. Wir befinden uns mitten in einem Einsatz, Hélène, wir …«

»Ich verstehe. – Knochenarbeit.« Sie zwinkerte ihm zu.

»Und was macht ihr hier?«, versuchte Dupin dem Gespräch eine andere Wendung zu geben.

»Claire zeigt uns die schönsten Fleckchen der Gegend. Zu schade, dass du nicht dabei sein kannst.«

»Und wie gefällt es euch?«

»Es ist natürlich nicht die Normandie, aber auch ganz hübsch.«

Claire und ihr Vater hatten sie inzwischen erreicht.

Würde sie jemand so sehen, wie sie zu viert hier standen, würde er denken: eine entspannte Gruppe Urlauber, die den bretonischen Frühsommer und die atemberaubende Schönheit der Landschaft genoss. Das Licht, das Farbenfest aus Grün- und Blautönen des Meeres und die siebenundzwanzig, achtundzwanzig Grad, die es mittlerweile waren.

»Wart ihr beim Haus des ermordeten Weinhändlers?« Claire klang ernst. »Wir haben es im Radio gehört.«

»Man hört ja ganz Widersprüchliches: dass ihr kurz vor der Verhaftung des Täters steht und dann wieder, dass ihr eigentlich überhaupt keine Spur habt«, ergänzte Claires Mutter.

»Das trifft es ganz gut.« Dupin bemühte sich, nicht zu zerknirscht zu klingen. »Beides, meine ich.«

»Vielleicht täten der Untersuchung ein paar Pausen weniger ganz gut.«

Es hatte freundlich geklungen.

»Aber Hélène, das hatten wir doch schon. Er denkt nach! Ein Kommissar muss nachdenken, das ist wichtig«, sprang ihm Claires Vater ein weiteres Mal unbeholfen bei.

Claire versuchte die Situation zu retten: »Wir lassen dich hier mal weiter…«, ein kurzes, ganz unnötiges Zögern, fand Dupin, »…arbeiten. Los, kommt«, sie wandte sich an ihre Eltern.

»Dann bis später, Georges. Schnappt euch den Täter!« Hélène lachte fröhlich. »Das wollte ich schon immer mal sagen …«

Mit diesen Worten hatte sie sich umgedreht und schloss zu ihrer Tochter und ihrem Mann auf.

Einen Moment später stand Dupin wieder alleine auf der imposanten Sandbank. Er sah auf die Uhr. Das war es gewesen mit dem ruhigen Nachdenken. Er musste los.

Der verlockende Duft der auf riesigen Holzkohlegrills zubereiteten Thunfischsteaks, Sardinen und Makrelen zog über den gesamten Parkplatz. Himmlisch. Dem Kommissar lief das Wasser im Munde zusammen.

Die stattlichen Grillstände auf dem *Quai Carnot* waren in L-Form angeordnet. Um sie herum Dutzende Biertische und Bänke. Von mehreren Seiten war Livemusik zu hören.

Der engagierte Appell des Bürgermeisters schien seine Wirkung getan zu haben: Die Concarnesen ließen sich die Feierlaune ebenso wenig verderben wie die Besucher von außerhalb. Es herrschte reger Betrieb, sie waren in Scharen gekommen.

Es war 14 Uhr 27. Vom Bürgermeister keine Spur, das Podest für seine Ansprache – Dupin stand ein paar Meter entfernt – war noch leer. Auch Le Menn war noch nicht aufgetaucht.

Dupin zögerte. Auf der Fahrt von Le Cabellou hierher hatte er eine Idee gehabt. Eigentlich hatte er sie bereits wieder verworfen, jetzt aber bot sich die Gelegenheit. Es war nur ein Katzensprung. Er würde – ganz kurz – bei Amélia und Alain im Presseladen vorbeischauen.

Nur wenig später betrat er den Laden.

Alain stand an der Kasse und winkte ihm zu. Dupin zögerte einen Augenblick, dann ging er entschieden an die Kasse und griff nach einem der dort präsentierten Taschenbücher. Auf dem Titelbild war das Meer zu sehen, eine Kaimauer, ein kleinerer Leuchtturm, ein heller Himmel mit ein paar dunkel dräuenden Wolken. Ein stimmungsvolles Foto in Schwarz-Weiß. Am rechten Rand, scherenschnittartig: ein großer knallgelber Hund. In großen Lettern: »Georges Simenon. Le chien jaune«.

»Einer seiner besten Fälle«, sagte Alain anerkennend, offenbar fand er die Situation kein bisschen sonderbar. Er gab auf die zehn Euro zurück, die Dupin ihm hingehalten hatte, es war ein dünner Band.

»Bis bald, Alain.«

»Bon courage, Georges.«

Schon war Dupin wieder aus dem Laden. Das Taschenbuch steckte er in die hintere Hosentasche.

Die Rede des Bürgermeisters hatte bereits begonnen. Nur ein kleiner Teil der *Poissonnade*-Besucher interessierte sich für die Ansprache. Die meisten wendeten sich unbeirrt den kulinarischen Köstlichkeiten zu. Dennoch, ungefähr zwanzig, dreißig Menschen umringten nun das Podest. Dupin entdeckte Le Menn, sie stand neben dem Grill mit den großen Thunfischsteaks.

»Er wird nicht lange reden, zehn Minuten, hat er gemeint. Dann können wir mit ihm sprechen«, sagte sie statt einer Begrüßung.

Dupin nickte.

»Nevou hat sich gemeldet. Sie hat sich vor der Apotheke positioniert. Noch ist Priziac nicht aufgetaucht.«

»Im Zweifelsfall soll sie ihn unter irgendeinem Vorwand anrufen und herausbekommen, wo er sich aufhält.«

»Sag ich ihr.«

Der Bürgermeister präsentierte sich souverän, auch wenn seine Ansprache nicht ohne die üblichen Floskeln auskam. »Ohne die Fischerei und unsere Fischer gäbe es die Stadt nicht. Sie ist unsere Vergangenheit, sie ist unsere Gegenwart – und«, eine pathetische Verzögerung, »unsere Zukunft.« Aber er wurde auch konkreter: »Unsere Fischer präsentieren Ihnen hier und heute bloß eine kleine Auswahl der Fische, die tagtäglich in unserem Hafen ankommen. Zurzeit sind es um die siebzig Arten, die hier umgeschlagen werden. Damit sind wir der neuntgrößte Fischereihafen Frankreichs, in den Auktionshallen werden jährlich achttausend Tonnen Fisch verkauft, rund hundert Fischerboote sind hier registriert, rund achthundert Fischer. Das nenne ich eine ansehnliche Flotte.«

Was er verschwieg: Es waren einmal deutlich mehr gewesen. »Vom neun Meter langen Küstenfischerboot mit Netzen bis zum achtzig Meter langen Thunfischfänger«, er bemühte sich um Pathos, »alle Boote sind von besonderer Bedeutung für unsere Stadt, wie Sie wissen, historisch gesehen selbstverständlich waren die Sardine und der Thunfisch wichtig! So lege ich Ihnen diese zur Verkostung heute besonders ans Herz. Thunfisch, *Fleur de Sel,* Pfeffer, Zitrone und Olivenöl. Und gegrillte Sardinen mit *Piment du Léon.* Die Bretagne hat nämlich nun auch ihr eigenes *Piment d'Espelette.*« Natürlich, eines der französischen Basisgewürze, das geschützte Piment aus dem Süden Frankreichs, gab es ebenso in der bretonischen Variante. Kireg machte seine Sache auch als Verkäufer gut, Dupin war erneut das Wasser im Munde zusammengelaufen. »Ich will natürlich nicht versäumen, Sie auf die Stände der sechs in Concarneau ansässigen *Conserveries* aufmerksam zu machen: unsere größte, *Courtin,* mit ihrem formidablen Neubau, dann *Gonidec* und *Goullien* sowie *Délices de la Mer*«, Chaboseaus Investition, »*Fête de la Mer* und *JB Océane* von Jean Burel. Der gerade eine neue Fabrik baut, die Sie sich unbedingt einmal ansehen sollten!«

Dupin kannte Jean Burel und seine wunderbaren Rezepte, vor allem die *Bisque de Homard,* eine köstliche Hummersuppe mit Gemüse, Kartoffeln, exotischen Gewürzen und einem Schuss Cognac; der Chef der *Conserverie* war gelernter Koch und hatte dann selbst über zwanzig Jahre die Weltmeere befahren, um sich schließlich in Concarneau selbständig zu machen.

Es folgte ein historischer Exkurs über die Fischkonservefabriken. Die Rede würde sich noch etwas hinziehen, Dupin glaubte nicht an die zehn Minuten.

»Vielleicht ziehen wir uns gleich mit Kireg oben ins *Le*

Chantier zurück. Einer der Räume dort ist noch ganz leer«, schlug Le Menn vor.

Direkt neben der heutigen Auktionshalle war – inmitten des Fischereihafens – ein moderner Nachbau der alten Hallen entstanden, architektonisch sehr gelungen. Darin befanden sich ein exzellenter Fischhändler und ein neues Restaurant mit famosem Blick auf das Hafenbecken und die *Ville Close.* Wo Claire mit ihren Eltern heute zu Mittag gegessen hatte. Es hatte erst vor ein paar Wochen eröffnet, Claire und Dupin hatten es bereits einmal »getestet« – und für gut befunden. Dupin erinnerte sich an einen leeren Nebenraum des Restaurants im ersten Stock, der vermutlich bald schon ein Ort großer Feiern und Gesellschaften sein würde.

»In Ordnung.« Ein Volksfest war in der Tat nicht der richtige Ort für eine solche Unterredung.

Dupin hatte sich unversehens an einen der Männer hinter dem Grill gewandt, es ging nicht anders. »Ich nehme eins, bitte.«

Le Menn blickte ihn fragend an.

»Möchten Sie auch eins?«

Sie nickte.

»Dann zwei bitte!«

Umgehend befanden sie sich an einem der Stehtische, vor ihnen je ein Pappteller mit einem imposanten Stück Thunfisch darauf. Dupin nahm einen Bissen. Der Geschmack war so fantastisch wie der Duft. Außen scharf gegrillt, innen noch rot und roh, fest und zart zugleich, man schmeckte das Meer, das *Fleur de Sel,* die Zitrone.

Le Menn stupste ihn in die Seite, als er gerade einen weiteren Bissen nehmen wollte. »Schauen Sie, dort! – Halb rechts.«

Dupin sah sofort, was sie meinte. Wen sie meinte.

Evette Derrien befand sich in der Menge der Zuhörer.

Dupin stellte den Teller ab, im Handumdrehen war er bei ihr.

»Docteur Derrien. Was für eine Überraschung. – Eine Anhängerin des Bürgermeisters?«

Sie lächelte ihn an, das offene Lächeln, das er bereits vom Vortag kannte. Sie trug ein weites blaues Kleid mit einem weißen Kragen, dazu blaue Leinenturnschuhe, schick und leger zugleich.

»Monsieur le Commissaire – bonjour.«

Auf seine Frage, so viel war klar, würde sie nicht eingehen.

»Sie scheinen ja einiges mit Kler Kireg zu teilen, die Leidenschaft für Stadtfeste, für das Surfen und jetzt auch den Vorstandsvorsitz in diesem Surfverein. Der, nehme ich an, sehr regelmäßige Treffen verlangt.«

»Die Bretagne könnte noch so viel mehr in Hinblick auf das Surfen tun, bei den fabelhaften Wellen. – Da lohnt sich das Engagement.«

»Wussten Sie von den schweren Verwerfungen zwischen dem Bürgermeister und Chaboseau?«

»Wegen der Brauerei?«

»Genau.«

Der Bürgermeister, Dupin hatte es mit einem Ohr mitbekommen, war in seinem Vortrag inzwischen irgendwie auf die Malerei gekommen – dass die Fischerei ein großes Sujet der Maler gewesen sei.

»Ich habe mal davon gehört. – Aber wie gesagt, Docteur Chaboseau und ich hatten«, sie sprach freundlich und zugewandt, »keinen persönlichen Kontakt. – Um auf Ihre Frage zurückzukommen: Bisher hat sich durch die gemeinsame Vorstandsarbeit von Monsieur Kireg und mir ebenso kein persönlicher Kontakt ergeben. Wir wollten uns nächste oder übernächste Woche verabreden, um die wichtigsten Vereinsanliegen zu besprechen, wir haben nicht einmal das bislang geschafft.« Sie erzählte alles mit entwaffnender Offenheit.

Es gab noch einen Punkt, der Dupin interessierte: »Ich habe gehört, Madame Chaboseau war entschieden gegen eine frühere Übergabe der gesamten Praxis an Sie.«

Eine von Dupins liebsten Methoden: Sätze einfach so in den Raum zu stellen. Und sie für sich wirken zu lassen. Kaum etwas machte Menschen so nervös.

»Davon weiß ich nichts. Ich habe kein einziges Mal persönlich mit ihr zu tun gehabt.«

Sie lächelte so offen und entspannt wie zuvor.

Auf einmal war ein müdes Klatschen zu hören, lediglich zwei junge Männer, sicher Bedienstete, strengten sich an, enthusiastisch zu wirken. Und schon trat der Bürgermeister vom Podest.

Jetzt war der Moment, ihn sich zu schnappen.

»Ich muss leider los, Madame Derrien. – Einen schönen Tag noch.«

Auch das unvermutete Ende des Gespräches vermochte die junge Ärztin nicht zu verwirren – ihre einzige Reaktion war ein abermaliges Lächeln.

Sie hatten sich in den leeren Raum des *Le Chantier* zurückgezogen, Le Menn hatte den Besitzer gefragt, ob sie ihn kurz nutzen dürften. Anthrazit melierter Teppichboden, die Wände weiß und blau gestrichen, ein ausladender Balkon Richtung Hafenbecken. Sie hatten sich vor die großen Fenster gestellt.

Dupin kam direkt zur Sache. »Der Konflikt zwischen Ihnen und den Inhabern von *Roi Gradlon* war viel schärfer, als

Sie es uns berichtet haben, Monsieur Kireg. Sie haben sich dazu sogar extra mit Pierre Chaboseau getroffen. – Auch davon haben Sie uns nichts erzählt. Chaboseau hat bei diesem Treffen gedroht, die Brauerei aus der Stadt abzuziehen. Und nicht bloß die Brauerei.«

Kiregs Gesicht hatte sich unwillkürlich verzogen und an Farbe verloren, ein ängstliches Erstaunen war in den Augen des Mannes zu sehen, der sich so gerne dynamisch und souverän gab. Ein Grund für Dupin, nachzulegen.

»Was Sie selbstredend in hohem Maße verdächtig werden lässt. Es gibt bislang zwei Tote. Beide waren Inhaber der Brauerei *Roi Gradlon*.« So formuliert, klang es tatsächlich gewichtig.

Kireg schluckte. Seine sonst so nonchalante Art war wie weggeblasen. Dupin hatte nicht damit gerechnet, ihn derart schnell aus der Reserve locken zu können.

»Es ist besser, Sie erzählen uns die Wahrheit«, schaltete sich Le Menn ein.

Kireg schaute abwechselnd von einem zum anderen.

»Raus mit der Sprache!«

Der Bürgermeister zögerte immer noch, ein letzter Blick zu Dupin. »Ich habe mich mit Pierre Chaboseau auch noch ein zweites Mal getroffen, zwei Tage später. Ich habe«, er stockte, »ich habe mich mit ihm geeinigt.«

Mit dem letzten Satz hatte sich Kireg bemüht, Festigkeit in Stimme und Haltung zurückzugewinnen.

»Was soll das heißen?«, fragte Dupin scharf.

»Ich werde in der nächsten Woche im Stadtrat den Vorschlag unterbreiten, auf absehbare Zeit keine weiteren Brauerei-Lizenzen zu vergeben. Und ich denke, ich – verfüge bereits über die nötige Mehrheit.«

Dupin hatte etwas anderes erwartet, vielleicht nicht

unbedingt direkt ein Geständnis, aber doch etwas deutlich anderes. Zumindest eine Geschichte, die von einer weiteren Verschärfung des Konfliktes handelte, nicht von dessen Beilegung.

»Und warum«, fragte Le Menn, »ist Ihnen das so unangenehm? – Sie sind einen Deal eingegangen, habe ich recht?«

»Ich ... Es geht – es geht um unbedingt notwendige Arbeiten an den hinteren Mauern und Türmen der Festung auf der *Ville Close.* Die Stadt kann Summen dieser Höhe nicht alleine aufbringen, es gibt einen Verein, und Pierre Chaboseau hat zugesagt, den Verein mit einer großzügigen Spende zu bedenken.«

»Das ist Bestechung«, entgegnete Le Menn kühl.

Kireg warf ihr einen bösen Blick zu.

»Das ist Politik. Überall auf der Welt. Und völlig legal, ich ...«

»Danke, Monsieur Kireg, das reicht uns.«

Wenn es stimmte, was der Bürgermeister gerade gestanden hatte, würde ihnen auch das Brauerei-Thema keine Motive liefern.

»Wie ist Ihre Beziehung zu Docteur Derrien?«

»Meine Beziehung zu Docteur Derrien?«

»Wie weit geht diese Beziehung?« Dupin war froh, dass Le Menn ihm die Frage abnahm.

»Sie meinen, ob wir – eine Affäre haben?«, fragte der Bürgermeister sichtlich entgeistert.

»Genau das«, bestätigte die Polizistin.

»Nein!« Der Bürgermeister wirkte nun aufrichtig verzweifelt. »Wie kommen Sie darauf? Wir haben überhaupt keinen persönlichen Kontakt.«

Dupin musste zugeben, dass es im Augenblick keinen Hinweis darauf gab. Und selbst wenn? Es wären zwei Menschen, die beide einen Konflikt mit Chaboseau gehabt hätten, ja, aber ergäbe sich daraus wirklich die dramatische Geschichte, die zu zwei Morden geführt hatte?

»Gut. Dann überlassen wir Sie jetzt Ihrer nächsten Verpflichtung.«

Le Menn – die ohne Zweifel erwartet hatte, dass Dupin weiter nachsetzen würde – warf dem Kommissar einen verdutzten Blick zu.

»Gehen wir.«

Schon war Dupin auf der Treppe und kurz darauf zurück im Trubel der *Poissonnade.*

»Was haben Sie vor?« Le Menn hatte ihn eingeholt.

»Ich will nur kurz etwas überprüfen.«

Er hatte den Stand von *Fête de la Mer* entdeckt.

Und auch: Sieren Cléac.

Le Menn hatte Dupins suchenden Blick bemerkt. Im nächsten Moment waren sie an Cléacs Stand. Chaboseaus Firma, *Délices de la Mer,* hatte ihren Stand direkt nebenan. Allerdings kannte Dupin keinen der Mitarbeiter.

Sieren Cléac stand an der Seite und sortierte sichtlich konzentriert einen Stapel größerer Sardinengläser.

»Haben Sie alle Sardinen verarbeitet?«

Sie fuhr herum. Sie trug Jeans und eine luftige schwarze Hemdbluse, die dunkelblonden Haare hatte sie hochgesteckt.

»Oh, Monsieur le Commissaire – so sieht man sich wieder. Ich bin gerade erst eingetroffen. – Wir sind noch längst nicht fertig mit den Sardinen, nein. Aber das Fest ist auch sehr wichtig für uns, hier verkauft man gut.« Sie lächelte, dann wurden ihre Züge ernst. »Schrecklich, dass es kurz nach unserem Treffen einen weiteren Mord gegeben hat. Ich muss schon den ganzen Tag daran denken.«

»Ist Ihnen – noch etwas eingefallen, das uns helfen könnte, Madame Cléac – seit heute Morgen, meine ich?«

Sie sah den Kommissar ebenso erstaunt an wie die junge Polizistin.

»Mir?« Sie schien nicht zu wissen, was sie sagen sollte. »Nein.« Sie schüttelte energisch den Kopf.

»Dann wünsche ich viel Erfolg. – Mit dem Verkauf heute, meine ich. Und mit den restlichen Sardinen.«

»Ich … Ihnen auch – Ihnen auch viel Erfolg, Monsieur le Commissaire.«

Dupin verließ den Stand, Le Menn folgte dicht hinter ihm. Den Kommissar hatte schon bei den ersten Worten des Gespräches das gleiche niederschmetternde Gefühl eingeholt wie zuvor mit Derrien und dem Bürgermeister. Er könnte noch ein Dutzend Mal mit allen sprechen und würde nichts erfahren, was sie irgendwie weiterbrachte. Sie waren an einem toten Punkt der Ermittlungen angelangt.

»Verdammt.«

Sein gesamter Verdruss hatte in diesem Wort gelegen. Le Menn schaute ihn beunruhigt an.

Dupin schlängelte sich durch die Menschenmenge, wummernde Bässe in den Ohren; erst knapp vor der Kante des Hafenbeckens blieb er stehen.

»Ich muss …« Er brach ab. Setzte erneut an. »Ich muss noch ein paar Dinge erledigen. Anrufe und so.«

»Natürlich.« Le Menn verstand. »Ich gehe derweil ins Kommissariat, zu Nolwenn.«

»Sehr gute Idee.«

Vielleicht hatte Nolwenn doch noch irgendetwas herausgefunden. Bis sie etwas von Riwal wegen *Dauphin* hörten, würde es noch dauern. Dupin hatte eine Idee, wie er die Zeit überbrücken würde.

»Bis später dann, Commissaire.«

»Bis später.«

Er war sich sehr wohl darüber im Klaren, dass es kurios anmuten musste. Er war ein gestandener Kommissar, der mit der dringlichen Aufklärung zweier brutaler Morde und eines Anschlags mit vier Verletzten befasst war, der sich also inmitten einer äußerst vertrackten Untersuchung befand. Die ganze Stadt, vermutlich mittlerweile sogar die ganze Bretagne, blickte auf die Polizei von Concarneau. Und was tat der leitende Kommissar?

Es saß auf einer Bank und las.

Dupin war es für gewöhnlich gleichgültig, was andere über eventuell seltsam anmutende, unorthodoxe Aktionen während seiner Ermittlungen dachten. Es war nur nicht leicht gewesen, den richtigen Ort zu finden. Einen Ort ohne Menschen, der zentral gelegen war, damit er schnell genug präsent wäre, falls es neue Entwicklungen gäbe.

Der Kommissar war schließlich auf den kleinen Park hinter der Kirche in der *Ville Close* gekommen, ein verstecktes Kleinod mit einer ganz besonderen Stimmung, der perfekte Ort für sein Vorhaben. Mochte auf der Rue Vauban, der Hauptstraße der *Ville Close,* die Hölle los sein, sogar noch bis zu ihrem Ende am Place Saint-Guénolé – so wurde es plötzlich leer, wenn man Richtung Kirche und Park ging. Und die wenigen, die doch in diesen Teil der Festung gelangten, spazierten üblicherweise oben auf der mächtigen Festungsmauer, um den sensationellen Blick über die Stadt und die Bucht zu erhaschen.

Dupin hatte sofort eine ganz bestimmte Bank im Blick gehabt, seine Lieblingsbank gewissermaßen, unter großen, eleganten Kastanien. Der letzte Anstrich der Bank lag lange zurück, das Weiß blätterte ab, eine Bank mit Patina, Geschichte und Seele. Die tiefen Äste und Blätter der Bäume verdeckten sie beinahe. Neben der Bank wucherte ein prachtvoller

Rhododendron, nicht mehr lange, und man würde die Bank kaum mehr sehen. Man blickte von hier auf den *Parc du Petit Château*, dahinter auf die altehrwürdigen Mauern.

Zugegeben, es war absurd, dass ein Kommissar, der sich am Tiefpunkt seiner Ermittlungen befand, einen Krimi las in der Hoffnung, auf irgendeine Idee zu kommen, aber irgendwie hatten ihm die Parallelen zu ihrem Fall keine Ruhe gelassen.

Dupin hatte schon bald bemerkt, dass er querlesen musste, ansonsten säße er hier bis tief in die Nacht. Das eigentliche Problem der Lektüre aber war: Er wusste nicht einmal, was genau ihn interessierte, wonach genau er suchte. Tatsächlich schienen einige Parallelen verblüffend. Manche Einzelheiten des Geschehens damals wie heute wirkten erstaunlich ähnlich. Andere weniger und viele auch vollkommen anders. Die Krux war, wusste Dupin: Hatte sich die Wahrnehmung erst einmal auf etwas fixiert, entdeckte man überall Bestätigungen für die Fixierung. Ein gefährlicher Denkfehler. Eine Falle.

An einer Stelle des Romans hätte er beinahe laut lachen müssen: »Eine einzige Hypothese ist plausibel«, schlussfolgerte jemand, »nämlich, dass wir es mit einem Wahnsinnigen zu tun haben … Allerdings wüssten wir, die wir die ganze Stadt kennen, nicht, wer den Verstand verloren haben könnte.« An anderen Stellen überkam ihn Gänsehaut. Schon ganz zu Beginn, wo die Brasserie des *Amiral* genau beschrieben wurde. Dann die reichen, mächtigen Familien, die seit Generationen die Geschicke der Stadt lenkten, mit aller Dekadenz.

Aber, das war das Dumme, jedes Mal, wenn der Kommissar eine weitere Parallele zu entdecken glaubte, endete es in der Frage, inwiefern ihm das weiterhelfen sollte. Was sollte es bedeuten? Inszenierte jemand in der Stadt ein perfides Spiel, das den Kriminalfall nachstellte? Der »große Unbekannte«? Das war völlig absurd. Dennoch, Dupin erwischte sich dabei, wie er ganz kurz in Erwägung zog, dass sie es mit einem echten Wahnsinnigen zu tun hatten. Und, es war nicht abzustreiten, natürlich gab es sie, die Psychopathen. Die Wahrscheinlichkeit jedoch war extrem gering. Vielleicht war es auch einfach bloß so, dass sich in der Gegenwart eine ähnliche Geschichte abspielte wie in dem Buch. – Jemand war Opfer geworden von skrupelloser Rücksichtslosigkeit und sann auf Rache. Und dass Dupin nur deswegen glaubte, Parallelen zu erkennen.

Sein Handy riss ihn aus seinen beunruhigenden Gedanken.

Nolwenn. Dupin war froh, ihre Stimme zu hören.

»Wo sind Sie, Monsieur le Commissaire?«

Dupin seufzte.

»Im Park der *Ville Close*.«

»Auf Ihrer Lieblingsbank?«

»Genau da.«

»Wir verfügen mittlerweile über eine Liste aller relevanten Unternehmen, die auf dem europäischen Markt individualisierte Motorluxusjachten anbieten. Es sind ziemlich viele, siebenundzwanzig, allein neun davon in Frankreich. – Wir suchen nach einem ausgesprochen brutalen, aggressiven Konkurrenten. Der ganz spezifisch etwas gegen den Markteintritt von *Rêves Maritimes* haben müsste. Dafür aber haben wir noch keinerlei Anhaltspunkte. Das Ganze wird eine Sisyphos-Arbeit.«

Genau so war es.

»Priziac ist übrigens immer noch nicht aufgetaucht. Nevou hat vergeblich versucht, ihn anzurufen. Auch sein Anwalt versichert glaubhaft, nicht zu wissen, wo er sich aufhält. – Unser Apotheker hat sich anscheinend in Luft aufgelöst.«

»Wie im Buch«, rutschte es Dupin heraus. Schon im nächsten Moment war es ihm unangenehm. Aber es stimmte: Auch in dem Krimi war gerade eine Person verschwunden. Der Journalist. Es sollte so aussehen, als wäre er ermordet worden. Was sich später, wie Dupin bereits wusste, als Täuschung herausstellen würde.

»Sind Sie noch immer mit dem *Gelben Hund* befasst?«

Es war nicht klar, ob die Frage Ansporn oder Tadel gewesen war. Er würde nicht nachfragen. Der Wind ließ die Blätter der Kastanie rascheln, eine angenehme Brise war aufgekommen.

Nolwenn kam von selbst auf Priziac zurück: »Es gibt drei Möglichkeiten: Priziac ist schuldig und hat sich aus dem Staub gemacht. Oder er ist es nicht und will einfach eine Weile seine Ruhe haben, um den Tod seiner Freunde zu betrauern. Die dritte: Er wird das nächste Opfer. Weil es der Täter auf das ganze Trio abgesehen hat. Dann wäre es ein äußerst schlechtes Zeichen, dass er unauffindbar ist.«

Sie hatte recht.

Dupin war so sehr auf die erste Option fixiert gewesen, auch aufgrund seines heftigen Affektes gegen Priziac, dass er die dritte sträflich vernachlässigt hatte. Andererseits: Hätte der Apotheker sich festnehmen lassen, wäre er jetzt wenigstens in Sicherheit.

»Wir sollten nach ihm fahnden, Monsieur le Commissaire. Ich veranlasse es umgehend.«

»Gut.«

»Noch etwas, wir haben bereits Einblick in Luzels Bankkonten erhalten. Nevou geht sie durch. Sie hat da so ein Gefühl«, unverblümter Stolz schwang in Nolwenns Stimme.

»In Ordnung.«

»Dann bis später, Monsieur le Commissaire.«

Dupin warf einen Blick auf die Uhr, Viertel vor fünf. Er vertiefte sich erneut in die Lektüre.

Aus den Augenwinkeln nahm er wahr, dass sich eine Gruppe von Menschen näherte. Schon eben hatten sich ein paar Spaziergänger hierherverirrt, Dupin hatte, ohne aufzuschauen – demonstrativ gewissermaßen –, das Buch flach auf die Knie gelegt, sodass man Autor und Titel auf keinen Fall würde erkennen können. Glücklicherweise waren sie rasch wieder verschwunden gewesen. Er hatte gerade beschlossen, auch dieses Mal so zu verfahren, als er innehielt. Es konnte nicht sein, es war völlig unmöglich.

Da kamen Claire – und ihre Eltern.

Panisch dachte er nach. Dann rutschte er auf die andere Seite der Bank, halb in den Rhododendron. Und verharrte dort bewegungslos.

»Georges!«

Sie hatten ihn entdeckt. Claires Mutter klang in etwa so fassungslos, wie er sich fühlte.

»Claire hat uns gerade noch erzählt, dass du diesen Platz so liebst. Und gerne deine Pausen hier verbringst. – Wie schön! Noch einer eurer Orte.«

Dupin hob demonstrativ überrascht den Kopf, rutschte aus dem Rhododendron heraus und erhob sich. Claire und ihr Vater standen einen Schritt hinter Hélène. Hatten die beiden ihn bei den vorigen Zusammentreffen noch verteidigt, so schien ihnen dieses Mal nichts mehr einzufallen.

Es konnte durchaus seltsam anmuten, musste er zugeben: Dupin bei einem Sandwich am Meer, bei einem Strandspaziergang in atemberaubender Küstenlandschaft, gemütlich lesend im idyllischen Park der *Ville Close*. Und sie kannten ja ausschließlich diese drei Momente, nichts von alldem dazwischen.

Selbst Claire, die wusste, wie wichtig für Dupin die Momente der Ruhe, des Fokussierens während der Ermittlungen waren, schien keine Fantasie mehr für Erklärungen zu haben.

»Tja, das ist also der wunderschöne kleine Park«, wandte sie sich an ihre Eltern. »Und – und jetzt müssen wir auch schon weiter, es steht noch so einiges auf der Liste.«

»Und ich«, sagte Dupin schnell, »mache mal mit meinen Telefonaten weiter«, er deutete auf sein Handy, das auf der Bank lag. »Längere Gespräche. – Das Buch hier«, fügte er sicherheitshalber hinzu, er hatte es gut sichtbar in der Hand, »spielt wahrscheinlich eine Rolle in diesem Fall.«

Auf dem Gesicht von Claires Mutter war abzulesen, dass sich jetzt doch ein schnippischer Kommentar zusammenbraute, Claire kam ihr zuvor:

»Also, jetzt die Stadtmauern«, sie nahm ihre Mutter energisch am Arm. »Von dort habt ihr einen sensationellen Blick.«

Claires Vater warf Dupin einen freundlichen Blick zu und eilte den beiden Frauen hinterher.

»Dann bis später zum Abendessen, Georges«, rief Hélène noch über die Schulter. Es klang wie eine Drohung.

Dupin setzte sich zurück auf die Bank, atmete tief durch – und begann erneut zu lesen. Jetzt wollte er auch wissen, wie der Fall ausging.

Mit einer entschiedenen Bewegung klappte er das Buch zu. Er hatte ungestört das Ende lesen können. Seine innere Unruhe allerdings war gewachsen. Immer wieder wanderten seine Gedanken zu Priziac. Was außer der Fahndung konnten sie noch unternehmen?

Auf jeden Fall wusste er jetzt Genaueres über die Verbrechen, die die drei mächtigen Männer in dem Kriminalroman begangen hatten. Die Geschichte war tragisch, der Fabel von den verzweifelt Liebenden aus der *Ville Close* nicht unähnlich. Der junge Mann, Léon Le Glérec, Emmas Freund, hatte sich ein Boot gekauft und es *La Belle Emma* genannt, er transportierte darin Obst und Gemüse ins kalte England. Ein einträgliches Geschäft, was ganz der historischen Wahrheit entsprach, wie Dupin wusste: Nicht wenige der bretonischen Fischer hatten darauf umgesattelt, nachdem die Sardinenschwärme ausgeblieben waren. Eines Tages wurde Léon von drei Männern gefragt, ob er Interesse an einem guten Geschäft habe, zwanzigtausend Franc für ein, zwei Monate Arbeit. Eine Fahrt über den Atlantik, zu einem kleinen Hafen unweit von New York. Über die Fracht hatten sie kein Wort verloren. Léon wollte Emma heiraten, ihr etwas bieten, und riskierte es. Die drei Männer hatten ihm eine gewaltige Ladung Kokain untergeschmuggelt, es ging um einen Profit von mehreren Millionen. Später stellte sich heraus, dass Léon nicht der Einzige war, den sie ausgenutzt hatten. Sie hatten eine ganze Reihe junger Männer derart ins Verderben geschickt. Léon wurde festgenommen, und es kam noch niederträchtiger: Die drei Männer zeigten ihn, während die Untersuchungen liefen, zusätzlich an, wodurch sie – ein neues Gesetz zur Bekämpfung des Schmuggels – immerhin ein Drittel des geschätzten Wertes der Schmuggelware einstrichen. Ein Millionengeschäft. Léon landete in einem amerikanischen Gefängnis, wurde gefoltert und dem Hunger ausgesetzt. Nur knapp überlebte er die Zeit und kehrte Jahre später als gebrochener Mann zurück nach Concarneau. Emma und er sannen auf Rache.

Auch wenn der Kommissar das Ende wie gebannt gelesen

hatte, stellte sich ihm nach wie vor die gleiche verdammte Frage: Was fing er damit an? Ging es in ihrem Fall vielleicht auch um Schmuggel, um Drogen oder andere illegale Waren? Im Schiffbau oder im Brauereigeschäft? Und: Falls ja, wer war der Geschädigte?

Dupin erhob sich und griff zugleich nach seinem Telefon. Er würde es mit Nolwenn besprechen.

»Monsieur le Commissaire?«

»Gibt es etwas Neues zu Priziac?«

»Immer noch kein Lebenszeichen.«

Die saloppe Formulierung traf genau Dupins Sorge. Er hatte ein ungutes Gefühl. In diesem Augenblick könnte der Fall einen dritten Menschen das Leben kosten. Und was hatte er währenddessen getan? Gelesen. Einem Gefühl, einer Witterung folgend, die am Ende bloß wieder zu einer blödsinnigen und unhaltbaren Imitationstheorie führte.

»Die gesamte Polizei und Gendarmerie des Finistère sind informiert, die Öffentlichkeit, wir …«

»Sehr gut«, Dupin zögerte, »ich werde zum Haus des Apothekers fahren.«

»Da steht bereits einer unserer Wagen. – Sie hätten Priziac bemerkt.«

Natürlich.

»Trotzdem. Ich will mich dort ein wenig umsehen.«

»Gut. Tun Sie, was Sie nicht lassen können. – Riwal ist übrigens in einen fürchterlichen Stau geraten, er ist gerade erst in La Rochelle angekommen. Er meldet sich nach dem Gespräch umgehend. Le Menn und ich forschen noch ein wenig weiter. Es gibt auch neue Hinweise aus der Bevölkerung. Wer weiß, vielleicht ist doch noch etwas Interessantes dabei.«

Dupin parkte seinen Wagen direkt neben dem Dienstauto der zwei Gendarmen aus Fouesnant. Von Priziac weiterhin keine Spur. Weder an der Apotheke noch hier, an seinem Haus.

Dupin ging in den Garten oberhalb des Strandes, dorthin, wo die drei Liegestühle standen und wo er sich am Vortag mit Priziac unterhalten hatte. Es wirkte, als wäre es viel länger her. Dupin lehnte sich an die Steinmauer. Sein Blick wanderte über die majestätische Bucht. Auch hier war Wind aufgekommen, vom offenen Meer wurden Salz und Jod herbeigeweht. Der Himmel war immer noch makellos blau.

Für einen Moment fühlte es sich an, als würde der Kommissar am Haus eines Toten stehen. Dupin gab sich einen Ruck und ging zur Eingangstür. Sie war verschlossen.

Es würde mit Sicherheit, so war es bei Häusern dieser Art und Größe meist, mehrere Eingänge geben. Vielleicht einen weiteren an der anderen Seite. Oder hinten.

Keine Minute später hatte Dupin eine unscheinbare Holztür auf der Seite zum Parkplatz entdeckt, die von Kamelienbüschen verdeckt war. Auch sie: verschlossen.

Auf seiner Erkundungstour hatte er gesehen, dass ein Fenster im Hochparterre offen stand. Der Kommissar holte sich einen der Stühle von der Veranda. Natürlich hatte er keinerlei Befugnis, das Haus zu betreten. Aber ungewöhnliche Umstände erforderten ungewöhnliche Maßnahmen.

Nur einige Augenblicke später befand sich Dupin im Inneren der Villa. Er stand in einem riesigen Raum mit Panoramablick aufs Meer. Wohnzimmer und Esszimmer zugleich. Eine halb abgetrennte Küche, die erst vor ein paar Jahren renoviert worden sein musste. Sehr modern und schick. Sie wirkte unbenutzt. Im Kühlschrank etwas Käse, ein paar Hartwürste, Butter, Milch. Auf der Anrichte eine teure Espressomaschine.

Dupin begab sich in den Flur. Es gab keine Tür zu einem Keller, das Haus war direkt auf die Felsen gebaut. Eine großzügige Holztreppe führte in die oberen Stockwerke.

Im ersten Stock befanden sich drei große Zimmer. Ein Arbeitszimmer mit einem alten Sekretär und einem Designer-Schreibtischstuhl davor, ein Computer, im Stand-by-Modus, aber mit einem Passwort geschützt, Dupin hatte es sofort versucht. Dann ein Fernsehzimmer: ein Sofa, ein großer moderner Bildschirm. Zuletzt ein schlicht gehaltenes Gästezimmer.

In der Etage darüber ein geräumiges Schlafzimmer, das Richtung Atlantik ging. Auf der gegenüberliegenden Seite ein großes türkisblau gekacheltes Bad, das in ein Ankleidezimmer führte. Hatten an den weiß gestrichenen Wänden bisher bloß vereinzelte Ölbilder gehangen, so waren die Wände im Schlafzimmer voller eingerahmter alter Fotos. Es mussten Dutzende sein. Sie erinnerten Dupin an den Salon seiner Mutter in Paris. Vielleicht hatte Madame Priziac sie aufgehängt. Dupin fiel ein, dass er nicht wusste, wie lange sie schon tot war. Manche Fotos schienen noch aus dem letzten Jahrhundert zu stammen. Auf einigen waren alte Apotheken zu sehen. Daneben ein eingerahmter Zeitungsausschnitt mit einem Foto aus dem Jahr 1924: ein schickes neues Haus, darüber der Schriftzug »Pharmacie«, vor dem Eingang drei Männer, lachend. Darunter unbekannte Namen. Vielleicht die Familie von Madame Priziac, offenbar waren auch sie Apotheker gewesen. Diverse Porträts aus den Dreißigern, vermutlich alles Verwandte. Auch ein Hochzeitsfoto. Daneben ein Zeitungsartikel über die Hochzeit. Es waren bedeutende Leute gewesen, so viel stand fest. Ein weiteres Bild zeigte Menschen vor einem Restaurant. Dupin hielt inne: Er war sich nicht sicher, aber es könnte das *Amiral* sein. Das Gebäude lag jedoch viel näher am Wasser.

Dupin blickte auf die Uhr. Es war 18 Uhr 30. In einer halben Stunde würden Claire und ihre Eltern im *Amiral* essen. Und mit seinem Erscheinen rechnen.

Hier würde er nichts mehr ausrichten können.

Er könnte, wurde ihm bewusst, zwei Sachen verbinden: zum einen noch einmal mit Madame Chaboseau sprechen. Möglicherweise war sie doch das geheime Zentrum des Falls? Er wusste selbst nicht genau, wie er plötzlich darauf kam. Vielleicht nur, weil er schon die ganze Zeit das Gefühl gehabt hatte, dass sie ihnen etwas verschwieg; zum anderen könnte er sich auf diese Weise wenigstens kurz zu Claire und ihren Eltern gesellen. Natürlich würde er nicht das ganze Essen über bleiben können, aber vielleicht zur Vorspeise. Um dem familiären Pfingstwochenende doch noch eine versöhnliche Wendung zu geben.

Dupin eilte die Treppen hinunter.

»Da bist du ja, Georges! Gerade noch rechtzeitig, wir diskutieren die Vorspeisen! Und wo wir morgen Abend hingehen. Ich bin für dieses *Chez Émile*, von dem ihr so schwärmt«, sagte Claires Mutter, während Dupin Claire zur Begrüßung küsste und sich neben sie setzte. »Claire hat vermutet, dass du es nicht schaffst, aber ich war mir sicher, du richtest es ein.« Eine kleine dramaturgische Verzögerung, dann: »Es war Zeit für eine nächste Pause, stimmt's?«

Sie lachte.

Claire warf Dupin einen vielsagenden Blick zu.

»Wie schön, dass du da bist!« Sie strahlte ihn an.

Sie saßen an ihrem Lieblingstisch, ganz rechts hinten. Unter dem großen Bild eines fein livrierten altehrwürdigen Kellners, der neben einem leeren Stuhl stand und alles verkörperte, was dieser Beruf an Stolz und Stil repräsentierte. Eine gewisse Melancholie lag auf seinem Gesicht und in seiner Haltung, vielleicht, weil die große, elegante Epoche seiner einst hoch angesehenen Profession an ihr Ende gekommen war.

»Ich werde nicht das ganze Essen über bleiben können. Aber ich wollte euch unbedingt kurz sehen.«

»Mach dir keine Sorgen«, sagte Claires Vater mit einem warmen Lächeln. »Schön, dass du es überhaupt geschafft hast.«

Dupin hatte während der Fahrt versucht, Madame Chaboseau anzurufen, er hatte sie nicht erreicht. Er hatte an ihrer Haustür geklingelt. Vergeblich. Er hatte zwei beleuchtete Räume gesehen, die Bibliothek und den Salon. Entweder sie hatte Licht brennen lassen oder sie war zu Hause und machte absichtlich nicht auf. Dupin war unbehaglich zumute. Es war vollkommen unklar, was in diesem Fall als Nächstes passieren würde. Vielleicht hätte er auch sie überwachen lassen sollen?

Er hatte vorhin ein weiteres Mal mit Nolwenn telefoniert. Riwal befand sich immer noch in dem – anscheinend komplizierten – Gespräch mit dem Inhaber der Jachtfirma samt dessen Anwalt; die Unterredung fand in den Geschäftsräumen von *Dauphin* statt.

»Also, was meinst du, Georges«, fragte Hélène, »was soll ich nehmen? Ganz klassisch die *Terrine de Foie gras?* Oder lieber den Hummercocktail mit Pomelos?«

»Du machst mit beidem keinen Fehler, Hélène. – Ich nehme die *Palourdes farcies des Glénan.* – Und vorweg einen *café.*«

Die rosa *Palourdes* von den Glénan-Inseln waren die besten. Mit Kräuterbutter und rotem Pfeffer überbacken. Herrlich, allein der Gedanke daran erfüllte Dupin mit Glück.

»Aber was ist mit dem Lachstatar und dem Salat mit Artischocken und Muscheln? Die pochierten Austern mit Ingwerbutter und Katsuobushi klingen ebenfalls hervorragend.«

Das hatte Hélène mit »diskutieren« gemeint. Es gab Menschen, die das Bedürfnis hatten, die Speisekarte grundsätzlich im Detail durchzusprechen, und die am Ende doch genau das nahmen, was sie von Beginn an insgeheim bereits gewählt hatten.

»Alles gleichermaßen köstlich.« Es stimmte. Aber seine Wahl war getroffen. Er wollte die *Palourdes*. Und zwar schnell.

»Ich weiß nicht. Die pochierten Austern klingen wirklich raffiniert. Vielleicht gibt es ja auch noch eine Vorspeise des Tages. Und du nimmst wirklich die *Palourdes,* Georges?«

»Hélène, lass Georges doch essen, was er mag«, schritt Claires Vater ein.

»Also – was ist mit *Chez Émile,* Georges? Wir reservieren dann noch heute Abend für morgen, abgemacht?«

Ein kleines Restaurant mit außergewöhnlich behaglicher Atmosphäre im pittoresken Pont-Aven, von Freunden geführt, Marie und Lionel, Dupin und Claire mochten es ungemein. »Ich …«

»Aber jetzt musst du erst einmal von eurem großen Fall erzählen. Wir haben eben gerade mit Bernard«, der großartige Chefkellner des *Amiral,* »darüber geredet. Es soll ein bisschen so sein wie in diesem Kriminalroman aus den Dreißigern«, sie schüttelte ungläubig den Kopf, »als befänden wir uns selbst in dieser Zeit.«

Dupin durchfuhr es.

Jäh sprang er auf, sein Stuhl kippte mit gewaltigem Lärm um.

Das war es!

»Natürlich!« Er hatte es gar nicht laut sagen wollen, es war ihm rausgerutscht. Wenn es stimmte, wäre es vollkommen unglaublich.

Sämtliche Gäste hatten sich zu ihm umgedreht. Wovon der Kommissar nicht das Geringste mitbekam.

Das musste es sein. Auch wenn alles ziemlich fantastisch anmutete. Er hatte so lange gegrübelt. Sich so lange im Kreis gedreht – und es war alles ganz anders! Es ging in ihrem Fall gar nicht um die Gegenwart.

»Georges«, Claire klang beunruhigt, »was ist …«

»Ich muss los, Claire.«

Schon stürzte er zum Ausgang.

»Ich melde mich«, rief er noch über die Schulter, während er bereits die Tür aufriss.

Er lief über die Straße, über den Parkplatz, bis zum Rand des Kais. Er stand nun direkt am Wasser, einen Steinwurf von der *Ville Close* entfernt.

Seine Gedanken rasten, er war in ein fiebriges Nachdenken verfallen. Er brauchte Hilfe. Schon hatte er sein Telefon in der Hand.

»Monsieur le Comm…«

»Sie müssen mit nachdenken, Nolwenn«, die ausführliche Erklärung käme später, »*Der gelbe Hund* von Simenon wurde 1931 veröffentlicht, wenn ich mich richtig erinnere. Im Winter davor geschrieben. Als Simenon hier in Concarneau war, richtig?«

Nolwenn war sofort bei der Sache. »Warten Sie, einen Augenblick nur, ich kontrolliere es noch mal.«

Er hörte Nolwenn tippen.

»Hier, ich hab's: Genau so war es. Im April.«

Es gäbe vielleicht mehrere Möglichkeiten, aber dies war die

erste, die Dupin einfiel. »Ich muss ins Rathaus, Nolwenn. – Jetzt. Sofort.«

»Verstehe, lassen Sie mich nachdenken.« Es war Samstagabend, Pfingstwochenende.

»Der Bürgermeister! Er muss einen Schlüssel haben!«, fiel Dupin ein.

»Gut, dann …«

»Ich rufe ihn selbst an, Nolwenn. – Und schicken Sie Le Menn. Wir treffen uns in drei Minuten dort. – Ach ja, und Nevou soll zu Priziacs Haus nach Beg Meil fahren. Es ist verschlossen, aber Richtung Garten steht ein Fenster offen, im Hochparterre, mit einem Stuhl kommt sie da rein.«

»Alles klar.«

»Sie muss in den zweiten Stock. Ins Schlafzimmer.«

»Ins Schlafzimmer?«

»Da hängen alte Fotografien und Zeitungsausschnitte. Sie soll Fotos machen und sie Ihnen und mir schicken. Auch von den Zeitungsausschnitten. Man muss die Namen unter den Bildunterschriften lesen können.«

»Gut. – Was machen wir mit Riwal? Er hat gerade …«

»Später. – Ich melde mich wieder.«

Dupin legte auf.

Er hatte sich bereits wieder in Bewegung gesetzt. Er suchte auf dem Handy nach Kiregs Nummer. Beinahe wäre er beim Überqueren der Straße vor ein Auto gerannt. Der Fahrer bremste scharf und hupte. Dupin hob entschuldigend die Hand.

Ein betont unwirsches »Hallo?« am anderen Ende der Leitung.

»Hier Commissaire Dupin. – Tragen Sie den Schlüssel der *Mairie* bei sich, Monsieur Kireg?«

»Warum …«

»Tragen Sie den Schlüssel bei sich oder nicht?«
»Ja.«
»Wo sind Sie?«
»Beim großen Crêpes-Essen der *Association des …*«
»In fünf Minuten am Rathaus. Wir treffen uns dort.«
»Ich kann hier nicht einfach weg, ich …«
»In fünf Minuten dort.«
Keine Antwort.
»Ich lasse Sie sonst holen.«
»Gut. – Ich werde da sein.«

Dupin erreichte das Rathaus als Erster. Kraftvolle Windböen fegten mittlerweile durch die Straßen und ließen lose Gegenstände klappern und scheppern. Die blau-weißen Festwimpel, mit denen die Stadt geschmückt war, tanzten wild umher. Das Licht der tiefer stehenden Sonne verlieh der Welt und ihren Farben eine besondere Intensität. Ein tiefes goldenes Schimmern, ein Zauber, der alles einhüllte.

Das Rathaus war ein funktionelles Gebäude, über dem Eingang stand in großen Lettern »Hôtel de Ville«. In einem Betonbogen hingen eng beisammen: die Fahne der Bretagne, die der Stadt und die der Region. Daneben, in einigem Abstand: die französische und die europäische Flagge. Darüber: ein weiteres Mal die französische. Etwas größer als die anderen.

Le Menn traf kurz nach Dupin ein. Der Kommissar lief unruhig auf und ab. Auf ihre Nachfrage, was denn so Eiliges anstehe, erhielt die Polizistin als Antwort bloß ein unverständliches Brummen.

»Worum geht es, Commissaire?«, fragte auch der Bürgermeister, als er wenig später zu ihnen stieß. Er hielt den Schlüssel bereits in der Hand.

»Schließen Sie auf.«

»Ich möchte zuerst …«

»Aufschließen!«

Der Bürgermeister fügte sich.

Dupin begab sich zum Empfang, wo ein detaillierter Gebäudeplan hing. Er fand sofort, wonach er gesucht hatte.

»Wir danken Ihnen, Monsieur Kireg«, übernahm Le Menn, die mit ihm eingetreten war. »Wenn Sie uns den Schlüssel jetzt überlassen würden. Wir bringen ihn zurück, sobald wir hier fertig sind.«

Der Bürgermeister zögerte. Es war ihm anzusehen, dass er mit sich rang. Schließlich hielt er Dupin den Schlüssel hin.

»Bis später, Monsieur Kireg.«

Dupin ging auf die Treppe zu und bedeutete Le Menn, ihm zu folgen. Sie kamen am Saal des Stadtrates vorbei, in dem unter anderem über die Brauerei-Lizenzen debattiert worden war. Im ersten Stock liefen sie durch erstaunlich lange Gänge und nahmen dann die Treppe zur zweiten Etage. Wo sie abermals durch Flure liefen, bis Dupin abrupt vor einer Tür stehen blieb, Le Menn wäre fast in ihn hineingelaufen.

»Archiv« stand auf einem Schild neben der Zimmernummer. Dupin öffnete die Tür.

Die Luft im Archiv war stickig, es roch nach alten Akten und Staub. Links standen schlichte deckenhohe Holzregale, darin schwarze Aktenordner mit weißen Aufklebern. Ein funktioneller Schreibtisch, ein Stuhl dahinter, zwei davor.

»Kann ich Ihnen irgendwie helfen?« Le Menn hatte sich neben Dupin gestellt und betrachtete die Regale.

»Ich brauche die Archivordner aus«, Dupin überlegte, »den Jahren 1928 bis 1930.« Er korrigierte sich: »Vielleicht auch aus den Jahren davor. Ab Anfang, Mitte der Zwanziger vielleicht.« Die Fotos im Schlafzimmer des Apothekers – mehrere Namen waren darauf zu lesen gewesen, bloß einer nie: Priziac.

Die Ordner des Stadtarchivs schienen nach Themen und Gebieten geordnet zu sein. Ein Regal war beschriftet mit: »Serie J Polizei. Öffentliche Hygiene und Justiz«. Ein zweites mit: »Serie 1J Örtliche Polizei«. Innerhalb der Regale waren die Archivordner chronologisch geordnet. Die ältesten befanden sich ganz unten. Dupin ging in die Hocke, Le Menn tat es ihm gleich. Dupin zog den ersten Ordner des untersten Regalbrettes heraus. An den Seiten befanden sich Staubschichten, hierin hatte seit vielen Jahren niemand mehr geblättert.

Aus den Beschriftungen der Ordner wurde Dupin nicht schlau.

»1J1 Örtliche Polizei 1800–1900«.

»1J2 Örtliche Polizei 1800–1900«.

Zu früh, sie brauchten einen Ordner mit späteren Dokumenten. Dupin stellte ihn zurück und griff nach dem nächsten. »1J3 Beuzec-Conq 1875–1955« lautete die Bezeichnung. Schon besser.

Dupin legte ihn auf den Schreibtisch. Ein klassischer Amtsstubenordner. Sofort hatte er die erste Seite aufgeschlagen. Ein Inhaltsverzeichnis mit einer Ordnung, die für einen Außenstehenden schwer zu verstehen war. Aber es handelte sich um die richtige Epoche. Es ging anscheinend um einzelne Bereiche.

Vergnügungssteuer: 1877
Jagd: 1884–1933
Diverse Vorkommnisse: 1871–1931
Deliquenten: 1934
Städtische Polizei – Territorialmächte: 1881–1929

Die Bezeichnungen waren teilweise schwer zu deuten. Dupin blätterte in der Akte. Eine Vielzahl an Dokumenten. Die Kategorie »Diverse Vorkommnisse« enthielt die allermeisten.

»Wonach suchen wir?«, fragte Le Menn erwartungsvoll.

»Ich weiß es erst, wenn ich es finde.«

»Wir …«

Sein Handy klingelte.

Nolwenn.

Sofort war er dran.

»Nevou hat alles erledigt. Sie befindet sich im Moment noch oben im Schlafzimmer von Priziac und fragt, ob sie sonst noch etwas dokumentieren soll.«

»Hat sie mir alles geschickt?«

»Hat sie.«

»Gut. Das wäre es für den Moment.«

»Sie müssen mir erklären …«

»Gleich, Nolwenn. Gleich.«

»In Ordnung.«

Ohne ein weiteres Wort legte sie auf.

Dupin setzte sich und begann zu lesen. Die Minuten vergingen, während er blätterte. Ein Dokument folgte auf das andere. Mit jedem wurde er mutloser.

Nach zwanzig Minuten hatte er das letzte Dokument des Ordners aufgeschlagen. Er hatte nichts gefunden.

»So ein Scheiß.«

Er stand auf.

»Hier – noch ein Ordner aus dem späten 19. und frühen 20. Jahrhundert«, Le Menn war noch einmal zum Regal gegangen, während Dupin die letzten Unterlagen durchgeschaut hatte, sie legte einen weiteren Ordner auf den Schreibtisch.

Sie schlug das Inhaltsverzeichnis auf. Wieder kryptische Hinweise, es ging historisch noch weiter zurück. Aber auch in die Zeit, die Dupin interessierte. Und sogar darüber hinaus:

Allgemeine polizeiliche Belange: 1807–1929
Fischereipolizei: 1921
Englischer Korsar: 1812
Aufrührerische Schriften: 1818–1853
Diverse Vorkommnisse: 1807–1924
Demonstrationen, Aufstände: 1849–1922

Und:

Flüchtlinge Spanischer Bürgerkrieg: 1937–1956
Diverse Vorkommnisse: 1900–1941
Überwachung von Ausländern: 1851–1931
Überwachung gefährlicher Individuen: 1851–1852 und 1911–1937
Gewerkschaftliche Vereinigungen: 1897–1962

Dupin blätterte erneut.

Wieder verstrichen die Minuten. Le Menn beobachtete ihn aufmerksam.

Dann auf einmal – Dupin hatte die Hoffnung bereits aufgegeben – blieben seine Augen an etwas hängen.

Bei einem der vier Fälle, die unter der Bezeichnung »Überwachung gefährlicher Individuen 1851–1852 und 1911–1937« erfasst waren. Ein »unheimlicher Herumtreiber«, war zu lesen, hatte die Stadt »heimgesucht und die Menschen verängstigt«. Es herrschte »öffentliche Panik«. Zwei Schreibmaschinendokumente gab es dazu, von Februar und April 1927. Dann ein weiteres Dokument. Es stellte die Verhaftung des »gefährlichen Subjekts« am 29. Mai 1927 fest. *Michel Penhut* mit Namen. Das letzte Dokument stammte von Ende Juli, es war eine handschriftliche Notiz, die die Akte über das »Individuum« schloss.

Dupin las sie.

Plötzlich stand er wie vom Blitz getroffen. Er spürte eine Gänsehaut auf den Armen, ihm wurde schwindelig.

Rasch notierte er sich etwas: »Ich – ich komme gleich wieder«, sagte er zu Le Menn, die ihn fragend anblickte. Bevor sie ein Wort sagen konnte, war er bereits aus dem Raum gestürmt.

Dupin ging vor dem Rathaus auf und ab. Es war eine so unglaubliche Geschichte, dass sie ihn in einen gedanklichen Taumel versetzte. So intensiv wie vielleicht noch in keinem seiner bisherigen Fälle. Sie hatten sich die ganze Zeit nur an der Oberfläche des gewaltigen Dramas bewegt. Es war exakt so, wie es Françoise in der Galerie mit düsteren Worten prophezeit hatte: »Du wirst tief eintauchen in die Geschichte der Stadt.« Und, es fiel ihm gerade wieder ein, es war unheimlich, schon da war es um den *Gelben Hund* gegangen.

Es hatte mehrere Hinweise gegeben. Er hätte es schon früher sehen können. Es ging tatsächlich um die Vergangenheit und um eine Geschichte, die sich so oder so ähnlich abgespielt haben musste wie die aus Simenons Kriminalroman. Der legendäre Roman – er war gar keine reine Erfindung. Ihm lag eine *wahre* Begebenheit zugrunde. Ein Geschehen, das sich vor Simenons Besuch in Concarneau tatsächlich zugetragen hatte. Das war der alles entscheidende Punkt. Wie bei der Legende, von der Riwal erzählt hatte.

Es hatte, Dupin musste es erst einmal in vollem Umfang begreifen, ein reales Verbrechen gegeben, das sich sicherlich nicht genau so wie im Roman dargestellt abgespielt hatte – aber es war geschehen. In der Realität. In der handschriftlichen Notiz der Akte aus dem Jahr 1927 war es – in aller bürokratischen Kürze – zusammengefasst gewesen. Das »gefährliche Individuum« – ein ehemaliger Fischer –, von dem bereits in den beiden Dokumenten zuvor die Rede gewesen war, war nach der Festnahme in einem raschen Verfahren vernommen worden. Und hatte eine ungeheuerliche Geschichte preisgegeben. Eine Geschichte von »drei wohlhabenden Geschäftsleuten aus angesehenen Familien«, genauer: einem Arzt und einem Apotheker, auch hier war Dupin unwohl geworden – der Dritte war nicht bezeichnet –, die ihm übelst mitgespielt und ihn in ein schlimmes Unglück gestürzt hatten. Konkret: Drei wohlhabende Geschäftsleute Concarneaus hatten dem jungen Mann, »Michel Penhut, verlobt mit einer gewissen Emma Mataut«, für eine Fahrt nach England ein großes Boot überlassen »unter der unwahrheitsgemäßen Auskunft«, dass es sich hierbei um eine wichtige Gemüselieferung handele. Allerdings ging es in Wirklichkeit um große Mengen Alkohol und Drogen. Der Mann vegetierte jahrelang unter elenden Bedingungen in einem Gefängnis vor sich hin und erkrankte lebensgefährlich. Der Mann »behauptete« – aus irgendeinem Grund war das Wort unterstrichen gewesen –, dass es sogar mehrere gleich gelagerte Fälle gegeben habe. Der letzte Satz hatte gelautet: »Der zunächst unter Anklage stehende Mann wird nun selbst Zeuge vor Gericht sein. – Ausgang zum Zeitpunkt der Notiz offen.«

Dupin musste jetzt einen kühlen Kopf bewahren. Sie waren noch längst nicht am Ziel. Gewissermaßen war das ja erst die eine Hälfte.

Denn: Wenn dieses reale Verbrechen aus der Vergangenheit, in das drei Männer aus wohlhabenden, alteingesessenen Familien Concarneaus involviert gewesen waren, wenn dieses reale Verbrechen von damals wirklich der Hintergrund für das war, was sich in den letzten Tagen ereignet hatte, wer war es dann, der hier mordete? Und warum? Wer war es, dem eine reale Geschichte aus dem Jahr 1927, die drei Jahre später in einen Kriminalroman Eingang gefunden hatte, noch heute dermaßen zusetzte?

Dupin blieb stehen. Ihm war etwas eingefallen. Etwas, das unter Umständen sehr hilfreich sein könnte.

Dafür musste er zwei Dinge kontrollieren.

Kurz darauf erreichte er erneut das Archiv. Le Menn stand am Fenster, sie drehte sich um und schaute den Kommissar aufmerksam an.

»Ich muss etwas vergleichen.«

Dupin zückte sein Handy und öffnete Nevous E-Mail mit den Fotos. Eilig ging er eines nach dem anderen durch, es waren vierzehn an der Zahl.

Er suchte etwas ganz Bestimmtes.

Der siebte Anhang war es. Der Zeitungsausschnitt von 1924 mit dem historischen Foto der *Pharmacie*, das Foto mit den drei Männern. Der Mann in der Mitte, der nach dem Chef aussah, war ein gewisser Fabien Dupois.

Dupin wandte sich dem Archivordner zu, die handschriftliche Aktennotiz zum »gefährlichen Individuum« lag immer noch aufgeschlagen auf dem Tisch, Le Menn schien in seiner Abwesenheit nichts angerührt zu haben.

Er schaute nach den Namen, er hatte sie eben nur überflogen. Paul Viché hieß einer der realen Geschäftsmänner, der Arzt. Der Apotheker hieß Fabien Dupois. – *Dupois!* Es war derselbe Name, der unter dem historischen Foto auf dem

Zeitungsartikel prangte. Der gerahmt in Priziacs Schlafzimmer hing!

War das der Beweis? Zumindest war es ein handfestes Indiz für die Richtigkeit seiner Überlegungen. Ein weiteres Puzzleteil fügte sich. Nun war ein Zufall ausgeschlossen. Priziac oder seine verstorbene Frau – sie stammten aus der Familie Dupois, einer alten Apothekerfamilie. Genau aus *jener* Apothekerfamilie, die am Verbrechen von damals beteiligt gewesen war.

Auf Dupins Gesicht erschien ein triumphierendes Lächeln.

Der Kommissar lief den *Quai Peneroff* entlang. Linker Hand erstreckte sich der Freizeithafen. Dutzende Boote schaukelten im Wind, die wild anschlagenden Glocken an den Masten klangen wie eine Warnung.

Dupin atmete tief ein und aus. Es war ein wenig kälter geworden, die frische Luft und der Wind taten gut.

In knappen Worten hatte er versucht, Le Menn zumindest ein paar Erklärungen zu geben. Dann hatte er sich rasch verabschiedet. Le Menn hatte sich auf den Weg zurück ins Kommissariat gemacht.

Die Gedanken waren noch zu konfus, genauer: Sie verästelten sich pausenlos weiter. Und das in einer merkwürdigen doppelten Bewegung: Das Geschehen wirkte mit jedem neuen Gedanken klarer und verworrener zugleich.

Der Handyton war in dem lauten Gebimmel der Mastglöckchen fast nicht zu hören.

»Nolwenn, ich …«

»Erzählen Sie jetzt endlich, Monsieur le Commissaire!«

Natürlich musste er Nolwenn einweihen. Auch wenn es ihm prinzipiell widerstrebte, sich zu früh in die Karten schauen zu lassen.

»Es gibt eine – sagen wir – verblüffende Wendung.« Er würde einfach mit der Akte beginnen.

Vier Minuten später hatte er, so sein Eindruck, das Wichtigste zusammengefasst. Ein ganzes Stück besser als der armen Le Menn gegenüber. Auf Nolwenns Seite folgte eine ungewöhnlich lange Pause. Dann:

»Nicht schlecht. – Da haben Sie sich ja mal wieder selbst übertroffen.«

Es war unklar, ob sie seine Kombinationsgabe meinte oder ob es doch eher eine Art Vorwurf gewesen war im Sinne von: »Was haben Sie sich da mal wieder ausgedacht?«.

»Dann haben wir es also mit einer der ältesten Geschichten der Menschheit zu tun: einer Rachegeschichte. Es geht um Vergeltung«, jetzt war ihr doch eine tiefe Bewegung anzumerken, »da rechnet jemand ab!«

Sie hatte es zugespitzt formuliert – aber so war es. Es ging um ein ähnliches Szenario wie das, welches Riwal heute erwogen hatte, wenn auch in Hinblick auf die Sage von dem Verbrechen an der Frau aus dem Meeresvolk. Jemand gab keine Ruhe, bis das Verbrechen »gesühnt« war.

Dupin hatte das Ende des Kais erreicht und bog nach rechts ab auf die breite Promenade der Corniche. In dieser Richtung lag auch die Praxis von Docteur Chaboseau.

»Jemand …«, Nolwenn schien nachzudenken, »jemand ahndet also die abscheuliche Geschichte von damals. An den Familien …«, noch einmal setzte sie ab, »an Nachfahren der Familien von damals.« Sie machte eine weitere Pause. »Die immer noch viel Geld besitzen, Macht und Einfluss. Sich überlegen fühlen und auf Kosten anderer Geschäfte machen. Wie die Familie

Dupois zum Beispiel. Ein Apothekerimperium seit mittlerweile hundert Jahren. Ihr Reichtum und Status von heute fußen auf dem von damals«, in ihrer Stimme war jetzt eine Mischung aus Abscheu und Traurigkeit zu hören, »und vielleicht verhält es sich bei den Chaboseaus ebenso? Pierre Chaboseau stammt aus einer alten Arztfamilie. Sie waren Kunstsammler und gewiefte Geschäftsleute. – Der Einzige, der aus keiner solchen Familie kommt, ist Jodoc Luzel. Was ihm«, eine kurze Pause, »aber offensichtlich auch nicht geholfen hat.«

So ähnlich war es Dupin seit seiner Entdeckung in den Akten auch schon durch den Kopf gegangen. Aber war das wirklich die plausibelste Schlussfolgerung? Gab es nicht noch andere Varianten? Andere Möglichkeiten, die Brücke zu schlagen von damals zu heute? Eine theoretisch schon: dass das Trio aus der Gegenwart selbst kriminell war, selbst Verbrechen begangen hatte – oder immer noch beging. Eventuell gar ähnliche Verbrechen. Nur dass sie dafür bisher keinerlei Hinweise hatten.

»So ist es: *An arc'hant danzeet fall a ya da fall* – ›Schlecht erworbenes Geld bringt selbst bloß Schlechtes hervor‹«, sagte Nolwenn und seufzte.

Dieses Sprichwort hörte Dupin zum ersten Mal, aber es stimmte.

»Das hieße dann ja auch, dass es unter Umständen einen oder mehrere Nachfahren der Opfer von damals geben müsste. Heute … Ich meine, in unserer Stadt.« Ihr Tonfall war düster. »Möglicherweise jemand, der den Familiennamen längst abgelegt hat.«

So könnte es sein. Genau so. Es wäre vollkommen plausibel.

»Wenn, dann müsste es die Enkelgeneration sein.«

»Ich denke …«

Nolwenn unterbrach ihn. »Ich werde mögliche Nachfahren

von Michel Penhut recherchieren. Und von seiner Verlobten, Emma Mataut. – Ist da vermerkt, ob sie Kinder hatten?«

»Nein, nichts dergleichen.«

»Auch das ist ja ein verrücktes Detail: dass es tatsächlich eine Emma gab. In der echten Geschichte, nicht bloß in Simenons Roman.«

»Sehr verrückt.«

Es hatte auch Dupin beschäftigt. Vielleicht hatte der Autor der realen Person ein trotziges Denkmal setzen wollen. Man litt und sympathisierte bei der Lektüre mit keiner anderen Figur aus dem Roman so sehr wie mit Emma, dem Serviermädchen.

»Gibt es keine Folgenotiz, Monsieur le Commissaire? In dem Archivordner, meine ich? Wo über den Fortgang berichtet wird?«

»Nein. Nichts.«

»Die Frage ist ja auch, warum kommt das alles ausgerechnet jetzt wieder hoch? Warum zu diesem Zeitpunkt?«

»Vollkommen richtig.«

Dazu hatte Dupin noch nicht die geringste Idee.

»Was ist mit dem Bürgermeister, Monsieur le Commissaire?«

»Sie meinen, er könnte ein Nachfahre von Penhut sein?«

Sie wussten im Moment nicht einmal, ob Penhut überhaupt Nachfahren hatte.

»Absolut. Oder – von Emma, wer weiß. Kireg ist adoptiert. Wir sollten unbedingt mehr über seine Herkunft herausfinden. Über seine biologischen Eltern.«

»Tun Sie das.«

Nolwenn hatte – wie immer – recht. Zudem: Es war jetzt ohnehin angezeigt, systematisch vorzugehen.

»Das gilt ebenso für die Herkunft von Evette Derrien. Und Sieren Cléac.«

»Klar.«

»Das alles bedeutet aber auch: Die Annahme, dass sich unser Apotheker in Lebensgefahr befindet, wird nun noch dringlicher. Meinen Sie, der Täter hat ihn bereits? Es gibt nirgends auch nur die geringste Spur von ihm.«

»Es könnte auch umgekehrt sein, Nolwenn. Dass Priziac«, Dupins Tonfall wurde grimmig, »auf der Jagd ist.«

Der Kommissar hatte inzwischen die Promenade am Meer erreicht. Zu seinem Haus waren es nur ein paar Hundert Meter.

Nolwenn schwieg für einen Moment. Dann sagte sie energisch: »Ich hole auf alle Fälle Riwal zurück. Das Gespräch mit diesem Malraux von *Dauphin* war offenbar nervenaufreibend und ohne interessantes Ergebnis.«

Dupin hatte es ganz vergessen.

»Unbedingt. – Und wir müssen wissen, wo sich Cléac und Derrien gerade aufhalten.«

»Gehen wir sofort an.«

»Gut.«

Dupin war am *Quai Nul* angekommen, direkt vor der *Sandwicherie.*

»Also, Commissaire, dann kümmere ich mich jetzt mal um die Vergangenheit.«

Schon hatte sie aufgelegt.

Dupin war bis zum Ende des Kais gelaufen. Dorthin, wo die Steinmauer eine Spalte freigab, von der aus eine bedenklich rostige Leiter zum Meer hinunterführte. Ein Lieblingsort der Kinder, sie sprangen von hier ins Wasser und kletterten an der

Leiter wieder hoch, je nach Gezeitenstand waren es waghalsige Sprünge, acht, neun Meter in die Tiefe bestimmt.

Er blickte über die Bucht. Die Glénan-Inseln wurden von der tief stehenden Sonne angestrahlt, die helleren Töne stachen hervor, vor allem das Weiß. Wie der Leuchtturm auf Penfret. Oder die karibisch anmutenden Strände.

Dupin erstarrte. Ihm war abermals etwas in den Sinn gekommen.

Natürlich. So könnte es sein!

»Verflucht.«

Es wäre die perfideste aller Varianten. Und damit – in dieser bösen Geschichte – vielleicht die naheliegendste. Sie hatte es ihm doch gesagt: »Meine Mutter ist Bretonin.« Auch das würde perfekt passen. Dann, ein kleiner Schauer lief ihm über den Rücken, wäre sie gar nicht »zufällig« nach Concarneau gekommen. Sie – sie hätte alles geplant. Sorgfältig, eiskalt und von langer Hand. Über viele Jahre vielleicht. Nur deswegen wäre sie in die Praxis eingestiegen. Um ihm so nahezukommen wie nur möglich. Um sich dann eines Tages zu offenbaren. Und zuzuschlagen.

Augenblicklich suchte Dupin die Nummer und wählte sie.

Der Anrufbeantworter sprang an.

»Hier ist die Mailbox von Docteur Evette Derrien, ich bin zurzeit leider nicht erreichbar, Sie können mir aber …«

Dupin legte auf.

Und wählte Nolwenns Nummer.

»Mons…«

»Evette Derrien. – Schicken Sie sofort einen Wagen zu ihr nach Hause. Und einen in die Praxis und …« Dupin dachte nach. Wohin noch? Wo könnte sie sich aufhalten? »Und einen zum unteren Strand von La Torche.« Sie liebte das Surfen bei Sonnenuntergang.

»Ich verstehe«, Nolwenn blieb vollkommen ruhig. »Ich schicke die Wagen sofort los. – Ich habe übrigens mit Kireg gesprochen, wegen der Adoption. Er behauptet, seine biologischen Eltern nicht zu kennen. – Ich forsche trotzdem weiter.«

»Unbedingt.«

»Dann bis gleich.«

Dupin stand nun direkt oberhalb der Leiter. Noch herrschte Ebbe, aber das Wasser lief bereits langsam wieder auf. Unter seinen Schuhen klebte der Sand. Die großen Wellen hatten ihn auf den Kai gespült.

War es Evette Derrien, um die es ging? Mit ihrer eigentümlichen Mischung aus Sanftheit und rigoroser Bestimmtheit? Waren Priziac und sie vielleicht gerade am selben Ort? Ereignete sich eine weitere Tragödie? Hatte sie ihn irgendwohin verfolgt? Oder umgekehrt: er sie? Um ihr etwas anzutun? Sie auszuschalten und mit ihr die einzige Person, die über alles Bescheid wusste?

Einen Teil des Hauses, in dem die Praxis von Derrien und Chaboseau untergebracht war, konnte man von hier aus sehen. Es war Samstag, die Praxis war geschlossen. Dort wäre man ungestört.

Schon lief Dupin los. Er wäre schneller da als ein Wagen des Kommissariats.

Die Fassaden der Villa waren neu gestrichen, strahlend weiß, Natursteine um die Fenster, ein spitzes Schieferdach. Das Tor zum Grundstück war verschlossen, aber nicht hoch. Dupin hatte es schnell überwunden.

Er lief über den betonierten Weg, der zum seitlichen

Eingang führte. Elegante alte Granitstufen. Ein Aluminiumschild mit beiden Namen: »Docteur Pierre Chaboseau. Médecin généraliste«, darunter »Docteur Evette Derrien. Médecin généraliste«. Auf der anderen Seite der Tür ein Klingelknopf.

Die Tür war abgeschlossen. Dupin ging um die Ecke. Eine breite Holzveranda mit Stufen führte in einen üppig bepflanzten Garten. Eine Glastür, durch die man das schicke Wartezimmer sah, ein Dutzend edler Stühle, Stahlrahmen, schwarzes Leder.

Dupin ging weiter zur anderen Seite des Hauses. Große pinkfarbene Rhododendren, aber kein weiterer Eingang. Auch hier war kein Blick in die übrigen Zimmer zu erhaschen, die Fenster begannen hoch oben.

Dupin lief zurück zum Eingang. Klingelte. Eigentlich wäre er lieber unbemerkt geblieben. Er klingelte ein weiteres Mal. Keine Reaktion. In seinem Rücken hörte er das Geräusch eines heftig abbremsenden Wagens. Wahrscheinlich die Kollegen, die Nolwenn geschickt hatte.

Was sollte er tun?

Er lief zur erhöhten Veranda zurück.

»Docteur Derrien?«, rief er, so laut er konnte. Ein zweites und ein drittes Mal.

Sein Handy klingelte.

Es war Le Menn.

»Ja?«

»Sie haben Priziacs Wagen entdeckt. Am Rande des Parkplatzes vom *L'Atlantide*.«

Ein großes Thalasso-Zentrum – *Aquapark* hieß es heute –, nicht weit vom *Plage Porzou* entfernt. Am Meer gelegen, neben einem Wäldchen, eine ruhige, einsame Gegend.

Dupin stürmte in Richtung Tor. »Ich bin schon unterwegs. – Schicken Sie alle verfügbaren Wagen.«

Im nächsten Moment schwang er sich entschlossen über das Tor und kam knapp vor zwei verblüfften Polizisten zum Stehen, die gerade zu überlegen schienen, wie sie auf das Gelände gelangen sollten.

»Der Einsatz findet am Parkplatz vom *L'Atlantide* statt, wir suchen nach Priziac.«

Er hatte es den – jetzt noch verdutzteren – Polizisten im Vorbeilaufen zugerufen. Bis zu seinem Wagen waren es ein paar Minuten. In schnellem Lauftempo.

Auf dem weitläufigen Parkplatz des Schwimmbads war das ächzende Quietschen der Bremsen von Dupins Citroën zu hören.

Drei Polizeiwagen waren bereits eingetroffen, in einem davon Le Menn. Auch Nevou war aus Beg Meil zurück, nur Riwal würde bei der Aktion fehlen.

Priziacs Wagen stand am entgegengesetzten Ende des Parkplatzes, direkt an der Wiese vor dem Wäldchen. Hundert Meter vom Gebäude des Schwimmbads entfernt. Hinter dem Wäldchen lag das Meer, die felsige Küste war hier zerklüftet, eine Handvoll verschlungener Wege führte hindurch.

Es war menschenleer, keine Seele weit und breit, das Schwimmbad war längst geschlossen.

Le Menn und Nevou kamen auf Dupin zugelaufen.

»Die Kollegen haben bereits begonnen, den Wald und das Ufer abzusuchen. Bisher haben sie niemanden entdeckt.« Nevou deutete auf ein Funkgerät in ihrer Hand. »Der Wagen von Priziac ist verschlossen. Wir haben eine Tür und den Kofferraum aufgebrochen. Im Auto war nichts von Bedeutung.«

Dupin hatte sich in Bewegung gesetzt, er wollte den Wagen selbst in Augenschein nehmen. Noch bevor er ihn erreicht hatte, meldete sich sein Telefon.

Nolwenn.

»Wir sind …«

»Es ist ein wenig kompliziert«, fuhr Nolwenn dazwischen. »Es ist Samstag, Samstagabend!« Ein Vorwurf, mit dem sie, so wirkte es, den Tatbestand selbst meinte. »Da erreiche auch ich nicht jeden. Wie auch immer: Bei der Ärztin verliert sich die Spur in der Zeit vor ihrem Studium, da komme ich nicht weiter. Studiert hat sie an der *UFR de médecine* in Paris, der besten Fakultät. Exzellenter Abschluss, Doktorarbeit über neue Therapieansätze bei Herzrhythmusstörungen. – In Chaboseaus Akten müsste es auch ein paar Unterlagen über sie geben. Allerdings: Wenn sie es ist, die wir suchen, wird sie genau geplant haben, welche Informationen sie ihm vorenthält.«

Nolwenn wirkte immer unzufriedener.

»Das Einzige, was wirklich Klarheit brächte, wäre die Geburtsurkunde. Dazu müsste ich wissen, wo sie geboren wurde. Im Augenblick haben wir, wenn ich es richtig verstehe, lediglich ihre Aussage, dass ihre Mutter aus der Bretagne stammt, mehr nicht. Das reicht nicht. – Die Eltern von Kler Kireg haben übrigens bestätigt, dass er die Identität seiner biologischen Eltern nicht kennt. Er scheint diesbezüglich die Wahrheit gesagt zu haben.«

»Verstehe.« Es war beeindruckend, was Nolwenn alles herausgefunden hatte.

»Über diesen Michel Penhut habe ich, zumindest bei der ersten Suche, noch überhaupt nichts in Erfahrung bringen können. Ebenso wenig zu Emma Mataut. – Das gilt ebenfalls für Informationen über ein Gerichtsverfahren gegen einen

Apotheker Dupois – nichts! Zu der ganzen Angelegenheit nicht«, jetzt klang sie regelrecht empört.

Die »Angelegenheit« lag lange zurück. Und vermutlich hatte man damals alles darangesetzt, sämtliche Spuren bestmöglich zu verwischen.

»Auf den Namen Dupois stößt man hingegen ein paarmal: Das war sie – die große Apothekerfamilie der Zwanziger und Dreißiger hier in Concarneau. – Ach so, eines noch.«

»Ja?«

»Die mächtigste Arztfamilie vor dem Krieg waren tatsächlich die Vichés. Leider habe ich noch nicht mehr über sie herausfinden können. – Bei Sieren Cléac verhält es sich ein wenig einfacher, zumindest, was die Herkunft angeht. Sie ist in Audierne geboren. Dort besorgt mir jemand die Geburtsurkunde.«

Dupin war längst am Wagen von Priziac angekommen. Der schicke silberne SUV sah nach dem Aufbrechen der Fahrertür und des Kofferraums ziemlich ramponiert aus.

»Das Problem ist ja«, Nolwenn war noch nicht fertig, »selbst wenn wir davon ausgehen, dass die Beteiligten ihre Namen geändert haben, haben wir natürlich noch keinen Anhaltspunkt, zu welchem Zeitpunkt dies geschehen sein könnte. Wenn auf der Geburtsurkunde unserer Verdächtigen nicht Penhut steht, könnte es sein, dass der Name schon davor geändert wurde.«

Es war ein bisschen kompliziert ausgedrückt, aber Dupin verstand genau, was sie meinte. Es war wie immer in einem Fall: Kurz bevor man die Lösung hatte, wurde es meist noch einmal komplizierter.

»Wir müssen es trotzdem versuchen. Bis später, Nolwenn.«

Er war während des Telefonats zweimal um den Wagen herumgelaufen und hatte nichts Auffälliges entdeckt. Ebenso wenig im Innenraum.

Er ließ von dem Auto ab und schaute sich um.

Im nächsten Moment ging er in Richtung des Wäldchens. Wo war Priziac bloß? Er musste doch hier in der Nähe sein. Es sei denn, er wäre in einen anderen Wagen umgestiegen. Freiwillig oder unter Gewaltandrohung.

Sie mussten auf der Hut sein, alles durchspielen, alle Möglichkeiten durchdenken, wenn möglich: vorausdenken.

Dupin beschleunigte seine Schritte durch die dicht beieinanderstehenden, seltsam verwachsenen Bäume voller Misteln und Efeu. Hierher war ein weiteres großes Liebespaar der concarnesischen Geschichten geflohen, Riwal hatte ihm die Geschichte mehrfach verzückt erzählt: Fanch und die wunderschöne Gaëlle, deren Vater, ein herzenskalter, tyrannischer König, gegen die Liebe der beiden gewesen war. Hier, im Wald von Porzou, waren sie auf einen freundlichen Zwerg getroffen, Clet, dem sie in einer Grotte beim Wiederfinden eines verloren gegangenen Flakons mit einem Zaubertrank halfen. Zum Dank gab er ihnen ein paar Tropfen des Zaubertranks, den sie dem König in den Wein taten. Ein Trank, der den Charakter eines Menschen in sein Gegenteil verkehrte. Was bedeutete: Der König wurde ein Menschenfreund, großzügig und selbstlos. Und erlaubte den beiden auf der Stelle die Hochzeit. Eine der wenigen Liebesgeschichten mit glücklichem Ende.

Dupin lief um eine letzte Biegung, dann gelangte er zum Meer, an die äußerste Spitze des felsigen Vorsprungs. Rechts der Hafen, gegenüber die sich bis zum Hafen erstreckende Halbinsel von Le Cabellou. Man konnte an der westlichen Seite bis zum berühmten Fort schauen. Die Reste des alten Befestigungsturms waren von hier aus im Abendlicht zu sehen.

Dupin blieb kurz stehen. Er sah sich um. Links führte ein Weg an der Küste entlang, dreihundert Meter in etwa, dann folgte eine kleine Bucht. Auch hier hatte die Ebbe den

Meeresboden freigelegt. Dutzende bunter Boote lagen auf der Seite und schienen sich auszuruhen bis zur nächsten fordernden Flut.

Hatte Priziac sich vielleicht ein Boot genommen? Dann würden sie hier an Land lange suchen können …

Dupin zog sein Handy aus der Hosentasche. In diesem Moment klingelte es.

Nolwenn. Sie war aufgeregt: »Kireg! Er hat vor sechs Jahren einen Antrag auf Kenntnis seiner biologischen Eltern bei der zuständigen Behörde in Quimper gestellt – und ihn gewährt bekommen. Kireg hat gelogen – er weiß, wer seine leiblichen Eltern sind! Ich habe den Direktor ausfindig gemacht, er wohnt nicht weit von der Behörde entfernt und hat extra im System für uns nachgeschaut.«

Dupin verharrte regungslos.

»Das – das kann es sein.«

Vielleicht war das tatsächlich die Lösung.

»Warum hätte Kireg sonst lügen sollen? In dieser zugespitzten Situation?« Triumph lag in ihrer Stimme. »Es ist der Bürgermeister, den wir suchen!«

»Wir müssen ihn sofort …«

»Ich habe die letzten beiden Kollegen losgeschickt, die wir zur Verfügung haben. Sie müssten bald bei ihm sein.«

»Hervorragend.«

»Sie bringen ihn dann ins Kommissariat.«

Es wäre nicht Dupins erste Wahl gewesen, aber das war gerade egal. Er hatte sich schon in Bewegung gesetzt.

»Ich habe übrigens allen nötigen Druck aufgebaut, um die Namen der leiblichen Eltern zu erfahren, aber das wird nicht leicht. Es ist gesetzlich streng geregelt. – Aber nun kommen Sie erst einmal ins Kommissariat.«

»Mache ich. Bis gleich, Nolwenn.«

Es war ein seltener Anblick: Kommissar Dupin, der während eines Falles durch die Tür des Kommissariats trat.

Im Handumdrehen war er im ersten Stock, wo ihn Nolwenn bereits erwartete.

»Wir haben Kireg bisher nichts gesagt. Er hat sich überraschend kooperativ gezeigt und ist schon nach einer kurzen Diskussion mitgekommen.« Nolwenn lief vor Dupin den Gang Richtung Verhörzimmer entlang – sie wich Farbeimern und Leitern aus, in diesem Flügel des Gebäudes stank es immer noch entsetzlich.

»Gut.«

»Ich habe den Direktor der Adoptionsbehörde gebeten, mir das Dokument über den Vorgang zu scannen und zu schicken, es müsste gleich da sein.«

Sie hatten das Verhörzimmer erreicht. Dupin riss die Tür unsanft auf und trat ein. Nolwenn ging zurück in ihr Büro.

»Sie haben gelogen, Monsieur le Maire«, Dupin schritt auf Kireg zu, der erschrocken von seinem Stuhl aufgesprungen war. Ein verunsicherter Blick, aber das kannte Dupin mittlerweile.

»Sie wissen, wer Ihre leiblichen Eltern sind. – Sie haben sie getroffen. Und sie haben Ihnen alles erzählt. – Alles, was Ihrer Familie angetan wurde.«

Dupin hielt inne. Es wäre klug, nicht zu konkret zu werden. Zudem: Er wusste zu wenig, nicht einmal, ob Kiregs biologische Eltern noch lebten oder vielleicht in den letzten Jahren gestorben waren.

Der Bürgermeister wirkte zutiefst verwirrt.

»Wovon sprechen Sie?«

Dupin bewahrte einen kühlen Kopf.

»Davon, dass Sie sehr wohl die Identität Ihrer leiblichen Eltern kennen und Sie uns angelogen haben.«

»Ich …«, der Bürgermeister geriet ins Stammeln, »habe seit meinem achtzehnten Geburtstag, seit ich erfahren habe, dass ich adoptiert wurde, meine ich, darüber gegrübelt, ob ich wissen möchte, wer sie sind. – Meine ›echten Eltern‹. Ich bin zu keinem Ergebnis gekommen. Ich … Dann eines Tages«, er wirkte jetzt wie ein Häuflein Elend, »habe ich entschieden, ja, ich will es wissen. Und habe diesen Antrag gestellt. Ich habe meinen Adoptiveltern nichts davon gesagt. Keinem einzigen Menschen! – Und dann wurden mir diese beiden Namen genannt. Vollkommen fremde Namen. Plötzlich fühlte es sich wieder ganz falsch an. – Als ich die Namen kannte, wollte ich es nicht mehr«, er atmete tief aus. »Ich habe sie nie kontaktiert. Auch wenn ich immer noch darüber nachdenke. Ich habe eine Adresse in Dinard. Ich …«

Kireg beendete den Satz nicht, er ließ sich erschöpft auf den Stuhl sinken.

Dupin war augenblicklich resigniert. An diese Möglichkeit hatten sie nicht gedacht. Bedauerlicherweise klang es sehr glaubwürdig. Und würde abermals alles zunichtemachen. Aber vielleicht war Kireg auch einfach ein guter Schauspieler.

»Geben Sie uns auf der Stelle die Namen, wir müssen das überprüfen.«

»Das werde ich nicht tun.« Kireg klang jetzt kämpferisch.

»Oh doch, das werden Sie.«

Ein harscher Ton – Dupin wusste mittlerweile, wie man bei dem Bürgermeister vorgehen musste.

»Schreiben Sie sie auf, umgehend.«

Dupin riss eine Seite aus seinem Notizheft und hielt sie Kireg zusammen mit einem Stift hin.

Der Bürgermeister zögerte kurz, dann tat er wie geheißen.

Die Tür flog auf.

Nolwenn hielt ein DIN-A4-Blatt in der Hand.

»Monsieur le Commissaire«, ihre Stimme bebte, »das ist gerade hereingekommen. Das müssen Sie sich ansehen.«

Schon stand sie vor ihm und hielt es ihm hin.

»Hier! Schauen Sie auf den zweiten Namen. Das kann kein Zufall sein.«

Dupin überflog das Dokument. Es war eine Geburtsurkunde. Aus Audierne.

»Da.«

Nolwenn deutete auf die Stelle – Dupin hatte es jetzt auch gesehen.

»Emma« stand dort.

Die vier Buchstaben standen an der Stelle, wo ein möglicher zweiter Vorname einzutragen war.

Emma. Das Serviermädchen aus dem *Gelben Hund*. Und, vor allem, die – reale – Verlobte des – realen – Fischers aus den Zwanzigern. Den die drei Männer ins Verderben gestürzt hatten. Michel Penhut.

Sieren Emma Cléac lautete ihr ganzer Name.

Dupin stand wie angewurzelt. Die Zeit schien sich seltsam auszudehnen.

Kireg starrte ihn mit verwirrter Miene an.

Dupin war zu keinem weiteren Wort imstande – und befand sich in der nächsten Sekunde auf dem Weg zum Ausgang.

Nolwenn lief neben ihm her.

»Wo wollen Sie hin? Ich meine: Wo wollen Sie sie suchen? Wohin soll ich die Einsatzwagen schicken?«

Das war die entscheidende Frage.

»Die *Conserverie* liegt nicht allzu weit vom Schwimmbad entfernt. Jetzt, bei Ebbe, kann man leicht durch die Bucht dorthin laufen.«

Natürlich! Nolwenn hatte recht. Es waren um diese Uhrzeit

sicher keine Mitarbeiter mehr dort, und die Gegend war einsam.

Dupin rannte über die Straße und zu seinem Wagen, den er mitten auf dem Bürgersteig geparkt hatte. Nolwenn hielt Schritt.

»Ich versuche es dort.«

Dupin öffnete die Autotür, den Zündschlüssel bereits in der Hand.

»Dann schicke ich einen Wagen zu ihr nach Hause«, sagte Nolwenn außer Atem. »Und die Suchaktion am Parkplatz des Schwimmbads lassen wir auch weiterlaufen. Vorsichtshalber.«

»Setzen Sie auch Boote der Wasserpolizei ein. Die sollen nach kleineren Booten Ausschau halten, die bis nahe ans Ufer gelangen.«

»Ich geb es weiter.«

Zweimal hätte er in einem der Kreisverkehre beinahe die Kontrolle über sein Auto verloren, mit solcher Geschwindigkeit war er in sie hineingefahren, erst nach dem zweiten Vorfall hatte er das Tempo etwas reduziert.

Neun Minuten hatte er gebraucht.

Die Sonne war bereits untergegangen. Heute Abend in einem spektakulären Farbspiel aus Rottönen.

Dupin sah die alte Scheune vor sich, die zur *Conserverie* umgebaut worden war. Sollte alles hier enden?

Unendlich still schien die Welt hier. Vollkommen geräuschlos. Nicht einmal Grillen waren zu hören.

Dupin hatte ein Stück weiter weg geparkt, hinter einer Biegung am Straßenrand. Und war den Rest gelaufen.

Vorsichtig näherte er sich dem Gebäude. Es war weit und breit kein Wagen zu sehen. Auch kein Licht. Die *Conserverie* wirkte verlassen. Er machte einen weiten Bogen, um zum Anbau zu gelangen, Sierens Büro.

Auch hier war alles dunkel. Er spähte durchs Fenster. Nichts, das auch nur im Geringsten ungewöhnlich zu sein schien. Dupin lief zur vorderen Seite zurück.

Er horchte. Kein Laut drang aus dem Gebäude.

Hier war niemand.

»So ein …«

Mitten im Fluch hielt er inne. Ihm war etwas eingefallen. Ein Ort, der ebenso passend wäre. Noch passender vielleicht. In gewisser Weise sogar zwingend.

So schnell Dupin konnte, lief er zurück zum Auto. Er hatte den Krimi von Simenon auf die Rückbank geworfen, er öffnete die Wagentür und fand das Buch auf dem Boden hinter dem Beifahrersitz. Es musste bei einer der heftigen Bremsungen heruntergerutscht sein. Hektisch tippte Dupin auf die Taschenlampenfunktion seines Handys und schlug die letzten Seiten auf. Es hatte doch hier irgendwo gestanden.

Da! Da war es! Hier war von dem Ort die Rede.

In dem knapp gehaltenen Bericht im Archivordner über Michel Penhut war davon nichts zu lesen gewesen, aber so getreu, wie Simenon offenbar einzelne Details der wahren Begebenheit übernommen hatte, konnte es sein, dass er es – wie so vieles andere auch – gewusst hatte.

»Es war nicht leicht«, las Dupin, »diese drei Drecksäcke ins Kittchen zu bringen. Aber ich hatte es drauf angelegt. Mit meinem Hund habe ich an Bord eines gestrandeten Bootes gehaust, dann lange in dem ehemaligen Wachlokal des Forts auf der Pointe du Cabellou.«

Gehaust war untertrieben – elendig vor sich hin vegetiert hatte Léon Le Glérec dort. Die Romanfigur. Michel Penhut, der Mann aus der Realität, ja vielleicht ebenso. Zudem: Vom Parkplatz, wo der Wagen des Apothekers stand, war es – bei Ebbe – kein weiter Weg bis zur Pointe du Cabellou.

Wie schon einige Male in den letzten zwei Stunden sprang Dupin in seinen Wagen und schoss mit quietschenden Reifen davon.

Der Kommissar fuhr scharf rechts ran, er war auf der Halbinsel von der größeren Avenue des Glénan in die Allée du Fort abgebogen, eine Sackgasse, an deren Ende sich ein kleiner Parkplatz befand, von dem aus man zum Fort gelangte. Und zu dem ehemaligen Wachlokal.

Er würde sich über die Felsen nähern. Die Flut war zwar im Kommen, aber noch müsste es ohne Probleme möglich sein. Auf diese Weise würde er nicht sehen können, ob sich ein Wagen auf dem Parkplatz befand, er hätte jedoch den Überraschungseffekt auf seiner Seite.

Es war dunkel geworden, nur im Westen war noch ein letztes sphärisches Schimmern zu sehen, die letzten blauen Töne stemmten sich gegen ihre Auslöschung. Mit einem Mal war es völlig windstill. Dupin holte seine Taschenlampe aus dem Kofferraum, griff nach seiner Waffe und stellte sein Handy auf Vibration.

Er lief los. Die Taschenlampe auf den Boden gerichtet, das Licht zu einem engen Kegel fokussiert, um möglichst wenig Aufmerksamkeit auf sich zu lenken.

Bald erreichte er Sand. Dann flache Felsen. Er musste sich

links halten, bis zum Fort waren es nun vielleicht noch zweihundert Meter. Zügig, aber vorsichtig bewegte er sich über den steinernen Grund. Wäre es hell, würden die Bäume bald einen ersten Blick auf die halbkreisrunde Anlage des Forts freigeben. Er müsste demnächst auf den Fußweg gelangen, der bis dorthin führte.

Von der einst massiven Wehranlage aus dem 18. Jahrhundert waren nur noch einzelne Teile zu bewundern, diese allerdings waren aufwendig rekonstruiert worden. Bevor es in der Bretagne Leuchttürme gegeben hatte, waren hier Feuer angezündet worden, um die Schiffe zu lotsen.

Dupin kam vom Nordwesten, am südöstlichen Rand des Halbkreises lag das ehemalige Wachlokal. Auch hier war alles dunkel und still. Mehr als ein leises Plätschern der auflaufenden Flut war heute Nacht nicht zu vernehmen. Von Wellen, von Brandung keine Spur. Es war merklich kühler geworden, jetzt spürte man, dass es doch erst Mai war.

Dupin hatte den Fußweg erreicht. Er lief auf die Wehranlage zu, die auf einem Vorsprung lag, von Felsen und Meer umgeben. Entkommen konnte so niemand. Wenn überhaupt jemand da wäre.

Vorsichtig näherte Dupin sich der Steinmauer, die die Anlage Richtung Land sicherte. Er schaltete die Taschenlampe aus und steuerte auf einen schmalen Durchgang zu – den »offiziellen« Eingang –, huschte hindurch, hielt sich eng an der Mauer. Wartete eine Weile, bis seine Augen sich an die Dunkelheit gewöhnt hatten.

Die Konturen des Wachlokals wurden sichtbar – fünf mal drei Meter schätzungsweise.

Die Anlage, in der er stand, war verlassen. Dupin bewegte sich so geräuschlos wie möglich auf das Wachhäuschen zu. Auf dieser Seite gab es zwei Türen.

Langsam, sehr langsam, umfasste Dupin die kühle Klinke der ersten Tür. Die rechte Hand an seiner Pistole.

Er wartete einen Moment, dann versuchte er mit einer schnellen, heftigen Bewegung die Türklinke nach unten zu drücken. Ein merkwürdiges lautes Geräusch ertönte. Er hätte fast aufgestöhnt, so fest hatte er gedrückt. Die Klinke hatte sich zwei, drei Zentimeter bewegen lassen, dann aber festgesessen. Die Tür war verschlossen. Er versuchte es bei der zweiten – mit dem gleichen Ergebnis.

Einen Augenblick lang passierte nichts. Die Geräusche hatten sich in der Nacht verloren.

Dann, auf einmal, war etwas zu hören. Nicht in dem Wachhäuschen, sondern vom Meer kommend. Unterhalb der Anlage.

»H – o – ho – llo?«

Schwach, dumpf. Undeutlich. Es klang gepresst. Genauer: gedämpft.

Jemand war hier.

Noch einmal dieses gepresste Rufen. Es klang verzweifelt.

Dupin bewegte sich, so schnell er konnte, aus der Anlage heraus, um auf die Felsen zu gelangen.

Abermals vernahm er gedämpfte Laute, Worte, die nicht zu verstehen waren. Dieses Mal klang es, als riefe die Person durch einen Schal, als wäre ihr der Mund verbunden.

Der Kommissar näherte sich lautlos.

Wenn er es richtig einschätzte, befand sich die Person rund zwanzig Meter von ihm entfernt. Dupin erinnerte sich – er war schon einige Male hier gewesen – an einzelne Überreste eines alten Turms, ein paar Steine nur, ungefähr dort, woher die Rufe kamen. Bei voller Flut lagen die Felsen hier im Wasser. Was schon bald der Fall sein würde.

Auf einmal sah er sie: die letzten Steine der Turmruine. Und jetzt sah er auch die Umrisse eines Mannes, der auf den Felsen daneben lag. Ein schwerer, massiger Mann. Er lag auf der Seite. Die Arme angewinkelt, mit einem Tau gefesselt, genau wie die Beine. Das Tau war an einen Metallring geknotet, wie es sie allenthalben an der Küste zur Befestigung von Booten gab. Die Gestalt auf dem Felsen bewegte sich nicht.

Brecan Priziac. Eindeutig. Er war es.

Der Apotheker schien Dupin nicht bemerkt zu haben. Dem Kommissar lief ein Schauer über den Rücken: Das Wasser hatte die Oberseite des Felsens schon beinahe erreicht, in maximal einer halben Stunde würde es dem Apotheker bis zum Hals stehen. Dann würde er jämmerlich ertrinken.

Dupin blieb stehen.

»Keine Angst, Commissaire. – Es gilt nur ihm.«

Dupin zuckte zusammen. Eine klare, helle Stimme. Instinktiv griff er erneut nach seiner Waffe, während er sich langsam in die Richtung drehte, aus der der seltsame Satz gekommen war.

»Die brauchen Sie nicht.«

Jetzt sah er sie.

Eine Frauengestalt, die auf einem erhöhten Felsen saß. Fünf, sechs Meter von ihm entfernt.

Entspannt, so schien es, ein Bein angewinkelt, das andere ausgestreckt. Der Oberkörper aufrecht. Mit einer Hand stützte sie sich ab, die andere lag auf dem Oberschenkel. Der Pferdeschwanz war deutlich zu sehen.

Sieren Cléac. Sieren Emma Cléac.

Dupin hielt die Waffe noch einen Augenblick gezückt, dann senkte er sie ein wenig.

»Ist er verletzt? – Schwer verletzt?«

Er fragte sich, ob er umgehend einen Krankenwagen rufen musste. Die kümmerlich daliegende menschliche Masse hatte sich bewegt, der Apotheker hatte den Kopf angehoben, er versuchte etwas zu sagen.

»Nein. Er ist unversehrt. – Monsieur Dupois und ich haben uns bloß unterhalten«, sagte Cléac ruhig. Sie klang beinahe heiter. Es war unheimlich.

»Monsieur Priziac«, korrigierte Dupin wie beiläufig.

»Später, nach dem Krieg erst hieß er so. – Sie wissen alles, vermute ich.«

»Das Wichtigste.«

Dupin schritt ruhig auf sie zu. Er ließ sich Zeit, sehr viel Zeit. Und sprach ganz ohne Aufregung.

»Der erfundene Fall in der *Gelbe Hund*, dem Roman – er ist gar nicht erfunden.« Dupin zögerte kurz. »Dahinter steckt eine wahre Geschichte. Von der der Autor vielleicht bei einem seiner Aufenthalte hier gehört hatte.« Dupin stand jetzt direkt vor ihr, sie saß erhöht, immer noch war sie nur schemenhaft zu sehen, ihre Gesichtszüge lagen im Dunkeln. »Und es ist nicht irgendeine Geschichte, nein. Es ist *Ihre* Geschichte. Die *Ihrer* Familie, Ihrer Großmutter und Ihres Großvaters.«

Es war genau so, wie er, nein, wie Nolwenn es – das war die einzig angemessene Formulierung: fantasiert hatte.

Sieren Cléac blieb eine Weile still. Ein Schweigen, das nichts Bedrückendes hatte.

»Er hätte sich gar nicht verteidigen müssen. Auch nicht entschuldigen. Nicht direkt. Monsieur Chaboseau sollte nur wissen, dass ich es weiß. Sein Vater – er war damals der Anführer der drei. – Ich wollte gar nicht viel. Nicht einmal Mitgefühl, oder gar Mitleid. – Ich wollte bloß nicht, dass es weiterhin wie ausgelöscht blieb. So, als wäre nie etwas geschehen. Denn so hatten sie es gedreht.«

Sie machte eine Pause. Dupin schwieg ebenfalls.

»Meine Mutter«, zum ersten Mal fiel ihr das Sprechen schwerer, »ist vor drei Wochen gestorben. Sie hat mir alles erzählt, kurz vor ihrem Tod.« Sieren Cléac war jetzt kaum noch zu verstehen. »Sie – sie hat es ihr Leben lang gewusst. Mit sich getragen. Meine Großmutter hat es ihr erzählt, als sie vierzehn war. Sie, die echte Emma, ist sehr alt geworden, sie ist erst 1998 gestorben, da war sie einundneunzig. Damals, als es passierte, war sie gerade zwanzig geworden. Michel Penhut war ihre große Liebe. Die einzig wahre Liebe. Meine Großmutter war die wundervollste Person, die Sie sich vorstellen können, Commissaire. Ich habe sie sehr verehrt.«

Sieren Cléac schaute für einen Moment in den Himmel. Nach Osten. In die vollkommene Schwärze.

»Emma Mataut, dann Emma Penhut, die Frau von Michel Penhut. – Meine Großmutter hat mir nie ein Wort gesagt. Sie hat«, Sieren Cléacs Tonfall war warm und sanft geworden, »das Leben – trotzdem lieben wollen, sie hat es versucht, mit aller Kraft, aber bis zu ihrem Ende hat tiefe Traurigkeit sie begleitet. Eine Traurigkeit, die sie immer mehr zersetzt hat, auch wenn sie sich dagegen stemmte. – Die sogar mich«, die Worte fielen ihr sichtlich schwer, »schon als Kind traurig gemacht hat, ohne dass ich sie jemals verstanden hätte.«

Sie waren der wahren Geschichte in ihrer Ermittlung sehr nahe gekommen.

»Wissen Sie«, jetzt wandte sie sich zu Dupin, »was sie meinem Großvater vorgelogen haben? Was er mit seinem Boot angeblich transportieren sollte und was es in Wirklichkeit war?«

»So ungefähr«, erwiderte Dupin.

»Mein Großvater ist im Gefängnis an Malaria erkrankt, er hat fürchterlich an der Krankheit gelitten, sie hat ihn gequält.

Zerfressen. Auch nach seiner Rückkehr. Er ist ein Jahr später an ihr gestorben, noch während des Prozesses, der sich immer weiter in die Länge zog, immer neue Anwälte traten auf. Sie haben meinen Großvater wissentlich ins Verderben geschickt, aus reiner Gewinngier, der Arzt, der Apotheker und der Anwalt.« Ihre Stimme wurde lauter: »Und sie haben nicht bloß meinen Großvater auf dem Gewissen, auf die gleiche Tour hatten sie schon zuvor zwei junge Männer ins Verderben geschickt. Die beiden sind umgekommen, niemand konnte ihre Geschichte erzählen. – Die Profite haben die drei Geschäftsmänner eingestrichen, es ist alles in ihr Vermögen eingegangen. Das ihre Nachkommen heute noch besitzen, niemand hat es je infrage gestellt.«

Sie hielt kurz inne. Von Priziac war kein Laut zu hören.

»Mein Großvater hat es geschafft, der Hölle zu entkommen. Ihm ist nach drei Jahren die Flucht gelungen. Anfang 1927 ist er aus England zurückgekommen. – Er wollte die drei Männer stellen. Doch der Polizeichef war ein Freund der drei, er hat den ›Herumtreiber‹ einfach einsperren lassen. Behauptete, mein Großvater sei ein ›kriminelles Subjekt‹. Meine Großmutter, die in einer *Conserverie* gearbeitet hat, hat die Geschichte dann einem Reporter erzählt. Der anfing zu recherchieren, zunächst im Stillen. – Der Arzt, da war mein Großvater schon gestorben, wurde verurteilt. Zu sieben Jahren Gefängnis eigentlich, kam aber nach einem Jahr wegen guter Führung wieder frei, seine Familie war mit der des Richters befreundet. Der Apotheker musste für drei Jahre ins Gefängnis und kam nach sieben Monaten raus, der Anwalt hat lediglich eine Geldstrafe bekommen.« Sieren Cléac hatte die letzten Sätze emotionslos gesprochen. »Dennoch ist daraus ein Skandal geworden. Alle drei kamen aus altehrwürdigen Familien, die Vichés waren Ärzte seit drei Generationen, die Dupois' seit zwei Generationen Apotheker, sie waren dabei, das Imperium zu gründen, das Monsieur Priziac heute besitzt.«

Alles, was sie berichtete, war viele Jahrzehnte her – und doch fühlte es sich in diesem Augenblick ganz nah an.

»Man musste sich etwas einfallen lassen, um den Ruf, die Stellung der Familien, zu schützen. Und ihr Vermögen natürlich. Die Dupois' und die Vichés beschlossen, erst einmal die Stadt zu verlassen, und gingen in den Norden. Nach Roscoff, das sind nur hundertzwanzig Kilometer, aber damals war der Norden weiter weg als heute Paris. Sie ließen ›Verwalter‹ zurück, die ihre Geschäfte führten. Dann nutzten Teile der Familie den Zweiten Weltkrieg, die Besatzung und das Durcheinander danach, um zurückzukommen nach Concarneau. In der Stadt hatte man, wie überall zu dieser Zeit, andere Sorgen als die ›Fehler‹ von ein paar alten Männern Ende der Zwanzigerjahre. Der alte Viché war gestorben, aber sein kleiner Sohn kam mit der Mutter zurück, und zwar als Pierre Chaboseau. – Genau wie der Sohn des Apothekers, ebenso unter einem anderen Namen: Jetzt hieß die Familie nicht mehr Dupois, sondern Priziac. Bloß die Anwaltsfamilie blieb in Roscoff. Sie verarmte und spielte keine Rolle mehr. – Meine Großmutter war im sechsten Monat schwanger, als Michel starb. Sie ist nach Audierne gegangen, ganz alleine, noch vor der Geburt. Um dort ein neues Leben zu beginnen. Sie hat dort wieder in einer *Conserverie* gearbeitet.«

Das alles – und viel mehr noch, die ganze große Geschichte – würde in den kommenden Wochen und Monaten beleuchtet werden, in jeder Einzelheit. Es war überfällig. Jedes Detail musste ans Tageslicht. Endgültig. Es war das Mindeste. Nichts würde dadurch besser werden, für niemanden, nicht für Sieren Cléac, nicht für die Lebenden, nicht für die

Verstorbenen. Dennoch – es war alles, was noch zu tun blieb. Unbedingt.

»Ich wusste nicht, wohin mit mir, als ich alles erfahren hatte. Ich wusste nur, ich muss es Docteur Chaboseau sagen. Dass ich weiß, was sein Vater getan hat. Dass ich die Wahrheit kenne. Deshalb war ich am Dienstag bei ihm.« Sie zögerte. »Er hat gesagt, man könne das Geschehen von damals heute nicht mehr richtig beurteilen, es seien ›andere Zeiten‹ gewesen, ›andere Umstände‹. Er hat es heruntergespielt. Ich war zuerst fassungslos, wie gelähmt.«

Sie verstummte. Dupin machte einen weiteren vorsichtigen Schritt auf sie zu.

»Ich – ich habe ihn schon beim ersten Mal oben in seinem Arbeitzimmer getroffen, genau wie gestern … Beim ersten Treffen bin ich einfach wortlos gegangen. Aber es hat mir keine Ruhe gelassen. Gestern war ich dann noch mal bei ihm. Abermals ohne wirklich zu wissen, was ich wollte«, sie atmete tief durch. »Er hat mir gedroht. Massiv. Kalt, ohne mit der Wimper zu zucken. Er hat gesagt, dass sie gegen mich vorgehen würden. Priziac und er. Dass er alles tun werde, um seine Reputation und die seiner Familie zu schützen. Alles. – Dass sie mich auslöschen würden, wenn es nötig wäre. Wie – wie die ganze Geschichte, die sein Vater meiner Familie angetan hat.«

Kurz war ein Geräusch zu hören, als hätte Priziac sich heftig bewegt. Fast gegen seinen Willen fiel Dupins Blick auf ihn. Das Wasser stieg zusehends. In dieser Phase des auflaufenden Meeres ging es schnell.

Sieren Cléac saß immer noch in derselben Haltung wie zu Beginn.

»Ich hatte nicht vor, ihm irgendetwas anzutun, als ich zu ihm kam. – Aber dann«, abermals ein tiefes Durchatmen,

»ich habe es einfach getan. Als er anfing, so zu reden. Zu drohen. Ich stand am Fenster«, Dupin konnte sich die Szene nur zu gut vorstellen, »er ist drohend auf mich zugekommen, immer und immer näher. – Alles spitzte sich in diesem Moment zu. Ich habe ihn gestoßen. Mit aller Kraft. Er hat es nicht kommen sehen. – Und ja – mir war klar, dass er in die Scheibe fallen könnte. Dass sie brechen könnte.« Sie setzte ab.

Dupin schaute wieder zu Priziac, noch konnte er gefahrlos atmen. Aber nicht mehr lange.

»Der Mord an dem Weinhändler. – Damit habe ich nichts zu tun, Commissaire.«

Dupin zweifelte nicht an ihren Worten.

»Das war Priziac. – Er«, sie wandte sich das erste Mal in dessen Richtung, »hat mir alles erzählt, wir sitzen hier schon eine Weile.« Ihr war keine Regung anzumerken. »Er wurde irgendwann weinerlich, er wusste, dass das Wasser bald kommen würde.« Ihre Stimme war ausdruckslos. »Er wusste, ich wäre irgendwann einfach aufgestanden und gegangen.« Sie musste wissen, dass sie sich mit diesen Sätzen in die schlimmsten Schwierigkeiten brachte, es war ihr gleichgültig.

Sie schwieg eine Weile.

»Monsieur Priziac hat mir alles haarklein erzählt. Bis ich seine jämmerliche Stimme nicht mehr ertragen konnte.«

Priziac gab einen verzweifelten Laut von sich.

»Er hat sich das mit dem Anschlag und der Drohmail ausgedacht. Als Ablenkungsmanöver. Um Ihre Aufmerksamkeit nach dem«, ein kleines Zögern, »Tod von Docteur Chaboseau auf etwas anderes zu richten. Damit Sie sich darauf konzentrieren und am Ende alles im Sande verläuft.« Genau so hätte es kommen können. »Priziac wusste genau, wie das mit dem Anschlag funktionieren würde, er kennt die Werft bestens. Es war ihm völlig gleichgültig, dass jemand zu Schaden kommen könnte. – Nein, anders: Er hätte nicht daran gedacht, so hat er es ausgedrückt. Und war ›selbst geschockt‹ – so seine Formulierung. Ich habe lachen müssen, Commissaire.«

Dupin spürte, dass seine Abscheu gegen Priziac noch weiter wuchs.

»Monsieur Luzel wusste wohl nichts von der Vergangenheit, den schmutzigen Familiengeheimnissen. Aber er hat gestern irgendwann Verdacht geschöpft, dass etwas Seltsames vor sich geht. Spätestens nach dem Anschlag. Vor allem nach der Drohmail, die ihm vollkommen unglaubwürdig vorkam.«

Jodoc Luzel hatte die Mail also doch gesehen.

»Luzel hatte Monsieur Priziac geschrieben. Gestern Nacht noch. Dass sie dringend sprechen müssten.«

Das könnte der Grund für Priziacs Ausflug zu Luzels Haus gewesen sein. Vermutlich hatte er tatsächlich das Notebook und das Handy entwendet.

»Sie hatten sich ohnehin zerstritten, wegen irgendeiner Geschäftssache. – Vielleicht, ich kannte Monsieur Luzel nicht, vielleicht sah er eine Chance für sich. Falls Priziac mit irgendeinem krummen Geschäft auffliegen würde oder so. – Ich weiß es nicht. Vielleicht war er auch einfach nur ein harmloser Mann, der von den beiden missbraucht wurde und Angst bekam. Oder Gewissensbisse. Auf jeden Fall hat er genau das heute Morgen Monsieur Priziac in der Brauerei gesagt – dass er wisse, dass etwas nicht stimme, er selbst nicht an die Drohmail glaube und dass er zur Polizei gehen werde. – Was Monsieur Priziac zu verhindern wusste.«

Sie hatten diese kaltblütige Variante heute ausdrücklich erwogen: dass es Priziac selbst gewesen war, der Luzel umgebracht hatte, um dann zu behaupten, er habe ihn tot aufgefunden.

Sieren Cléac wechselte die Sitzposition. Sie streckte jetzt beide Beine aus und legte die Hände in den Schoß.

»Das ist die ganze Geschichte, Commissaire. – Eigentlich ist sie sehr einfach.«

Alles Wichtige war gesagt; der Rest würde später geklärt.

Doch eine Sache interessierte Dupin noch.

»Ihr Großvater hat sich damals tatsächlich nach seiner Rückkehr nach Concarneau, nach seiner Flucht aus dem Gefängnis, hier in den Ruinen des alten Forts versteckt, nehme ich an? Wie die Figur im Buch.«

Es war sonderbar, zu merken, dass die Figuren des Romans ihm ganz nahe gekommen waren. Wie Menschen, die er selbst kannte oder gekannt hatte.

»Ja. Meine Großmutter hatte ihn längst für tot gehalten.«

Sieren Cléac legte kurz den Kopf in den Nacken.

»Monsieur Priziac hat mich schon gestern gesucht. Überall. Heute habe ich seinen Wagen ein paarmal vor der *Conserverie* gesehen. Er wusste, dass ich da war. Aber immer umgeben von meinen Mitarbeiterinnen. Wir sind auch zu mehreren zum Fest gefahren, alle gemeinsam in meinem Wagen. Wo Sie mich gesehen haben.«

Sie zeigte auf etwas neben ihr, etwas Dunkles auf dem Felsen, das Dupin bisher nicht bemerkt hatte.

»Ich habe ihn kontaktiert und gesagt, wir treffen uns hier. Priziac kam mit einer Waffe. Er dachte, er sei klüger als ich. Ich hatte mir gut überlegt, wo ich mich verstecke, wo ich ihn abpasse. Direkt hinter dem Eingang, am Wachlokal, da gibt es eine nicht einsehbare Ecke. – Ich habe ihn mit einem Schraubenschlüssel aus meinem Wagen erwischt. Ich wollte ihn nicht töten. Wenn, dann sollte es das Meer tun. Er war nur kurz bewusstlos. Ich …«

»Chef? Hallo, Chef? – Sind Sie hier irgendwo?«

Dupin hatte in den letzten Minuten alles um sich herum vergessen, er war ganz in die Geschichte eingetaucht, die Sieren Cléac erzählt hatte.

Beinahe erstaunt fuhr er herum.

Im nächsten Moment warf Riwals Taschenlampe einen hellen Lichtkegel auf die sonderbare Szene. Nevou und Le Menn folgten dem Inspektor in wenigen Metern Abstand.

»Es ist alles in Ordnung«, gab Dupin Entwarnung, er war schlagartig zurück in die Wirklichkeit gelangt. »Es besteht keine Gefahr. Kommen Sie.«

Im nächsten Augenblick war er wieder bei Sieren Cléac.

»Wir werden Sie festnehmen müssen«, sagte er mit ruhiger Stimme.

»Ich weiß.«

Ein Ausdruck größter Klarheit lag in ihrem Ton.

»Es tut mir leid.«

Es war Dupin unwillkürlich über die Lippen gekommen. Zum Glück nur leise.

Sie erhob sich. Mit geschickten Bewegungen kletterte sie von dem erhöhten Felsen herunter und befand sich einen Augenblick später neben Dupin. Schaute ihn direkt an. Er konnte ihre feine lang gezogene Nase sehen, die mandelförmigen Augen, den intensiven Blick, den Stolz in ihrer Körperhaltung. Sie wirkte beinahe froh, heiter. Für einen kurzen Moment meinte Dupin sogar eine Art Lächeln auf ihren Zügen zu erkennen, aber vielleicht bildete er sich das auch nur ein.

Riwal und die beiden Polizistinnen waren im nächsten Moment bei ihnen. Auch Nevou und Le Menn waren mit Taschenlampen ausgerüstet. Cléac und Dupin standen schweigend da, nicht mehr als einen halben Meter Abstand zwischen ihnen.

Riwals Blick ging zwischen den beiden hin und her. Dann fiel er auf Priziac.

»Ich erzähle Ihnen die ganze Geschichte, Riwal«, versprach Dupin. »Aber nicht jetzt. – Jetzt schaffen wir ihn erst einmal hier weg. Direkt nach Quimper in die Präfektur. Und rufen Sie auch einen Arzt.«

Dupin machte eine minimale Kopfbewegung in Richtung Priziac. »Er ist des Mordes überführt. – Ach ja, und auf dem Felsen liegt die Waffe, mit der er Madame Cléac bedroht hat.«

Im nächsten Moment waren Le Menn und Nevou bei Priziac und ergriffen ihn. Sie begannen die Taue zu lösen und halfen ihm auf.

Dupin setzte sich in Bewegung. »Ich werde Madame Cléac selbst ins Kommissariat bringen.«

Der Apotheker wirkte benommen, aber er schien einigermaßer sicher auf den Beinen zu stehen. Sein Anzug war bereits durchnässt vom kalten Meerwasser. Er zitterte jetzt stark.

Dupin verließ den Schauplatz, ohne sich noch einmal umzusehen, Sieren Cléac dicht neben ihm.

DER DRITTE TAG

Auf dem gesamten Weg ins Kommissariat hatten sie geschwiegen. Sieren Cléac hatte auf dem Beifahrersitz gesessen und durch das Fenster in die Nacht geschaut. Dupin hatte gegrübelt, wie er sich beim Verhör verhalten sollte. Vor allem: welche Fragen er stellen sollte. Um was zum Thema zu machen. Oder, andersherum: Was würde er sie alles erzählen lassen und wie ausführlich? Und – was nicht?

Es hing wie immer alles von der Wortwahl ab.

War Sieren Cléac eine kalte Vollstreckerin, hatte sie planvoll Rache geübt, Vergeltung? Wenn man wollte, könnte man ihre Handlungen als vorsätzlichen Mord und Mordversuch verstehen. Oder eben als bloße Affekthandlungen und Notwehr. Die beiden Männer hatten sie bedroht. Wäre es nicht sogar ein verständlicher Affekt gewesen? Dies alles würde davon abhängen, wer es wie formulierte.

Dupin hatte Cléac in die Gewahrsamszelle des Kommissariats gebracht, die eine schmale Pritsche für die Nacht besaß. Er hatte die Tür geöffnet, Sieren Cléac war eingetreten und hatte wie nebenbei »Bonne nuit« gesagt. Sie hatte ganz ruhig gewirkt, ganz bei sich.

Dupin hatte »Ich sehe Sie morgen früh« geantwortet und

ebenfalls eine gute Nacht gewünscht, die Tür geschlossen und den Schlüssel im Schloss umgedreht.

Er würde sehr früh da sein am nächsten Morgen. Zur offiziellen Vernehmung. Die er selbst vornehmen wollte. Priziac würde er den Kollegen in Quimper überlassen.

Mit ein paar knappen Worten hatte er Nolwenn, Riwal und die beiden Polizistinnen eingeweiht.

Dann hatte er – was äußerst selten vorkam – von seinem Büro aus den Präfekten angerufen. Der nach den vielen anstrengenden offiziellen Reden heute bereits tief und fest geschlafen hatte, sodass es kein allzu langes Gespräch geworden war.

Es war Viertel vor eins, als Dupin aus dem Kommissariat auf die Straße trat. Hinaus in die wunderbar frische Luft der Frühsommernacht. Der Trubel, der in der Stadt geherrscht hatte, war zu Ende gegangen oder hatte sich in Bars und Kneipen verlagert, wo er bis tief in die Nacht weitergehen würde.

Dupin blieb stehen und atmete ein paarmal tief durch. Er ging zum Hafen und zog sein Handy aus der Hosentasche.

Claire war sofort dran.

»Georges, wo bist du?«

»Ich komme gerade aus dem Kommissariat. Wir – wir sind fertig. Mit dem Fall, meine ich. Wir haben ihn gelöst. Und du?«

»Ich habe um elf meine Eltern zu uns nach Hause gebracht.«

»Und jetzt?«

»Jetzt sitze ich hier – und warte auf dich.«

»Wo?«

»Ganz in der Nähe.«

Es dauerte nur einen Augenblick, dann wusste er, was sie meinte. Er beschleunigte seine Schritte, die plötzlich etwas Leichtes bekamen.

Keine zwei Minuten später öffnete er die Tür zum *Amiral*.

Paul Girard hatte ihnen – es war Claires Idee gewesen, unten im Restaurant war immer noch einiges los – einen Tisch auf der ersten Etage gedeckt, in dem prächtigen Raum, der eigentlich Gruppen vorbehalten war. Nicht irgendeinen Tisch, den schönsten. Genau vor dem kleinen Balkon mit Blick über die Stadt und den Hafen. An der Wand hing ein übergroßes berückendes Gemälde, das Dupin sehr mochte. Es zeigte ein von Sturmböen aufgewühltes Meer, die spitzen Wellen und die Gischt sahen aus wie schroffe, hoch aufragende Bergmassive, einige dramatisch von Sonnenstrahlen beschienen, andere im beinahe schwarzen Dunkel. Ein Kai, größtenteils überspült, auf dem mutig ein einsamer Fischer stand. Rechts ein Fischerboot mit vollen Segeln. Im Hintergrund das feste Land, ein paar Häuser. Zwischen den Wolken am Himmel Fetzen von Hellblau. Man wusste beim Betrachten nicht recht, ob in Kürze ein heftiges Unwetter niedergehen oder die Sonne scheinen würde. Man konnte sich des einen wie des anderen sicher sein, wenn man es wollte.

Sie saßen hier oben völlig ungestört, Dupin war glücklich darüber. Für heute hatte er genug von den Menschen und ihren komplizierten Geschichten.

»Bleibst du bei deiner Wahl von eben?«, Claire lächelte ihn an.

Dupin brauchte einen Moment, ehe er begriff. Dieses »eben« – als er mit Claire und ihren Eltern im *Amiral* gesessen hatte – schien unendlich lange her. So viel war seitdem geschehen.

»*Palourdes farcies?*«

»Unbedingt.« Ihm lief das Wasser im Mund zusammen.

Der Tisch war liebevoll gedeckt. Claire hatte eine Flasche

seines Lieblingsweins bestellt. Ein Châteauneuf-du-Pape, *Vieux Télégraphe.* Die Gläser waren bereits gefüllt.

»Und dann brauche ich dringend ein großes Entrecôte. Und Käse. Und einen Nachtisch.« Er hatte heute wirklich kaum etwas gegessen.

»Auf dich!«

Claire hatte ihr Glas erhoben.

»Nein«, protestierte Dupin, »auf dich – auf uns!«

Er nahm einen sehr großen Schluck. Er liebte diesen Wein: schwer, kräftig und zugleich ganz samtig.

Dupin schloss kurz die Augen, dann öffnete er sie wieder und ließ den Blick über den Place Jean Jaurès schweifen. Man sah von hier oben bis zur *Galerie Gloux* am Ende des wunderschönen Platzes. Sein Blick glitt über das Wasser, den Freizeithafen mit seinen Dutzenden Booten, und bis zur Brücke, die zur Altstadt führte, zur *Ville Close.* Zuletzt schaute er auf den mächtigen Befestigungsturm, den *Tour du Gouverneur.*

»Vorab schon eine Kleinigkeit«, Paul war neben ihnen aufgetaucht, »du wirst großen Hunger haben, Georges. Ein Artischocken-Avocado-Salat mit Krebsfleisch.«

Er stellte zwei kleine Teller auf den Tisch. Es sah verlockend aus.

Dupin hatte schon die Gabel in der Hand.

Claire erhob noch einmal ihr Glas: »À la vie!«

Dupin spürte eine große innere Bewegung. Claire konnte nicht ahnen, wie passend diese Worte am heutigen Abend waren. Er musste an Sieren Cléac denken. An Emma. An das, was er morgen sagen würde. Oder auch nicht. Er wusste es noch nicht. Nicht genau. Eines stand hingegen fest: Er würde über die drei Männer sprechen. Über die Täter von damals.

»Ja«, Dupin hob sein Glas. »À la vie, Claire!«

DANK

Ich danke John Simenon sehr herzlich für seine Unterstützung.